Sie liegen auf den Steinen des Friedhofs, streunen durch die Straßen von Paris und sonnen sich auf den Treppenstufen, die zu Sacré-Cœur hinaufführen. Die Katzen von Montmartre sind überall und erschnuppern oder erfühlen mit ihren Schnurrhaaren so einiges, was den menschlichen Bewohnern der Stadt nur zu leicht entgeht. Als die Leiche eines jungen Mädchens auf dem Friedhof von Montmartre gefunden wird und zudem noch die Katze Grisette, der Schwarm aller Kater, von einem auf den anderen Tag verschwunden ist, beginnen die Katzen auf eigene Pfote zu ermitteln. Hat der Mord etwas mit dem plötzlichen Verschwinden von Grisette zu tun? Und wie tief müssen die Katzen in die Geschichte des Montmartre hinabsteigen, um dieses Geheimnis zu lüften?

Tessa Korber, 1966 in Grünstadt in der Pfalz geboren, studierte in Erlangen Germanistik, Geschichte und Kommunikationswissenschaften und promovierte im Fachbereich Germanistik. Bei btb hat sie bereits zwei Kriminalromane um die Bestatterfamilie Anders veröffentlicht. »Die Katzen von Montmartre« ist ihr erster Katzenkrimi. Tessa Korber lebt mit ihrem Mann und ihren Katzen in der Nähe von Würzburg.

Tessa Korber

Die Katzen von Montmartre

Kriminalroman

btb

Der Verlag weist ausdrücklich darauf hin, dass im Text enthaltene externe Links vom Verlag nur bis zum Zeitpunkt der Buchveröffentlichung eingesehen werden konnten. Auf spätere Veränderungen hat der Verlag keinerlei Einfluss. Eine Haftung des Verlags ist daher ausgeschlossen.

FSC
www.fsc.org
MIX
Papier aus verantwortungsvollen Quellen
FSC® C014496

Verlagsgruppe Random House FSC® N001967

1. Auflage
Genehmigte Taschenbuchausgabe November 2016,
btb Verlag in der Verlagsgruppe Random House GmbH,
Neumarkter Str. 28, 81673 München

Umschlaggestaltung: semper smile, München
Umschlagmotiv: © Lee Avison/Trevillion Images;
© Ryuichi Miyazaki/Getty Images
Satz: Uhl + Massopust, Aalen
Druck und Einband: GGP Media GmbH, Pößneck
LW · Herstellung: sc
Printed in Germany
ISBN 978-3-442-71444-5

www.btb-verlag.de
www.facebook.com/btbverlag
Besuchen Sie unseren LiteraturBlog www.transatlantik.de

Für alle Katzen,
die mein Leben geteilt oder durchquert haben.
Vor allem für Marie und ihre Kinder. Für Paul, Artjom, Heisenberg, Joan Watson und Célimène.

Und für alle, die ich am Wegrand sah.

Das Katzenpersonal

Matisse aus dem Andenkenladen von Monsieur Martis ist ein junger Herumtreiber, neugierig, lebhaft gefleckt, und hat seine Freunde unter den Gauklern und Bettlern, die sich Tag für Tag um Sacré-Cœur drängen.

Bonnard hat ein sonniges Gemüt. Der rot gestromte Kater lebt auf dem Friedhof, schätzt die ruhige Nachbarschaft und den Frieden, mit dem die Hinterbliebenen nach der Grabpflege auf den Bänken sitzen und ihn kraulen.

Grisette ist der Schwarm aller Kater vom Montmartre, schlank, grau, mit einem Hauch Perser und den blauesten Augen der Welt. Wer sie sieht, verfällt ihr. So wie einst ihrer Herrin, Madame Chauchat, die als Prostituierte arbeitete, ehe sie den Zeitungskiosk übernahm.

Dégas misstraut jedem. Der düstere Kater ist ein Schatten, der im Bateau-Lavoir lebt wie eine Erinnerung an eine bessere Zeit. Wenn einer um das Geheimnis der sieben Leben der Katzen weiß, dann ist es Dégas. Doch der große Schwarze teilt sein Wissen nicht mit jedem.

Schon gar nicht mit den jungen Tunichtguten **Pablo** und **Miró** aus dem Bistrot von Monsieur Moulin. Dabei sind diese beiden es, die bei ihren endlosen Spielen über die eine Leiche stolpern, die nicht auf den Friedhof Montmartre gehört.

Prolog
Bonnard

Mein Name ist Bonnard. Ich wohne auf dem Friedhof von Montmartre. Es ist kein schlechter Ort, still, grün, mit frischer Erde für die gewissen Bedürfnisse, was in der Stadt keine Selbstverständlichkeit ist. Mit warmen Ruheplätzen in der Sonne, Gewölben und Löchern zum Unterschlüpfen und – was Sie nicht wahrnehmen können mit Ihren Ohren – erfüllt vom ewig raschelnden, fiependen, trippelnden, zuckenden, atmenden Lied der Mäuse. Es erklingt überall, es hüllt mich ein wie eine Decke. Es ist immer da. Sie sollten sich einmal in Ruhe hinsetzen, die Ohren aufstellen und die Schnurrhaare – ach, und da beginnen die Probleme schon wieder. Sie haben ja gar keine. Und diejenigen unter Ihnen, die einen Schnurrbart besitzen, können nicht damit hören. Genauso wenig, wie Sie mit Ihren Pfoten sehen können. Pardon, mit Ihren Fingern. Trösten Sie sich, dafür vermögen Sie damit so schöne Dinge zu erschaffen wie diesen Ort, mein Zuhause.

Sie denken, wir würden Sie mit unseren Katzenaugen schon seit der Zeit des Pyramidenbaus beobachten. Und – aber das wollen Sie ungern zugeben – wir hätten dabei all Ihre Geheimnisse erfahren. Menschen sind schon seltsam. Über solche Dinge machen Sie sich einen Kopf, aber an das

Naheliegendste denken Sie nicht. Was das ist, das Naheliegendste? Typisch, dass Sie das fragen müssen.

Im Moment liege ich hier auf dieser Bank aus Schmiedeeisen und grünem Holz. Mein rotes Fell leuchtet in der Sonne, derselben Sonne, die all die Steine ringsum erwärmt: die steilen gepflasterten Straßen von Montmartre, auf denen in diesem Moment das Wasser der Straßenreinigung hinuntersprudelt, hinaus auf den Boulevard de Clichy und hinein nach Paris. Die Häuser in den engen Gassen sind alt, alle stehen schon lange hier und atmen ihre Geschichte. Die Sonne braucht lange, bis sie ihre Fundamente erreicht. Die Kirchen und Treppen und Türme dagegen streben steil aufwärts, hoch hinauf bis zur weißen Kuppel von Sacré-Cœur, die sich in einen blauen Himmel streckt, der sich wie ein seidenes Zelt über die ganze Stadt spannt.

Die Mausoleen und Gräber rings um mich bilden eine eigene kleine Stadt, nicht der Toten, sondern des Erinnerns. Auch hier dominieren die Lebenden, gerade hier. Sie fahren auf der Straße, die auf gußeisernen Stelzen über den Friedhof hinwegführt. Die Rue Caulaincourt ist ein Viadukt, in dem der Verkehr rauscht. Sie gießen und gärtnern zwischen den Gräbern oder laufen mit Kameras und Karten herum und suchen raschelnd und beratschlagend die Ruhestätten von prominenten Persönlichkeiten. Sie alle liegen mir nahe.

Ich mag die Menschen. Und zugegeben, ich weiß einiges über sie. Auch wenn ich damals bei den Pyramiden nicht dabei war. Keiner von uns war das, schätze ich. Allenfalls Dégas, ja, bei Dégas, dem großen Schwarzen, an dem sich kein einziges helles Haar befindet, bei dem würde ich es für möglich halten, dass er die Geheimnisse aller neun Katzenleben kennt und noch einiges darüber hinaus. Aber sonst?

Ich bin nicht der einzige Kater auf dem Friedhof, viele unserer Gemeinschaft leben hier. Junge Dinger, die kommen und gehen. Die sich nicht zu schade sind, in einer Gruft zu nächtigen oder sich in einer leeren Blumenschale zusammenzurollen. Manche spielen mit den ausgebleichten Bändern der Grabkränze, zum Entzücken der Leute. Nun ja.

Meine Aufgabe ist eine andere.

Ich bin für die Menschen da, die der Toten wegen kommen. Sie spazieren herein, hantieren ein wenig mit der Kanne und der Harke, die sie hinter dem Grabstein versteckt haben, zupfen und richten die Blumen; einige sprechen ein Gebet. Und früher oder später setzen sie sich zu mir auf die Bank. Ich tue nichts, das ist gar nicht nötig. Es dauert nicht lange, bis sie die Hand ausstrecken, um mir unbeholfen über den Kopf zu streicheln oder mich am Kinn zu kraulen. Ich rühre mich noch immer nicht. Sie bemerken von selber, wie leicht ihre Hand über meinen Körper gleitet. Wie von selbst, wie dafür gemacht.

Der zweite Streichler ist schon glatter, flüssiger, länger. Ich schmiege mich an die Bewegung an, dehne mich. Ihre Finger finden genau den richtigen Widerstand in meinem Fell, um darin zu spielen. Es geht ganz einfach. Nur ein Weilchen, und wir sind eins, meine Menschen und ich.

Sie atmen ruhiger, ihr Puls verlangsamt sich. Ich schnurre dazu und weiß, wie es ihnen geht. Denn es geht mir genauso. Und dann, ganz sacht, manchmal stockend und manches Mal wie ein Wasserfall, beginnen sie zu erzählen.

So wie Madame Valladon. Sie kommt schon lange hierher, viel zu lange. Wenn sie am Grab ihres Vaters die Begonien gerichtet hat, setzt sie sich jedes Mal zu mir. Sie ist eine von denen, die mit meinem schönsten Schnurren belohnt werden, dem tiefen, das wie eine Wolke Bienen in der Luft steht. Und dazu schenke ich ihr einen Blick aus meinen ägyptischen Augen.

»Ach, Bonnard«, sagt Madame Valladon dann. Sie riecht nach Butter und Hefe, denn sie ist Pâtissière.

Schnurren, einatmen.

»Mein Vater hat es nicht leicht gehabt.«

Schnurren, ausatmen.

»Dreißig Jahre! Dreißig Jahre hat er im Gefängnis verbracht. Und weißt du, was er am Ende gesagt hat?«

Inzwischen kenne ich die Geschichte gut. Ihr Vater Marcel war siebzehn, als er verhaftet wurde. Und ihre Mutter ein schwangerer Teenager, die aus allen Wolken fiel, als sie davon erfuhr. Marcel hätte Konditor werden sollen, wie alle Valladons vor ihm seit dem Tag, da ihr Vorfahr, der jüngste Sohn eines armen Bauern in der Provence, sich auf dem Montmartre ein Zimmer genommen hatte, auf der Suche nach einer besseren Zukunft. Damals fuhren die Eisenbahnen noch mit Dampf.

Der Montmartre hat viele Gesichter, immer schon. Die Pâtisserie der Valladons liegt, so unscheinbar sie hinter ihrem grün gestrichenen Rolladen wirkt, am Schnittpunkt vieler Welten: Abwärts findet man die Cafés, Boutiquen und Galerien des mondänen Paris, oberhalb die Touristenwelt von Sacré-Cœur. Rechts geht es in die Viertel, die heute Afrika gehören und von denen es heißt, dass sie dort schwarze Katzen für Voodoo-Rituale benutzen. Links liegt das Moulin Rouge, seit jeher Mittelpunkt des Rotlichtmilieus.

Den jungen Marcel zog es eher nach links. Seine Familie vermietete damals die Zimmer im dritten Stock an Touristen. Dort wohnten zu der Zeit ein deutscher Schriftsteller mit Frau und Sohn, den der Mythos vom Künstlerviertel angezogen hatte. Einen Roman wollte er schreiben. Morgens vom Balkon aus zusehen, wie seine Frau mit einem Baguette unter dem Arm aus dem Bäckerladen tritt, in einem Blumenkleid. Wie sie ihm winkt, und er und das Kind zurückwinken.

Der Junge war drei; das vergaß in der Familie Valladon niemand mehr. Nur wie er hieß, daran kann sich keiner erinnern. Marcel und ein Freund hatten getrunken, auch ein paar andere Rauschmittel genommen und es plötzlich für eine gute Idee gehalten, die deutsche Familie auszurauben. Es war nicht das erste Mal: Handtaschen, Kioskkassen, an solchen Dingen hatten sie sich schon ein paarmal versucht. Immer ging es nur um ein paar Francs. Die Deutschen kannten Marcel und würden ihm öffnen, wenn er klopfte. Sie vertrauten ihm.

»Mein Vater sagt, dass sein Freund angefangen hat. Mit dem Messer. Auf einmal hat er losgestochen. Dann war da Blut, überall Blut.« Sie seufzt an dieser Stelle immer. Als könnte sie die Schreie hören, als wäre sie dabei gewesen.

Ihre Hand stockt dann in meinem Fell. Ein kleines Zucken eines Muskels meinerseits bringt sie dazu, mich weiter zu streicheln.

»Aber er hat mitgemacht, sagt er. Auch er.«

Ich setze für eine Weile pietätvoll mit dem Schnurren aus.

»Erst als sein Freund den Jungen am Bein gepackt hatte, kam er wieder zu sich.«

Die Schreie, die Gewalt und das Blut mussten die jungen Männer in einen Rausch versetzt haben. Wer einmal Mardern nachts zugesehen hat, wenn sie einen offenen Kaninchenstall finden, der weiß, wovon ich rede. Aber ich schweife ab. Der Junge also baumelte kopfüber vom Balkon, von dem völlig durchgedrehten Freund nur noch an einem Fuß gehalten. Die Mutter, schon fast tot, lag auf dem Boden und umklammerte sein Bein in dem Versuch, ihren Sohn zu retten. Da besann Marcel sich plötzlich. Er ließ sein Messer fallen, packte den anderen Fuß des Kindes mit seinen vom Blut glitschigen Händen, bekam ihn zu fassen und rief laut über den Balkon nach Hilfe.

Unten in der Straße liefen schon die Leute zusammen. Der Freund flüchtete. Marcel aber wartete, von allen angestarrt, bis unten zwei Männer die Arme ausgestreckt hatten. In ihre Hände ließ er den Jungen dann fallen. Ihm geschah nichts. Die Frau starb. Der Mann war schon tot. Marcel wurde an Ort und Stelle verhaftet, blutüberströmt und fassungslos.

»Und weißt du, was er gesagt hat?«

Ja, Madame Valladon, ich weiß es. Er sagte: Als ich den Jungen rettete, wurde ich selbst gerettet.

Sie streichelt mich weiter, mit der freien Hand fischt sie nach einem Taschentuch. Auch als sie sich schnäuzt, bleibt ihre warme, trockene Hand in meinem Fell. Ihr Puls wird ruhiger.

Als Madame Valladon geboren wurde, saß ihr Vater schon in Haft. Ihr Großvater nahm Mutter und Kind bei sich auf und machte das Mädchen zur Pâtissière und seiner Nachfolgerin im Geschäft. Madame Valladon backt mit Hingabe, bis heute. Als sie erwachsen war, brachte sie ihrem Vater hin und wieder ein Brioche oder ein paar Macarons ins Gefängnis. Dann erzählte er ihr jedes Mal, was sie mir erzählt. Warum er tat, was er getan hatte, verstand er selbst bis zuletzt nicht. Aber ich kenne das Gefühl, eine Maus zu töten und ihr hinterher liebevoll das Fell abzulecken. Gefühle sind eine starke Sache. Stärker als Gedanken.

So vergehen meine Tage. Ich lebe auf dem Friedhof. Manche sagen, ich hätte einmal einem Priester gehört. Immer wäre ich mitgegangen, wenn er hier seine Beerdigungen zelebriert hat. Hätte am Saum seiner Soutane gesessen während des »Asche zu Asche« und »Staub zu Staub« und wäre mit schlängelndem Schwanz hinter dem Trauerzug hergelaufen bis ins Bistrot zum Leichenschmaus. Und als er selber zu Grabe getragen wurde und nicht wieder ging, da wäre ich auch einfach hiergeblieben.

Manch andere wiederum behaupten, ich wäre mit einer jungen Frau hierher gelangt, die nachts heimlich auf den Friedhof geschlichen war, um Selbstmord zu begehen. Maunzend wäre ich ihr hinterhergelaufen bis zu dem Ort, an dem sie sich das Leben nahm, und hätte ihn dann aus Kummer nie wieder verlassen. Mit der Zeit wäre ich ruhiger geworden.

Wieder andere dagegen … aber ich habe genug erzählt. Sie müssen nur verstehen: Ich kam. Ich blieb. Ich bin eine Institution.

Ich war dabei, als das tote Mädchen gefunden wurde, als der Alte fast starb und der Junge sein Lied sang.

Ich würde Ihnen die Geschichte ja erzählen. Aber Katzen sind keine Freunde großer Worte. Tun Sie das Naheliegende: Streicheln Sie mich. Fahren Sie mit der Hand durch mein knisterndes Fell. Spüren Sie die Wärme, die Weichheit, diese Nachgiebigkeit, mit der ich mich dehne und dehne? Nein, das sind keine Funken, nur Mut. Ein wenig Elektrostatik vielleicht. Und das Strahlen der Sonne, die alle Farben zu etwas Besonderem macht. Meine Streifen leuchten nicht plötzlich auf in diesem überirdischen Rot. Sie sehen es jetzt nur, das Rot. Sehen es wie zum ersten Mal. Begreifen mit all Ihren Fingern, was es bedeutet. Und jetzt horchen Sie in sich hinein.

Es ist alles schon da.

1
Suzanne

Suzanne räkelte sich auf dem Fensterbrett, ein Auge auf die Straße gerichtet, eines auf den Tisch der Backstube, wo Madame Valladon gerade den Teig für die Religieuses bearbeitete, eine Art von Windbeutel in zwei Stockwerken, mit Buttercremefüllung und Schokoladenguss. Der Teig war trocken und schwer, Madame Valladon rührte mit aller Kraft. Jedes der fünf Eier musste einzeln untergehoben und hineingearbeitet werden, so hatte sie es von Großvater Valladon gelernt, und so hielt sie es.

Suzanne gähnte und leckte an ihren Pfoten.

Da Madame Valladon eine praktisch veranlagte Frau war, glaubte sie, Suzanne warte auf ihren Anteil am Teig und der Crème, der ihr auch immer liebevoll ausgehändigt wurde. Und da Suzanne eine überaus pragmatische Katzendame war, traf diese Vermutung auch zu. Aber das war nur ein Grund für ihre Fensterwache.

Suzanne machte sich Sorgen um ihr Frauchen. Sich so an den eigenen Vater zu hängen, das war in Suzannes Augen nicht normal. Junge hingen an ihren Müttern, sie fiepten und maunzten und suchten die Wärme des mütterlichen Bauches, bis sie dann groß und frech wurden und ihrer eigenen Wege gingen. Eine Ohrfeige, die konnte man ihnen mit auf den Weg geben, dachte Suzanne, ganz erfahrene Maman. Für all den Unsinn, den sie noch anstellen würden, und all die Mühe, die sie einen gekostet hatten. So redete Suzanne mit sich selbst, dabei schmolz ihr Herz schon bei dem Gedanken an all die Kätzchen, die sie im Lauf der Jahre großgezogen hatte, schmolz wie die Schokolade in der Crème pâtissière. Und sie dachte, dass es vielleicht das war, was Madame Valladon fehlte: ein Wurf, den man umsorgen und bemuttern musste. Oder wenigstens ein Junges.

Suzanne stammte aus demselben Dorf wie die Valladons; ihre Vorfahren waren grundsolide Scheunenbewohner und Mäusejäger gewesen, mit geschickten Pfoten und einem Sinn für das Notwendige. Alle paar Sommer, wenn wieder einmal ein vierbeiniger Mitbewohner den Tücken des Stadtlebens zum Opfer gefallen war, kam ein neuer Provinzler aus der Heimat der Valladons nach Paris, maunzend, aufgelöst, empört an seinem Reisekorb kratzend. Vor fünfzehn Jahren war das Suzanne gewesen. Und sie war geblieben. Weder Verkehr noch Gift noch böse Nachbarn hatten ihr schaden können. Suzanne hatte sich eingerichtet in der Backstube, den paar Zimmerchen darüber und den Gassen, die zu ihrem Heim gehörten. Zuverlässig sah man sie am Fenster oder im Schatten der Hecke des kleinen Gärtchens, in dem Madame Valladon die Damaszenerrosen zog, die sie für ihr berühmtes Rosengelee benötigte. Und ebenso zuverlässig, liebevoll und vernünftig zog Suzanne Wurf um Wurf groß. Immer waren es vier Kätzchen, und immer war eines davon dreifarbig wie sie selbst, ein Glückskätzchen. Dazu eines rot und eines grau getigert und eines zu guter Letzt schwarz. Die Menschen im Viertel wussten um Suzannes Zuverlässigkeit und tätigten ihre Bestellungen für einen neuen Hausgenossen bei Madame Valladon bald im voraus.

Suzanne zog all die Kleinen mit Liebe und Strenge auf, säugte sie, putzte sie und leckte ihnen Schnäuzchen und Bäuche mit ihrer warmen, rauhen, liebevollen Zunge. Bis es an der Zeit war, dass die Kleinen aufbrachen. Jedes Mal brach es Suzanne ein wenig das Herz, aber nie war viel Zeit für Kummer, denn der nächste Wurf kündigte sich bereits an in ihrem sich rundenden Bauch.

Die einzige Romanze in Suzannes Leben – wenn man denn so viel Mutterliebe die Romantik absprechen will – war ihre Affaire mit diesem griechischen Schiffskater im letzten Sommer. Er war von den Ufern der Seine bis zu ihr hinaufgestiegen, nur ihretwegen. Zumindest hatte er das erzählt. Aber ach, er hatte so manches gesagt. Dass sie schön sei, dass er mit ihr um die Welt reisen wolle. Dass Katzen wie sie im fernen Japan als Glücksbringer gälten und Kapitäne Reichtümer dafür gäben, eine Dreifarbige wie sie auf ihrem Schiff zu haben. Dass er sie niemals verlassen würde.

Suzanne war verzaubert gewesen, hingerissen. Das Lied des Fremden, das über die Mauer zu den Rosen stieg, schien ihr das schönste, das sie je gehört hatte. Obwohl die provenzalische Dorfmaid in ihr zugleich fürchtete, der Fremde könne ein Mädchenhändler sein, gekommen, um sie an japanische Seeleute zu verschachern. Und natürlich hatte sie niemals vor, eine ihrer Pfoten auf die Planken eines Schiffes zu setzen. Mit dem Griechen von den Sternbildern der Südsee zu träumen genügte Suzanne durchaus. Ein wenig länger allerdings hätte der Traum schon dauern dürfen. Allzu bald war es August und der Fremde fort, und die nächsten Jungen kündigten sich an. Es waren nur zwei, und sie waren gefleckt wie die Clowns. Suzanne schämte sich ihrer ein wenig. Ihr war, als verspottete die Fellzeichnung für alle sichtbar ihre kleine amouröse Verirrung.

Madame Valladon brachte die beiden Katerchen bei Monsieur Moulin unter, der sie Pablo und Miró nannte und sie in seinem Bistrot an einem eigenen Tisch essen ließ, den er seinen Katzentisch nannte. Sitten waren das! Suzanne zuckte mit den Schnurrhaaren, wenn sie daran dachte. Seither waren ihre romantischen Neigungen, ja jegliches Interesse am männlichen Geschlecht ohne Groll und Kummer eingeschlafen.

Suzanne gähnte erneut.

Madame Valladon schaute auf und wischte sich mit dem Unterarm über die Stirn. »Du bekommst deinen Anteil schon noch, ma chérie. Nur keine Langeweile.« Sie lächelte.

Doch gleich kam er wieder: der nächste abgrundtiefe Seufzer. Madame Valladon selbst bemerkte es schon gar nicht mehr. Wenn Suzanne ihr hätte sagen können: He! Du seufzt. Dann hätte sie sicher nur verständnislos geschaut und es geleugnet. Aber Suzanne hob nur jedesmal den Kopf und wendete die Ohren nach vorne, wenn ihrer Herrin wieder unbewusst der schmerzliche Laut entfuhr. Diese hob dann ebenfalls den Blick, fand ihre Katze in aufmerksamer Haltung und lächelte erfreut. Für einen Moment. Dann ließ sie den Kopf hängen, und es ging alles wieder von vorne los.

Auf der Gasse war lautes Geschrei zu hören. Ruckartig hob Suzanne den Kopf. Ihre Söhne Pablo und Miró kamen den Gehsteig entlanggesaust, mit gesträubten Schwänzen, aber fröhlich gereckten Ohren. Wenn Suzanne auch hätte seufzen können, dann hätte sie es jetzt getan.

Immerhin richtete sie ihre mollige Gestalt zu einer würdigen Kugel von sieben Kilogramm auf. Mit einem kurzen Fauchen brachte sie die beiden Tunichtgute zum Stehen. »Was soll das? Was führt ihr euch so auf?«

Brav hielten die Katerchen an, setzten sich hin, legten die Schwänze um die Vorderpfoten, wie sie es gelernt hatten, und guckten zu ihrer Maman hoch. Pablo war beinahe weiß. Schwarze Flecken verteilten sich über seinen ganzen Körper, einer davon bedeckte die linke Gesichtshälfte samt Kiefer und Auge, ein zweiter den Ansatz des rechten Ohres, ein anderer saß ihm am Schwanzansatz. Mirós Rücken war schwarzbraun getigert, ebenfalls die Stirn bis zu den Augen, sodass es aussah, als trüge er eine Maske, dazu weiße Stiefel und einen weißen Pompon an der Schwanzspitze. Am schlimmsten aber, fand seine Mutter, waren die Sprenkel um die Nase, die bei Menschen als Sommersprossen gegolten hätten, bei ihm aber aussahen, als wäre er eben durch eine Pfütze galoppiert. Beide hatten kupferfarbene Augen und rosa Schnauzen wie ihre Mutter.

»So ein Theater!«, schimpfte Suzanne weiter, die froh war, für ihre schlechte Laune ein Ventil zu finden.

Im Mietshaus gegenüber hatten der dumme Pudel und der Mops aus dem Erdgeschoss zu bellen angefangen. Manche Menschen hoben die Köpfe von ihren Smartphones und lächelten; einige schossen sogar Fotos. Es war peinlich.

»Aber wir haben ein Gespenst gesehen!«, protestierten Suzannes Söhne.

»Ja, auf dem Friedhof!«

»Ein blondes Gespenst!«

»Und es hat geschrien!«

Pablo hatte seine guten Manieren vor lauter Aufregung schon wieder vergessen. Laut schnurrend streifte er abwechselnd mit der rechten und linken Kopfseite um eine der grünen Metallsäulen, die den Eingang zur Pâtisserie flankierten. Schlingschlängelnd folgte ihm sein Schweif. Miró hingegen war völlig fasziniert von einer Ameise. Mit wackelndem Hintern bereitete er sich auf den Angriffssprung vor. Suzanne seufzte. Dieser Junge hatte die Aufmerksamkeitsspanne einer Eintagsfliege. Er würde nie im Leben eine Maus fangen. Sie hob die Tatze.

Für einen Moment herrschte wieder Ordnung.

»Wie oft soll ich es euch noch sagen: Bei Menschen heißt das singen, nicht schreien. Und Gespenster gibt es nicht.«

»Und wieso nennen sie unseren Gesang dann Geschrei?«, fragte Miró trotzig.

Pablo blieb wenigstens beim Wesentlichen: »Gibt es doch«, sagte er. »Gespenster gibt es eben doch. Und wir haben eins gesehen: ein Mädchen, ganz weiß. Und es saß auf einem Grab und hat gesungen.«

»Wie oft habe ich schon …«, begann Suzanne erneut.

Pablo zuckte die Achseln, die noch schlank und schlaksig waren. Doch man konnte schon ahnen, dass er, sollte er wider Erwarten ein höheres Lebensalter erreichen, zweifellos zu einer imposanten Größe heranwachsen würde.

»Dann hat es eben geschrien«, gab Pablo widerwillig nach. »Mir doch egal.«

Miró sprang an seine Seite und gab ihm einen herzhaften Kopfstoß. »Komm, wir erzählen es allen.«

»Nichts dergleichen!«, fauchte Suzanne. »Ihr werdet schön brav hierbleiben und euch diesen Unfug aus dem Kopf schlagen.«

Doch es war zu spät. Die beiden rannten bereits weiter. Ein Stück die Straße hinunter konnte Suzanne noch sehen, wie sie in einem halb spielerischen, halb ernsten Angriff übereinander herfielen. Straßenstaub wolkte auf. Bald sprangen sie auf, und weiter ging die wilde Jagd. Ob sie noch an ihr Gespenst dachten, wer konnte es sagen?

Suzanne verdrängte den Gedanken, dass jemand sie jetzt putzen und ihnen das Fell nach Schmutz durchknuspern müsste. Das war nicht mehr ihre Aufgabe. Oh, wie oft hatte sie Miró das gesprenkelte Schnäuzchen geleckt.

Ob sie sich bei Bonnard erkundigen sollte nach diesem weißen Mädchen, das auf einem Grabstein sang? Oder einfach hoffen, dass irgendjemand den beiden Strolchen den Kopf zurechtrückte? Früher oder später würden sie richtig Ärger bekommen. Mit Schaudern dachte Suzanne daran, wie sie in das Auto des Postboten geklettert waren. Er hatte sie erst bei der Rückkehr ins Paketlager entdeckt. Zum Glück hatte der Postbote selbst Katzen und brachte die beiden wieder zurück. Seither bekam er bei Moulin im Lokal immer einen Rosé umsonst, wenn er wollte. Oder wie sie im Fuß des Billardtisches einer Bar am Pigalle feststeckten. Sie hatten so laut geschrien, dass sogar die spielenden Zuhälter auf sie aufmerksam geworden waren. Wieder hatten sie Glück: das halbe Lokal, Nutten, Freier, Kuppler, überbot sich darin, sie aus ihrer Klemme zu befreien. Die Kneipe benannten sie danach um in »Le chat qui chante«. Und wenn das Mädchen nun doch geschrien hatte? Waren ihre Söhne am Ende in etwas hineingeraten?

Was trieben sie überhaupt auf dem Friedhof? Neugier war der Katze Tod, das wusste jeder. Oh diese beiden, kein Wurf hatte ihr je solche Sorgen bereitet wie dieser. Und der Gedanke daran, dass es ihr letzter war, versetzte Suzanne einen kleinen Stich. Vielleicht musste man einen Preis dafür zahlen, dass man den Wahnsinn der Liebe einmal gekostet hatte.

Suzanne warf einen schrägen Blick auf Madame Valladon, die nichts mitbekommen hatte und inzwischen dazu übergegangen war, den cremig gewordenen Teig in eine Spritztülle zu füllen.

Und vielleicht, dachte Suzanne weiter und begann, ihr in der Aufregung gesträubtes Fell zu reinigen, vielleicht war Nachwuchs doch nicht die Lösung für Madame.

2
Matisse

Matisse war von dem Jungen fasziniert. Es lag nicht nur an seiner Hautfarbe; er war beinahe genauso schwarz wie Dégas, der Kater, an dem kein weißes Haar saß. Matisse fand das ungewöhnlich. Denn er kam weit herum in Montmartre und wusste genau, dass die afrikanischen Immigranten fast alle drunten wohnten, um das östliche Ende des Boulevard de Clichy herum und vor allem beim Kaufhaus Tardi. Hier oben hingegen selten – und schon gar nicht im Garten von Madame Valladon, der nur über eine versteckte private Treppe von der Rue Junot aus zu erreichen war.

Der Garten war ein Relikt des alten Montmartre, in dem es noch kleine Häuser mit kleinen Gärten gegeben hatte. Das Haus zu diesem hier war verfallen und in den Zwanzigerjahren durch einen Neubau ersetzt worden. Aber der Garten selbst war noch da, die Birke und die Zeder, an deren Rinde man so schön seine Krallen schärfen konnte. Die Rosen gab es noch, den Ginster und die Brombeerhecke. Und einen Stamm Mäuse, dessen Ursprünge laut Dégas noch auf 1789 zurückgingen.

Dégas pflegte zu sagen, die Vorfahren dieser Nager hätten damals das Brot für den Pariser Pöbel weggefressen, sodass die Königin Marie Antoinette, die, auf den Missstand aufmerksam gemacht, seinerzeit gesagt hatte: »Dann sollen sie halt Kuchen fressen.« Und von da an nahm das Unglück bekanntermaßen seinen Lauf. Die Königin kam aufs Schafott, der König dazu. Die Menschen nannten es: die Französische Revolution. Dégas kannte zahlreiche solcher Geschichten. Matisse fand nicht, dass die Mäuse hier deshalb anders schmeckten. Aber man jagte in angenehmer Umgebung. Und jetzt war dieser Junge hier.

Das allerseltsamste an ihm war seine Beschäftigung: Er hatte einen viereckigen Gegenstand bei sich, der aus Papierbögen bestand, die an einem Ende zusammengeklebt waren. Matisse konnte den Kleister bis in sein Versteck riechen und auch das Aroma des Papiers und des Stoffes, in den es eingebunden war. All das stammte nicht von hier. Es roch fremd, nach Mottenkugeln und Weihrauch und ein wenig nach Honig, aber auch nach Salz. Einen Geruch konnte Matisse nicht zuordnen, doch er fühlte sich von ihm zum Schnurren gebracht. Schnell verstummte er, als der Junge den Kopf hob.

Was tat der Fremde da nur? Er nahm Blatt für Blatt und legte es um, aber nicht in einer vernünftigen Geschwindigkeit, sondern so, als wollte er sich jede Faser des Papiers, jede Unebenheit und jedes Staubkorn darauf einprägen. Eine Weile verfolgte Matisse diese Bewegung mit großen Augen und vor Aufregung zuckender Schwanzspitze. Doch es geschah weiter nichts. Keine Beute, nichts wollte sich zeigen zwischen den Seiten. Warum nur starrte der Junge so angestrengt darauf wie auf ein Mauseloch?

Lag es an dem schwarzen Muster, das sich über die Seiten zog? Matisse war nicht dumm, im Gegenteil, er war eine Großstadtkatze und mit allen Wassern gewaschen.

Da sollte erst einmal einer kommen und das Gegenteil behaupten! Mit seinen zwei Jahren hatte er schon Dinge gesehen, da konnten andere nur von träumen! Er kam zurecht zwischen Dieben und Schleppern, Touristen und Straßenkids. Nicht umsonst nannte man ihn die Python. Den Spitznamen hatte Matisse sich selbst gegeben. Er fand, er passte gut zu seiner schwarzbraunen Zeichnung, die mehr gefleckt war als gestromt und ein wenig an einen Urwald erinnerte. Den Dschungel der Städte, in dem er sich bewegte, wenn auch teilweise nur in seiner Fantasie. Na und? Er war die Python und keiner machte ihm etwas vor.

Er wusste daher durchaus, was Lesen war. Das war, wenn man die Buchstaben aus Licht über einem Geschäft entzifferte und ihnen so überflüssige Hinweise entnahm wie den, dass darin Fisch verkauft wurde. Überflüssig, weil er das schon drei Straßen weiter gerochen hatte. Bonnard konnte lesen, hieß es, er wusste, wer in den Gräbern lag, auf denen er sich wärmte. Weil es mit den Zeichen auf den Stein geschrieben war.

Schön und gut, Matisse war es recht. Aber die Zeichen in diesem Buch, das war nicht dasselbe. Sie schlängelten sich wie Mäuseschwänze, wie Schneckenstraßen, wie der Flug der Hummel, wenn der eine Spur hinterlassen würde, und wie die Ranken der Kapuzinerkresse. Hübsch sah das aus, das musste Matisse zugeben. Und je länger er darüber nachdachte, desto mehr kam er zu der Überzeugung, dass der Junge diese Zeichen las. Denn er ließ seine Stimmbänder schwingen und brachte Laute hervor, die Matisse zwar ebenfalls nicht verstand. Aber er hatte seine Ohren nicht umsonst, und er hörte wohl, dass ein Muster in diesen Lauten lag und dass es schön war. Steigend und fallend, sich windend und sich verschlingend. Wie Mäuseschwänze, wie Schneckenstraßen, wie der Flug der Hummel und die Kresseranke. Beinahe klang es wie Musik. Aber doch nicht ganz. Es war irgendetwas dazwischen. Matisse lauschte nun schon seit einer halben Stunde fasziniert.

»Poésie«, sagte eine dunkle Stimme.

»Ach«, entfuhr es Matisse. Er unterdrückte ein Fauchen. »Ich hab dich schon gehört, Dégas.« Das war natürlich eine Lüge. Aber Matisse war die Python und hätte niemals zugegeben, dass es einem anderen Kater gelingen könnte, ihn zu überraschen.

Wenn seine kleine Angeberei Dégas amüsierte, dann bemerkte man es nicht. Dégas war schwarz wie die Nacht, und wenn er zusammengerollt im Halbschatten lag, dann sah man nichts anderes als den Umriss seiner Ohren und das Glühen seiner mandelförmigen grünen Augen. Gerade schlossen diese Augen sich in großem Genuss. »Verse aus dem Orient.«

»Orient? Der Junge kommt aber aus Afrika.« Matisse wollte sich schon auf die Zunge beißen.

Zu seiner Überraschung allerdings strafte Dégas die vorlaute Bemerkung nicht ab. Er öffnete vielmehr sein Maul und flehmte. Duftmoleküle strömten in seinen Rachen, in seine Nase und zu dem Jacobschen Organ, das dort seine Arbeit tat, an der Grenze der Welten von Geruch und Geschmack, in einem ganz eigenen Königreich der Wahrnehmung.

»Westküste«, stellte der große Schwarze nach einer Weile fest. Es war, als kostete er jedes Wort wie ein Gewürz. »Nicht der Kongo, weiter oben. Mmmmh, ich kann das Meer riechen, das Mittelmeer, nicht den Atlantik. Er kam mit dem Schiff.« Dégas verstummte und öffnete die Augen. »Aber seine Sprache ist altarabisch.« Sein Blick wurde opak, als blickte er in andere Räume. »Wie lange habe ich das schon nicht mehr gehört? Wusstest du, dass die Araber die Dichtung ›erlaubte Magie‹ nannten?«

»Altarabisch?« Matisse verstand nicht viel.

»Ausgestorben«, bestätigte Dégas gelangweilt. Seine Stimme wurde sachlicher, sein Blick wieder klar. »Übernachtet hat er hier. Und seine letzte Mahlzeit war ein Cheeseburger.« Er gähnte.

»Das rieche ich selber«, sagte Matisse beleidigt. Die Lumpen, mit denen der Junge sich zugedeckt hatte, waren unübersehbar, der Schlafgeruch hing noch wie eine dicke Wolke über ihnen. Das Einwickelpapier des Burgers leuchtete beim zweiten Hinsehen schadenfroh daraus hervor. Unauffällig versuchte Matisse, näher hinzuschnuppern.

Da klappte der Junge das viereckige Ding zu. Gerüche stiegen auf wie Vogelschwärme, als er in dem Lumpenhaufen wühlte, um es sorgsam darin einzuwickeln und zu verstecken. Dann stand er auf. Wohin er wohl wollte? Matisse war entschlossen, es herauszufinden. Nicht ausgeschlossen, dass man so auch auf eine Quelle für Burger stieß.

»Dégas, wollen wir …?«, begann Matisse und wandte sich um. Der Schwarze war fort. Natürlich, jetzt roch er es auch. Dégas Aroma war durchsichtig geworden wie ein Gespenst. »Ich hab dich schon weggehen hören«, sagte Matisse. Zur Sicherheit sagte er es laut.

Der Junge wandte den Kopf und bemerkte ihn. In einem

Lächeln zeigte er seine großen weißen Zähne. Dann griff er nach dem Einwickelpapier für sein Abendessen, faltete es auf, kratzte mit dem Finger darin herum und brachte ein Klümpchen kalt gewordenen Käses zum Vorschein, das er in Matisse' Richtung schnippte, ehe er ging.

Matisse roch vorsichtig an dem Käse. Endlich fraß er ihn. Dann machte er sich daran, dem Jungen zu folgen, der die ausgestorbene Sprache sprach. Um besser an ihn denken zu können, nannte er ihn bei sich Poésie.

Poésie schlug einen vielversprechenden Kurs ein, fand Matisse. Denn keine halbe Stunde später fanden sie sich auf den Terrassen unterhalb von Sacré-Cœur, dort, wo die Touristen sich drängten. Es war ein gutes Jagdgebiet, denn die Grünflächen mit den Blumenrabatten boten gute Deckung. Auch gab es hier viel Futter, und alle starrten nach oben, niemals auf ihre Füße und das, was sich dazwischen bewegte. Auch jetzt am frühen Mittag war das Gedränge bereits wieder groß.

Manche machten sich auf den weiten Weg über die Treppen hinauf zur Kirche, andere stiegen in den Funiculaire, diese kleine Seilbahn ohne Seil. Alle schossen hier ihre ersten Fotos vom berühmten Montmartre, flanierten zwischen den wartenden Portraitzeichnern herum und kauften sich Wasser, denn es war ein heißer Tag. Das gekühlte Nass gab es bei Straßenverkäufern, illegale Einwanderer, die davon lebten, kleine Plastikflaschen mit Mineralwasser aus eisgefüllten Eimern anzubieten.

Sie waren nicht gerne gesehen bei den offiziellen Standinhabern, denn es war teuer, hier seine Postkartenständer, seine Buchkisten oder Staffeleien aufstellen zu dürfen. Jeder Musiker oder Maler, der hier auftreten wollte, musste sich zunächst der Stadtverwaltung von Paris vorstellen und teuer für seinen Standort bezahlen. Was für den Fremden wie ein reizvoll wilder Völker- und Kunstmarkt aussah, war in Wahrheit eine staatlich reglementierte Angelegenheit. Und die Anwesenden Privilegierte. Aber der Tag war heiß, zu heiß, um jemandem die Polizei auf den Hals zu hetzen, weil er Wasser anbot. Da kaufte man lieber selbst ein Fläschchen und ließ die Polizei außen vor.

Matisse war sich sicher, dass auch der Junge zu den Illegalen zählte, und wartete darauf, dass er, wie jene es taten, plötzlich aus einem Busch oder einer Rabatte der Grünanlage Stück für Stück seine Ausrüstung hervorzauberte, hier einen Eimer, dort eine Plastikplane. Bis der transportable Getränkestand fertig war. Im Winter zauberten jene abgerissenen Gestalten ganze Grills samt Kohle und Maronen aus den Hecken. Es waren Wunderhecken, die in den Parks von Paris standen.

Aber der Junge begnügte sich damit, an einem Stand mit Obst eine Handvoll Trauben zu stehlen. Oha, dachte Matisse. Der Kerl kennt sich aus. Und um nicht zurückzustehen, schnappte er sich ein Stück von einer heruntergefallenen Banane, das zu Füßen eines schreienden Kleinkindes lag. Ich bin die Python, dachte Matisse, den reifen Geschmack im Maul und stolz auf die Wirkung seines Auftritts; ich hab es drauf. Beinahe hätte er verpasst, wie der Junge aus einem Mülleimer ein halbes Croissant zog. Dann blieb er stehen, kaute an seinem Fund und schaute versonnen der Darbietung einer Truppe Straßentänzer zu, als wäre er irgendein Flaneur. Seine Augen leuchteten, und er applaudierte mit den anderen. Er ist noch ein Kind, dachte Matisse und sprang nach einem Schmetterling, der seinen Weg kreuzte. Daneben. Wie peinlich. Er setzte sich auf ein Mäuerchen und begann, demonstrativ seine Pfoten zu reinigen.

Fast hätte er den Jungen aus den Augen verloren. Poésie wandte sich so plötzlich von den Tänzern ab, wie er bei ihnen stehen geblieben war. Matisse sah ihn zögern, als er an dem Teller vorbeikam, in den die Leute Münzen für die Artisten warfen. Tu es nicht, dachte Matisse. Das ist zu auffällig. Sei klug und tu es nicht, sie werden dich in der Luft zerreißen. Und Poésie schien auf ihn zu hören. Er ließ das Geld, wo es war, setzte sich wieder in Bewegung und ging weiter. Matisse atmete auf. Er selber hätte es geschafft, ohne Frage. Er hätte sich zwischen all den Beinen hindurchgeschlängelt mit seiner Beute und wäre verschwunden. Er war ja auch die Python.

Eine Weile noch ließ Matisse sich mit dem seltsamen Jungen, der eine ausgestorbene Sprache beherrschte, durch die Menschenmenge treiben. Er sah, wie Poésie bettelte, er sah, wie er stahl. Und er fühlte sich ihm immer näher. Seine eigenen Tage verbrachte er nicht viel anders. Manche, wie Madame Valladon, gaben Matisse ein Näpfchen um seiner schönen Augen willen. Andere, wie Monsieur Moulin, ahnten nur, dass er regelmäßig ihre Mülltonnen durchwühlte und auch das offene Küchenfenster nicht verschmähte. Manchmal hielt ein Kind ihm seine Eiswaffel hin. Das war interessant. Nicht das Süße, das konnte Matisse nicht schmecken. Aber die Kühle und der leise

Duft nach Milch. Also Milch, das war für ihn das höchste, dafür … nanu? Wo war der Junge hin? Wo war Poésie geblieben? Matisse war so überrascht, dass er leise maunzte.

Da steckte er ja, hinter dem Busch. Aber wieso duckte er sich? Warum tat er, als wäre er unsichtbar, wo es doch keiner halbwegs intelligenten Katze entgehen konnte, wo er sich befand? Unüberriechbar wehte sein Geruch mit dem warmen Wind herüber.

Unwillkürlich tat Matisse es dem Jungen nach und duckte sich an die Ecke der Rue d'Orsel. Über seinem Kopf wurden im Schaufenster Stiche von Altparis feilgeboten. Vor seinen Augen bewegten sich Schuhe hin und her, Sandalen, Sneakers, Badelatschen, Clocks. Drei besonders schmutzige Paar Füße steckten in besonders abgetragenen Gummisandalen: neongrün, neongelb und neonorange. Matisse nannte sie die Néons. Sie gingen von hier nach da, kamen aber nicht so recht voran. Es war, als suchten sie den Platz ab, nach einem möglichst unauffälligen, doch sinnvollen Muster. Es brauchte eine Katze, um das zu bemerken. Matisse' Jägeraugen entging keine noch so geringe Aktivität der drei. Einst hatten Löwen so im Gebüsch gelegen und ohne auch nur den Kopf zu drehen die Bewegung der Antilopen am Horizont beobachtet.

Die Männer besaßen alle dunkle Haut, wie Poésie, einer war ein wenig heller, einer ein Araber. Sie mieden die offiziellen Geschäfte und trieben sich nur bei den Illegalen herum. Nicht so dass es auffiel, nur langsam und nach und nach. Blieben stehen, sagten etwas, kehrten wieder. Hielten die Hand auf. Und gerade so schnell, wie eine Katze schauen konnte, wechselten zerknitterte Geldscheine den

Besitzer. Matisse kam zu dem Schluss, dass die Néons die anderen Illegalen kontrollierten. Offenbar gab es auch für sie Gebühren auf diesem Markt. Nicht die offiziellen. Aber inoffizielle. Einmal, zweimal sah er, wie einer der Händler rasch seine Flaschen zusammenraffte und unterzutauchen versuchte. Die Néons gingen ihm nach. Nach einer Weile kamen sie wieder. Matisse roch Angst. Sie klebte an ihren Händen. Die Néons hatten Angst hervorgerufen, Angst angefasst. Auch Poésie stank danach. Noch immer duckte er sich hinter sein Gebüsch, klug genug, sich reglos zu halten. Was hatte er mit den Männern zu tun?

Matisse wusste nur, dass der Junge sich fürchtete. Er konnte es sehen, als hätte der Kleine sein Fell gesträubt und die Ohren nach hinten gelegt. Er konnte es riechen. Seine Barthaare nahmen die Schwingungen einer Panik auf. Und jetzt kamen die drei auf Poésie zu.

Matisse sprang vor. Ein lässiges Schnellen, schon hing er in den zerrissenen Shorts des hintersten Mannes. Er krallte sich fest und spürte befriedigt, dass seine Krallen unter dem Stoff die Haut fanden. Mit Lust ließ er sein volles Gewicht an den Pfoten hängen. Der Mann schrie auf und fuhr herum. Matisse war schon weg, einen Mann weiter, tapste über neongelbe Schuhe, hinterließ Kratzer auf den Zehen darin. Er konnte sanft auftreten, wenn er wollte, oh ja. Aber er konnte auch anders. Der dritte Mann trat nach ihm. Matisse merkte ihn sich: neongrün. Er pendelte mit dem Kopf hin und her, um abzuschätzen, ob ein Sprung ihn bis zum Gesicht des Mannes bringen würde. Entschied sich für die Brust und hinterließ beim raschen Zuschlagen der Schwerkraft sechs wunderbare Striemen, die in schönen Geraden abwärts führten. Und jetzt nichts wie weg.

Drei Sprünge, vier Galoppsprünge, eine Wendung und ein Spurt. Matisse war außer Reichweite. Die Néons wussten nicht einmal, in welcher Richtung sie ihn suchen mussten. Matisse hatte sich mit angeborener Sicherheit in ihrem toten Winkel von ihnen entfernt. Das hatte er drauf. Er war die Python.

Der junge Kater stieß einen triumphierenden Ruf aus, den wieder einmal kein Mensch verstand. Dann rief er: »Poésie?«

Aber sein Begleiter war verschwunden. Matisse roch nicht einmal mehr seine Furcht, nur die eigene Aufregung, die noch immer durch seine Adern brauste. Und langsam wurde Matisse nervös. Python hin oder her, all die Bewegungen und das Gelärme. Nichts davon war mehr Beute, aber alles alarmierend. Langsam sträubte sich sein Schwanz, und er merkte, dass er eine Erholungspause brauchte. Mit wenigen Sätzen war er beim Funiculaire. Er benötigte keine Fahrkarte. Alles, was er tun musste, war, für all die Handyfotografierer zu posen, die sich mit Entzückensrufen gegenseitig auf ihn aufmerksam machten. Drei auf einen Streich, dachte er, während er sorgsam sein Fell in Ordnung brachte. Drei erledigt: orange, gelb und grün. Und ihr habt wieder einmal keine Ahnung.

Nach dem Jungen würde Matisse heute Abend sehen. Er wusste ja, wo er schlief. Unter Madame Valladons Rosen. Jetzt würde er sich erst einmal ein ruhiges Plätzchen suchen und nach Sonnenuntergang im Garten vorbeischauen.

Da konnte doch nichts schiefgehen.

3
Dégas

Dégas, der große schwarze Kater, hatte sich in dem kleinen Friedhofsgarten an der Kirche St. Pierre niedergelassen, dem Cimetière du Calvaire. St. Pierre war älter als die vielbestaunte Sacré-Cœur gleich nebenan, die in Dégas' Augen nur eine Art Jahrmarktattraktion darstellte, viel älter. An ihrer Stelle hatte bereits zu römischen Zeiten ein Tempel gestanden. Und der Boden ringsum atmete diese Geschichte. Es war wie der würzige Duft eines Waldes, dicht und vielfältig. Dégas nahm ihn mit all seinen Sinnen auf. Er schlief gerne hier, weil er in seinen Träumen durch all die Zeiten wandern konnte, die seit dem Tempelbau vergangen waren.

»Na, alter Griesbart?«

Natürlich, Grisette, er hätte es wissen müssen. Aber war er nicht ein wenig auch deshalb zur St. Pierre gewandert, weil er wusste, dass die kleine Graue sich hier manchmal herumtrieb? Sein Verstand antwortete: nein. Aber andere Teile seines Körpers flüsterten etwas anderes.

Als hätte Grisette es bemerkt, streckte sie sich und schlug ihre kleinen, perlmuttfarbenen Krallen in das Erdreich. Sie ließ ihm alle Zeit, ihr überaus dichtes, glänzendes Fell zu bewundern, das in einem seltenen Blaugrau schimmerte. Grisette selbst behauptete, das käme daher, dass ihre Vorfahren siamesische Edelkatzen waren, die einst König

Ludwig XIV. geschenkt worden waren. Eben jenem Ludwig, der wegen der unpassenden Bemerkung seiner Gattin über Brot und Kuchen auf dem Schafott endete. Und wegen anderer Kleinigkeiten. Grisette jedenfalls hielt viel darauf, dass ihre Vorfahren ein Geschenk des türkischen Emirs gewesen waren.

Wie gerne hätte sie Bajadere geheißen. Oder Scheherezade. Oder wenigstens Aisha. Alles, nur nicht Grisette, wie ein französisches Dienstmädchen. Sie hielt sich darum besonders gerade und achtete vor allem darauf, in jeder Lage eine edle Kopfstellung zu bewahren. So saß oder lag sie ganze Stunden auf der Auslage des Kiosk auf der Place des Abbesses, den ihre Herrin, Madame Chauchat, betrieb. Grisette legte Wert darauf, immer auf der *Madame* oder der *Esprit* zu liegen, nie auf den billigen Blättern. Und sie schätzte es, ebenso wie ihre Herrin, wenn man ihr im Vorübergehen ein paar Worte der Bewunderung widmete.

Dégas hätte Grisette sagen können, dass nichts an ihr orientalisch war. Ebenso wenig, wie es sich bei Madame Chauchat um eine würdige Witwe handelte Die Dame hatte ihr Leben lang als Hure in den Bars rund um den Place Pigalle gearbeitet, wie schon ihre Mutter vor ihr. Erst als das Alter und die Gicht sie zwangen aufzuhören, hatte sie ihr Erspartes, zumindest der Teil, den sie nicht den falschen Männern in den Rachen geworfen hatte, in den Erwerb des Kiosks gesteckt.

Grisette also war keine Orientalin. Das sah Dégas an ihrem Körperbau, der mollig und kurzbeinig war, egal wie sehr sie sich streckte. Ihre Stirn war nicht schmal, ihre Schnauze nicht lang und ihre Augen nicht mandelförmig.

Sie saßen vielmehr in einem stets ein wenig verdutzt dreinschauenden, ewigen Kindergesicht, das im übrigen ganz entzückend war.

Grisette war die Nachfahrin von Klosterkatzen, die Karthäuser hießen. Oder nach der größten Abtei des Ordens, la Grande Chartreuse im Département Isère, auch Chartreux. Genau wie der Likör, der dort hergestellt wurde. Weder Kloster noch Likör allerdings hätten Grisette gefallen. Vom Likör trank die gute Frau Chauchat noch immer viel zu viel. Und ein Kloster hatte sie nie von innen gesehen.

Dégas schwieg also und ließ der Grauen ihre angemaßte Herkunft, die sie trug wie eine Nutte ihre räudige Federboa.

»Leg dich woanders hin«, knurrte er, als sie Miene machte, sich ihm schräg gegenüber im Schatten eines Buchsbaumes niederzulassen. Doch er sagte es nicht allzu ruppig.

»Ganz woanders?«, fragte sie süffisant und mit einem Augenaufschlag. Eine lässige Bewegung deutete an, dass sie jederzeit bereit war zu gehen.

Das kleine Miststück. Sie wusste genau, dass er ihre Gegenwart insgeheim genoss. »Nur nicht dort«, brummte er. »Nicht über den Märtyrern.« Nun hatte er das Vergnügen zu sehen, wie Grisettes Schnurrhaare sich sträubten. Sie hatte herrliche Vibrissen, die sich in weiten, fast perfekten Halbkreisen nach unten bogen.

»Liegen sie dort begraben?«, fragte sie. »Ach, ist das unheimlich.«

»Sie liegen noch immer«, sagte Dégas. »Darum gilt es, sie zu ehren. Diejenigen der Unseren, die von den Menschen als Bauopfer eingemauert wurden, darf man nicht vergessen.«

Gehorsam legte Grisette die Ohren ganz nach hinten und senkte für einen Moment den Kopf. »Wenn man darüber nachdenkt«, sagte sie, »dass früher in fast jedem großen Haus eine Katze eingemauert wurde.« Sie schüttelte sich. Unwillkürlich musste sie schnurren.

Dégas lächelte. Sie war noch sehr jung, die gute Grisette. Wie jedes Kätzchen verfiel sie ins Schnurren, wenn ihr unbehaglich zumute war und sie sich die Zeit der Geborgenheit am Mutterbauch ins Gedächtnis zurückrufen wollte.

»Die Zeiten sind vorbei«, beruhigte er sie. »Kein Mensch glaubt heute mehr, dass es einem Bauwerk Glück bringt, ein Lebewesen darin zu Tode gequält zu haben. Im Gegenteil.«

»Waren die hier tot, oder lebten sie noch, als man sie einmauerte?«, fragte Grisette eingeschüchtert.

Der große Schwarze schloss die Augen und tauchte ein in die Schichten der Vergangenheit, die den Boden durchzogen wie vorjähriges Laub. »Sie lebten.« Dégas war sich sicher. Er konnte ihr Maunzen noch immer hören. Aber er konnte auch den seltsamen Frieden erfahren, der sie am Ende überfiel. Die hier lagen, waren ganz besondere Katzen gewesen. Und auf irgendeine Weise, die er nicht begriff und auch nicht guthieß, waren ihre Seelen mittlerweile tatsächlich mit dem Gebäude verbunden. Hatten sie den Menschen vergeben, die ihnen das angetan hatten? Dégas wusste es nicht. Er wusste nur, dass ihre Gesellschaft ihm guttat.

Grisette allerdings schauderte.

Unwillkürlich fiel er in ihr Geschnurre mit ein. So spannen sie beide ein Netz aus Wohlbehagen, ein dünnes Fädchen der Sympathie, aus dem ein Kokon der Zuneigung wurde. Ohne einander zu berühren oder auch nur anzusehen. Es ging ihnen gut dort im grünen Halbschatten neben dem alten Gemäuer.

»Hast du gehört?«, fragte Grisette, die Eintracht unterbrechend, »dass Pablo und Miró ein Gespenst gesehen haben wollen?«

»Idioten«, grummelte Dégas. Er war verärgert, dass ihr Moment der Zweisamkeit so jäh durchbrochen worden war. So einfach ließ Grisette sich nicht fangen, wie es schien. »Das interessiert mich nicht.«

Die kleine Graue setzte sich auf. »Ich finde es interessant«, sagte sie. »Aber du interessierst dich ja für nichts, was heute stattfindet. Nur für tote Katzen und tote Gebäude wie dein Bateau Lavoir.« Sie setzte sich auf und fuhr sich mit der Pfote über die Vibrissen. »Ein Gespenst auf unserem Friedhof ist doch eine Neuigkeit.«

»Ein Unfug ist es. Und das Bateau Lavoir ist nicht tot. Auch wenn das Original abgebrannt ist. Dort haben die größten Maler ihrer Zeit gelebt und gearbeitet. Und nichts von ihrem Geist ist je verloren gegangen.«

»Geist? Ha! Wenn es nur das Gespenst eines Malers ist, interessiert es dich also doch!« Grisette stellte ihre Ohren in einer Geste maximaler Aufmerksamkeit nach vorne. Es sah einfach entzückend aus. Dégas hatte das dringende Gefühl, sich in Sicherheit bringen zu müssen.

»Maler sind auch etwas Besonderes«, sagte er, schärfer als er wollte. »Künstler überhaupt. Und Märtyrer wie die, die hier liegen. Sie schaffen etwas für die Ewigkeit.«

»Ach, Ewigkeit.« Grisette gähnte. Das Innere ihres Rachens war rosig wie ein Blütenblatt. Ihre nadelspitzen Zähne elfenbeinfarben.

»Ja«, beharrte Dégas. »Denn das Schöne, das Gute, das ist ewig. Aber was verstehst du schon davon. Du verbringst deine Zeit ja damit, auf sinnlosen kleinen Neuigkeiten herumzuliegen, auf diesen Zeitschriften, die nicht besser sind als Pablos und Mirós Gespenstergeschrei.«

Ein kleines Etwas starb in Dégas, als sie pikiert ihr Mäulchen schloss und er das Rosenrot darin nicht mehr sehen konnte. Aber was hätte es für einen Zweck, ihr seine Gefühle zu gestehen? Er war alt, er war schwarz. Sein Fell war um den Kopf herum lang und zottelig wie eine Löwenmähne und alles andere als sauber. Menschen und Katzen fürchteten ihn, und seine Neigungen hatte noch niemand verstanden. Spielen würde sie mit ihm, die kleine Grisette, wenn sie seine Zuneigung bemerkte. Sie würde dafür sorgen, dass er ihr nachlief, wie alle Idioten im Viertel es taten. Und anschließend würde sie über ihn lachen. Da war es schon besser, sie ärgerte sich über ihn.

»Dann solltest du vielleicht meiner Schönheit ein wenig mehr Respekt zollen«, sagte sie nun pampig und richtete sich auf. Ihr Schwanz zuckte hin und her wie eine Peitsche. Sein nervöses Eigenleben zeigte, wie aufgeregt, aber auch wie unentschlossen sie war.

»Schönheit!«, sagte Dégas. Er wagte nicht zu sagen, dass sie *nicht* schön sei, denn das war sie. Bei allen Malerfürsten, und wie schön! Auf ihre kleine, reizende Pariser Weise war Grisette vollkommen und ihm tausendmal lieber, als eine siamesische Prinzessin es hätte sein können. Aber sie besaß nun mal ein Hurenherzchen. Und er würde sich eher die Zunge abbeißen, als ihr hinterherzuwinseln. »Schönheit«, wiederholte er nur, in einem Ton, der offenließ, was er meinte.

Grisette fauchte. Ihre Augen funkelten und ihre feuchten Zähne schimmerten elfenbeinfarben.

Ach, Schönheit, dachte Dégas, als er sah, wie ihr kleiner, pelziger Hintern durch einen Spalt im Zaun verschwand. Sie war ebenso so schön wie die Modelle, die die Maler aus dem Bateau Lavoir im letzten Jahrhundert immer wieder unter den Waschfrauen und Kellnerinnen und Näherinnen gefunden hatten. All diese Lieben endeten unglücklich, er wusste es ja. Es waren allein die Bilder, die blieben.

Damit tröstete sich Dégas und versuchte, den Gedanken zu verdrängen, dass ein Kater nicht malen konnte.

4
Grisette

Schwer beleidigt sauste Grisette über den Place Jean Marais mit seinen Taxis und Portraitzeichnern und der wartenden Touristenbahn. Bis sie sich besann. Ihr erster Impuls war es gewesen, Pablo und Miró zu suchen, um mit ihnen das Geheimnis des Gespensts zu erforschen, um das sie Dégas gegenüber so ein Aufhebens gemacht hatte. Trotzdem hatte der sie wieder einmal gar nicht beachtet. Wie typisch für ihn! Sie kam einfach nicht an diesen Einzelgänger heran. Ein gutes Wort von Dégas, ein Kompliment von ihm oder auch nur ein Blick seiner grünen Augen, was hätte sie nicht dafür gegeben. Er aber musste ja den Spröden spielen und sie vor den Kopf stoßen! Oh, es gab niemanden, der sie so in Rage bringen konnte wie Dégas.

Jetzt, da sie sich ihre Abfuhr geholt hatte, waren ihr das Gespenst und die beiden Kater so egal wie die toten Maler, von denen Dégas immer faselte. Wenn er doch einmal auch ihr so viel Beachtung schenken würde!

Ihr erster Impuls war, zu Madame Chauchat und dem Kiosk zurückzukehren, in die Sicherheit ihres Reviers. Dort bekäme sie ein paar Streicheleinheiten, und zumindest die Zeitungskäufer würden sie bewundern. Aber sogar diese kleine, unschuldige Freude hatte Dégas ihr verdorben mit seinen Bemerkungen. Er war wirklich unausstehlich!

Im Grunde verstand sie gar nicht, was sie überhaupt von ihm wollte.

Ohne darüber nachzudenken, lenkte Grisette die Schritte ihrer Pfoten in Richtung Place du Tertre. Dort neben dem geschlossenen Geviert zwischen den Lokalen tobte das Leben. Sie könnte ihren Schwanz darauf verwetten, dass alle anwesenden Straßenkater und die Hälfte der Menschen dort sie anbetungswürdig fanden. *Die* Hälfte der Menschheit nämlich, die Katzenliebhaber war und kein Hundesklave, der sich an einer Leine von Kothaufen zu Kothaufen ziehen ließ. Schon die kleinste Katze war ein Meisterwerk! Triumphierend reckte Grisette ihr rundes Köpfchen. Nicht irgendjemand hatte das gesagt, sondern ein großer Maler, jawohl! Nämlich Leonardo Dafintschi. Dann fiel ihr ein, dass sie das Zitat von Dégas hatte. Und ihre gute Laune zerplatzte wie einer dieser Ballons, die immer so verheißungsvoll an ihren Schnüren tanzten und nicht eine Sekunde Kontakt mit ihren Krallen ertrugen.

Grisette blieb stehen. Dort vorne, das waren Maler. Sie kannte die Stände. Sie kannte die Männer und Frauen. Seit vielen Jahren schon hatten sie hier ihren Platz, säuberlich aufgereiht um die überdachten Sitzplätze der ringsum liegenden Restaurants, die die Platzmitte als geschlossener Block einnahmen.

Manche der Künstler wohnten im Viertel. Andere kamen am frühen Morgen die Treppen herauf, Gerüche nach fremden Zimmern, fremden Bäckern und fremden Straßen mit sich bringend.

Der da hinten aber, am Ausgang zum Place de Calvaire,

der war neu. Grisette bemerkte ihn nicht ohne Neugierde. Ein alter Mann hatte seinen Stand an einer Ecke aufgeschlagen, an der gewöhnlich niemand stand. Grisette öffnete ihr Mäulchen und flehmte. Er roch ungewöhnlich. Nach Geschichte roch er, genau wie Dégas. Und ein wenig nach Eisen. So wie die Bahngleise es taten, die endlosen Metallschlangen drunten in der Stadt mit ihren Weichen und Waggons. Nichts glich dem Aroma ihrer Stränge mit ihrer Mischung aus Eisenoxid, Urin und Ferne. Der Alte schien auf ihnen gereist zu sein, so lange in seinem Leben, dass der Geruch sich in seine Haut eingebrannt hatte.

Natürlich war da auch Spiritus. Und Ölfarbe. Und Sardinen, nur ein Hauch und nur aus der Dose, aber es genügte, damit Grisette ihn endgültig erkor.

Mit einem provozierend beiläufigen »Miau« sprang Grisette auf ein Mäuerchen gegenüber dem alten Maler und seinem Stand. Hier war es ruhiger, viel ruhiger als noch wenige Meter hinter ihnen. Touristen waren ja so dumm, immer drängten sie sich an wenigen Stellen und übersahen die anderen, nicht weniger schönen. Dabei war der Blick auf die Stadt hier herrlich, und gleich um die Ecke lag der Espace Salvador Dalí. Grisette wusste nicht, wie der zu Katzen stand, aber ein Maler war es allemal. Nein, nein, der Platz war gut gewählt.

Es sollte doch mit dem Dobermann zugehen, wenn dieser Künstler sie und ihre Schönheit nicht bemerken würde. Er könnte sie entdecken, so nannten die Künstler das doch, wenn sie ein Modell aussuchten. Grisette war bereit, sich entdecken zu lassen. Er würde sie malen. Sie würde unsterblich werden. Und dann wollte sie doch einmal sehen, was dieser griesgrämige, ewig mit ihr unzufriedene Dégas dazu zu sagen hätte.

Normalerweise blieb Grisette unter Menschen unauffällig. Sichtbar machte sie sich nur in der Sicherheit ihres Kiosks oder bei den Katzenversammlungen auf dem Friedhof, zu denen Bonnard bisweilen einlud. In den Straßen der Stadt war es besser, für die Menschen unsichtbar zu bleiben. Für eine Katze war das eine leichte Übung, die kleinsten Jungen lernten sie von Anfang an. Menschen waren so leicht hinters Licht zu führen. Sie achteten auf keine Bewegung und waren im Dunkeln so gut wie blind. Ihre Schnurrhaare taugten wenig, und was sie überhaupt rochen, das konnte man nur vermuten. Von den vielen aromatischen Nachrichten der Katzenwelt bekamen sie jedenfalls nichts mit.

Grisette beschloss daher, dass sie ein wenig nachhelfen musste, um hier und jetzt entdeckt zu werden. Also miaute sie noch einmal und schnurrte dann ein Weilchen sinnlos laut vor sich hin. Sie trampelte auf der Mauer herum, als suchte sie am Bauch ihrer Mutter nach Milch, und entdeckte dann mit viel Aufwand eine ordinäre Schmeißfliege, die zu fangen sie sich möglichst ungeschickt anstellte. Am Ende fiel sie gegen ihre Absicht tatsächlich von dem Mäuerchen herunter. Sie kletterte zurück und kam sich vor wie ein Idiot. Trotzdem versuchte sie es als nächstes damit, ihren eigenen Schwanz zu fangen. Sie konnte nur hoffen, dass keine andere Katze in der Nähe war. Wenn das hier sich herumsprach, wäre ihr Ruf in Kürze ruiniert. Endlich hielt Grisette inne, die Zunge zwischen den Zähnen vor Erschöpfung, um zu sehen, was ihre Vorstellung bewirkt hatte.

Der Alte widmete all seine Aufmerksamkeit einem Kunden.

Grisette fasste es nicht. Wo kam dieser Mensch her? Sie konnte bis hierher riechen, dass er der erste Mensch war, der heute vor der Staffelei des Alten innegehalten hatte. Und ausgerechnet jetzt! Der Mann schien sich sehr für die Bilder des Alten zu interessieren. Grisette verstand nicht, warum. Nicht eines davon zeigte eine Katze. Die meisten waren nur Schmierereien aus Farbe, die sich zu toten Formen fügten: Häusern, Hügeln, Bäumen. Ihnen fehlte einfach alles: Duft und Geräusche und das Wehen der Luft. Dem Mann schien es zu gefallen, denn er nahm Bild um Bild in die Hand und arbeitete sich durch den gesamten Stapel. Schließlich hielt er eines in den Händen, das anders war als die anderen.

Das erkannte sogar Grisette. Die Farben und Striche bildeten dort eine menschliche Gestalt, einen Jungen, der fast im Dunkeln stand, nein, nicht stand: Es war, als fiele er mit den Füßen voran in einen Abgrund aus Rot und Dunkelheit. Er war so klein. Man konnte nur sein Gesicht sehen, das nach oben blickte und traurig schien. Obwohl auch dieses Bild in Grisettes Augen so flach und reglos wie die anderen war, so spürte sie doch bei ihm ein Leben der anderen Art, eine Vibration, eine Erregung, die sie beinahe meinte, mit ihren Schnurrhaaren wahrnehmen zu können. Unwillkürlich stellte Grisette ihre Vibrissen auf. Aber nein, da war nichts, nichts, was sie auf diese Weise empfangen konnte. Und doch verspürte sie eine merkwürdige Spannung, die von dem Bild ausging und einen zwang, die ganze Zeit hinzusehen. Ob das die Kunst war, von der Dégas immer redete?

Unwillkürlich hatte Grisette sich aufgesetzt, den Schwanz adrett um die Pfoten gelegt, um das Schauspiel dort drüben zu betrachten. Es war etwas Besonderes, etwas, das ihr bisheriges Verstehen überstieg. Etwas, das sie Dégas näherbrachte, vielleicht? Für einen Moment dachte Grisette nur ans Sehen, nicht ans Gesehen werden.

Es war dieser Moment, in dem man den Sack über sie zog. Ehe Grisette reagieren und ihre Krallen ausfahren konnte, war es schwarz um sie herum. Sie schlug zu, traf aber nur Gewebe. Sie wand sich, aber es war das Winden eines Fisches im Netz. Unter ihr war nichts. Über ihr roch es nach Schweiß. Sie schlug danach, doch die Wolke salzigen Geruchs hüllte sie ein. Ihr Maunzen hörte niemand mehr.

5
Pablo und Miró

»Schleicht euch, alle beide.«

Man sah nicht, was Pablo und Miró so beschleunigte. Doch mit Raketengeschwindigkeit schossen sie aus dem Hinterhof des Delikatessenhändlers.

»So ein Zirkus, wegen ein bisschen Gänseleber.« Pablo leckte sich die schwarze und die weiße Seite seines Kiefers mit seiner langen Zunge.

»Ehrlich wahr, total verspannt der Typ. Außerdem war Cognac drin.« Bei der Erinnerung an die brennende Note krauste Miró das gesprenkelte Schnäuzchen. »Und so was will Geschmack haben.«

Katzen kicherten nicht. Aber es gab eine Haltung ihrer Schwänze, die verdammt danach aussah. Mit derart kichernden Schwänzen liefen Pablo und Miró die Straße entlang.

»Wohin jetzt? Zu Monsieur Moulin?«

»Ne, noch satt. Und der zitiert nur wieder Gedichte.«

»Aus ihrem blond und braunen Fell steigt so ein süßer Duft, dass eines Abends ich ganz davon durchhaucht war!«, leierte Pablo.

Miró kreischte: »Das Feuer ihrer bleichen Augensterne – Leuchtzeichen, lebende Opale – iiihhhhh!«

»Katzenbiester! Klappe!« Jemand schlug die Fensterläden zu.

»Das ist von Bodelääär!«, ahmte Pablo seinen armen Herrn nach, den Wirt Moulin, der eine Schwäche hatte für die französischen Klassiker und für Katzen. Zwei Neigungen, die ein breites Schnittfeld boten, das die beiden Kater ganz offensichtlich nicht zu schätzen wussten. Munter bogen sie von der Rue Lepic auf den Boulevard de Clichy ab, nur um wenig später einzubiegen in die Rue Rachel. Sie liefen in Richtung Friedhof.

»Ob sie wieder da ist?«

»Wie soll sie reingekommen sein?«, fragte Miró zurück.

»Na, wie wir, über die Mauer. Oder durch ein Loch. Oder sie fliegt. Geister fliegen wie die Vögel.«

»Ist nicht wahr, sie heulen wie die Wölfe. Sagt Dégas.«

»Sagt er nicht.«

»Sagt er doch.«

»Nicht im Traum.«

»Ist doch egal, er redet eh nur Mäusemist.«

Abrupt blieben sie stehen, als bei dem Wort ihre kleinen Hirne kurz in den uralten Modus schalteten. Und da war es wieder, unter dem, was die Menschen Stille nannten: das ewige Lied der Mäuse und all der Lebewesen, die klein waren und verborgen. Da raschelten sie und fiepten, riefen und liefen, raunten und rannten sie in einem fort. Diese Melodie hörte niemals auf. Sie hatte, was Pablo und Miró betraf, keinen Anfang und kein Ende. Schon im Mutterleib hatten sie sie vernommen. Und solange sie anhielt, drehte die Welt sich. Oder besser: Die Welt drehte sich, wie sie es sahen, weil die Mäuse sangen. Und zwar um ihrer beider Appetit. Sie machten eine Pause, um ihn zu stillen. Duckten sich, lauerten, warteten. Wie eine

Sphinx in der Dunkelheit. Autoscheinwerfer ließen ihre Augen aufleuchten.

»Das ist mir zu blöd.«

»Du bist selber blöd.«

»Wir hatten Gänseleber.«

»Wir wollten zum Friedhof.«

»Pass auf, hier liegt was von Dégas!« Pablo sträubte das Fell vor dem Häufchen und duckte sich instinktiv in einer Unterlegenheitsgeste. Erst als sie weit genug von der Hinterlassenschaft weg waren, wagte er es, wieder frech zu werden. »Der hat es auch nicht nötig, sein Zeug einzugraben.«

»Hat er auch nicht«, gab Miró zu. Dégas war der Herr des Viertels. Kot einbuddeln, das war etwas für Katzen wie sie, die niedrig in der Rangordnung standen. »Oder er hat Durchfall.«

»Hat Spitzmäuse gefressen.«

»Hat Liebeskummer. Aaaoooouuuhhhh!« Miró beherrschte ihn schon ganz gut, den Liebesruf der Kater, wenn das echte Bauchgefühl auch noch fehlte. Von nicht weit entfernt antwortete ihm die Stimme einer Katze, und sie machten, dass sie weiterkamen.

»Ob sie wieder da ist?«

»Hast du schon gefragt.«

»Du bist so langweilig.« Fröhlich plaudernd betraten die beiden Kater den Friedhof von Montmartre. Es war kein ganz einfaches Gelände. Viele ihrer Artgenossen lebten hier und hüteten ihre Reviere. Nachts, wenn sie jagten, herrschte ein sorgsam regulierter Stoßverkehr, und es war ratsam, keinem von ihnen in die Quere zu kommen. Auch wenn man im Notfall immer noch nach Bonnard rufen konnte.

»Pass auf, da vorne wohnt Zola!« Pablo wies auf das Grab des gleichnamigen Romanciers.

»Pah, der ist fett und sabbert schon«, behauptete Miró, schauderte aber bei dem Gedanken an den alten Gladiator mit den zerfetzten Ohren, der noch immer keinem Kampf aus dem Weg ging. Zur Sicherheit bogen sie von der Avenue de la Croix-Nivert in den Chemin Artot ein und schlugen einen flotten Trab an. Kurz vor dem Revier von Hector und Berlioz – auch sie residierten auf einem Grab selben Namens – bogen sie zwischen die Gräber ein und waren nur noch Schatten. Sicherheitshalber. Denn der gestreifte Hector und sein Bruder verfügten zusammen zwar nur noch über ein Ohr, aber es war empfindlicher als eine Radarantenne. Pablo setzte seine Tatzen jetzt sehr behutsam auf. Keine Ameise wurde zwischen seinen Ballen zerdrückt. Und Miró tat es ihm nach.

Der Friedhof sah im Dunkeln noch schöner aus. Es gab nicht nur Grabsteine, sondern auch zahlreiche Grabmale und Gruften, die wie kleine Tempel und Kapellen alter Zeiten und Kulturen geformt waren. Rechts und links der Wege standen sie in dichten Reihen. Dadurch wirkte der Friedhof wie eine kleine Stadt. Eine Stadt der Toten, wie Pompeji eine war. Hier wie dort fand man viele Säulen, gepflasterte Wege und marmorne Portale. In Pompeji allerdings war fast alles über das Erdgeschoss hinaus zerstört. Im Friedhof hatte es nie einen ersten Stock gegeben. Die Stadt war nicht kaputt, sie war vollendet, eine Metropole en miniature, unterbrochen von nur wenigen großen Bauten und beschattet von Bäumen, die so alt und wunderbar wirkten wie die Monumente selber.

»Ist noch warm«, stellte Pablo fest, der spürte, dass der Stein die Wärme des Tages noch gespeichert hatte. Er hätte gerne innegehalten, um sich ein wenig in dem lauen Staub zu wälzen.

»Dort vorne.« Miró konnte jetzt nichts mehr von ihrem Ziel ablenken. Es war bei diesem Grabmal gewesen, das weißer war als die anderen und ein wenig höher. Oben saß der zu große Kopf eines Mannes, der nach unten sah, als interessiere auch er sich für die Mäuse.

»Da müsste er aber die Augen mal aufmachen«, stellte Pablo hämisch fest.

»Das ist ein Dichter«, sagte Miró naseweis, »wie dieser Bodelääär von Monsieur Moulin.« Und er warf sich in die Brust: »Bin kein sittsam Bürgerkätzchen, nicht im frommen Stübchen spinn ich. Auf dem Dach in freier Luft, eine freie Katze bin ich.«

»Yeah«, gab Pablo zu. »Das ist schon eher mein Sound.« Ihre Schwanzspitzen bebten in der Höhe, als sie das Denkmal umkreisten.

»Riecht fremd.«

»Riecht nach Keksen.«

»Quatsch, nach Mädchen.«

»Pst, da kommt sie.«

»Lügner!«

»Blinder!«

Dann hörten beide den Schritt, den ihre Vibrissen schon unten am Tor aufgefangen hatten: das Heben der Füße, das

Schwingen der Kleider, das Zurückweichen der Luft vor schmalen Schultern und einen tanzenden Pferdeschwanz, der kleine Luftwirbel peitschte. Dazu kam der Duft, der auch den Stein parfumiert hatte: ein wenig Schweiß auf weißer Baumwolle, ein paar Kekskrümel, ein Hauch von Chloé.

Sie ging nicht zu dem Dichtergrab, sondern zu einem unscheinbaren, graubraunen Stein dicht daneben. Er war nicht ganz so alt wie die anderen in der Umgebung. Weder Leier noch Lorbeer verzierten ihn, und er trug auch keine pompöse Inschrift.

»Kein Gekritzel«, wie Pablo feststellte.

»Trotzdem kreischt sie.«

»Das ist Weinen. Das macht Madame Valladon auch oft, sagt Maman.« Ein kurzer Schauder ging durch die beiden Katzen, als sie an ihre Mutter Suzanne dachten, die gewiss nicht billigen würde, dass sie hier hockten. Mit der Tatze würde sie ihnen eins geben. Die beiden duckten sich synchron, was ihnen zeigte, dass sie dasselbe dachten.

»Ich denke, sie flehmt, man sieht ihre Zähne.« Unwillkürlich zogen beide dieselbe Grimasse. Sie waren nicht so geübt wie Dégas, doch immerhin nahmen auch sie viel vom Aroma dieser Nacht auf: das Harz, das aus der Rinde einer nahen Zeder austrat, der laue Duft von Blumenwasser in den Vasen auf den Gräbern, den Tod einer Maus unter der Tatze von Berlioz, die Abgase eines Renault, der untertourig über die Rue Caulaincourt fuhr, nasser Stein, rings um den Brunnen, aus dem der letzte Besucher sein Gießwasser geschöpft hatte, das im Schlaf geschüttelte Gefieder einer Krähe.

»Maman sagt, man nennt es Singen. Ist das jetzt Singen oder Flehmen oder Weinen oder was?«

»Was hält sie da?«

»Das ist eine Speisekarte. Wie Monsieur sie austeilt, in der drinsteht, was es zu essen gibt. Weil Menschen zu blöd sind, es zu riechen. Die Leute gucken rein und wissen auf einmal, was sie essen wollen.«

Erwartungsvoll betrachteten sie die junge Frau mit dem Buch in der Hand.

»Aber wieso macht sie so Geräusche beim Bestellen?« Pablo zuckte mit den Ohren. Er wusste nicht, ob ihm gefiel, was er da hörte. Irgendwie erinnerte es ihn ja an etwas. An die blöden Gedichte von Monsieur Moulin. Aber auch an etwas Schöneres. »Sie macht das mit den Stimmbändern. Wie Maman, wenn sie schnurrt. Nur lauter.«

»Du meinst, sie schnurrt?« Miró war skeptisch, man sah es an seinem wild hin und her zuckenden Schwanz. Seinen Hals aber hatte er vor Neugier ganz lang gereckt. Schnurren war schön, bei der Sache hier hingegen konnte er nicht genau sagen, wie er sie fand. »Aber wieso, es ist doch keiner da?«

»Vielleicht hat sie Angst und will sich selbst beruhigen?«, schlug Pablo vor.

»So wie du, als wir im Billardtisch festsaßen?« Miró fixierte seinen Bruder.

»Hab ich gar nicht. Ich war die Ruhe selbst.«

»Schisser«, sagte Miró. Noch ehe er zu Ende gesprochen hatte, sprang Pablo ihm an den Hals und versuchte spielerisch, einen Nackenbiss zu setzen. Einer Maus brach so etwas das Rückrat. Nicht so Miró, der sich zur Seite fallen ließ, seinen Bruder mitriss und ihn mit heftigen Stößen der Hinterläufe auf Abstand zu halten versuchte. Miró richtete sich auf, um neu anzusetzen. Pablo ging ihm an den Hals, und so rangelten sie eine Weile miteinander. Als einem von ihnen ein Fauchen entfuhr, hörten die Geräusche der fremden Frau auf.

Benommen setzten die beiden Kater sich auf. Sie war noch da, doch sie lauschte jetzt. Hektisch begann Pablo, sich das Fell zu lecken. Miró zog ihm ein letztes Mal die Tatze über, dann hockten sie brav, als könnten sie kein Wässerchen trüben.

»Sag ich doch immer, die sind taub«, stellte Pablo erleichtert fest, als die Geräusche von Neuem einsetzten.

»Eins steht fest, sie klingt nicht wie die anderen Menschen.«

»Unfug, alle miauen gleich.« Pablo spitzte ein letztes Mal die Ohren, drehte sie auf maximalen Empfang. Allerdings fing er keinen einzigen Laut auf, der ihm bekannt vorkam. Weder Milch, noch Fisch, noch Gänseleberpastete. Nicht einmal Strolch oder Idiot. Auch kein Guten Tag oder Gute Nacht, Bitte oder Danke, diese seltsamen, aber wohlvertrauten Lautfolgen, die die Menschen ganz oft zueinander sagten. Keiner, den er kannte, kam ohne sie aus.

»Vielleicht maunzt sie ja auf eine Weise, die niemand versteht«, schlug Miró vor. »Weißt du noch, die Rosalie? Wie sang sie vorher so schön. Und nachdem sie vor das Auto gelaufen war, brachte sie keinen Ton mehr heraus. Sie ist dann bald gestorben.«

Pablo zuckte mit dem Fell. Er erinnerte sich gut an diese Katzendame. Sie war allen anderen im Viertel unheimlich gewesen, war angefaucht und verjagt worden, wenn sie sich auf den Treffpunkten blicken ließ. Es lag nicht an der schrecklichen Narbe am Hals, um die herum nie wieder Fell wuchs. Nein, es war der furchtbare Anblick, wenn sie ihr Maul öffnete, und dann: nichts. Als schnappe man nach Luft, aber da wäre keine. Etwas fehlte, fehlte so qualvoll. Es war, als wäre Rosalie nicht wirklich gewesen. Ein Gespenst. Und hatten sie es nicht mit einem Gespenst zu tun? Auch wenn das anfangs nur ein dummer Scherz gewesen war, um Maman zu ärgern. »Hör bloß auf«, sagte er.

»Oder«, meinte Miró, auf der Suche nach einer Lösung wie nach einer Maus, die sich einfach nicht kriegen lassen wollte. »Oder sie sagt etwas, was einfach noch kein Mensch und keine Katze je zuvor gesagt hat.« Ihm sträubte sich das Fell, noch während er sprach.

»Wir sollten gehen.«

»Bin schon weg.«

Die beiden verschwanden, wie sie gekommen waren, zwei Schatten für das Mädchen und nichts als Phantome für den Mann, der gegenüber in der Avenue Cordier am Grunde einer Gruft saß. Er hockte auf einem Schlafsack, eine Staffelei lehnte an der Wand, aus der Farn wuchs, daneben Leinwände. Ein Seesack lehnte gegen den kleinen Altar mit dem Korpuskreuz, das den Alten überragte. Die Kerzen, die daneben brannten, beleuchteten mit ihrem flackernden Licht die Leinwände, auf denen Häuser zu sehen waren, Landschaften und Türme. Und auf einem ein Kindergesicht, das aus einem Abgrund aus Dunkelheit und Blut heraus den Betrachter anstarrte.

Der Alte sah nicht hin, er hatte den Kopf gesenkt. Unter

dem Kreuz wand er sich, schmerzgequält, wie ein trauernder Apostel. Doch seine Hände waren nicht gefaltet. Er hatte sie fest auf die Ohren gepresst. Als könne er das fremdsprachige Lied des Mädchens nicht ertragen.

6
Bonnard

Ich spüre, dass Sie sich fragen, ob es das noch gibt: das wahre Montmartre. Ebenso gut könnten Sie fragen: Gibt es das wahre Leben? Die Antworten darauf sind so zahlreich, wie es Lebewesen gibt, schätze ich. Und es existieren so viele Versionen von Montmartre, wie der Stadtteil Bewohner und Bewunderer hat. Und noch einige mehr.

Das finden Sie ein wenig mager? Sie hätten sich mehr erwartet von einem ägyptischen Orakel mit Opalaugen wie mir? Greifen Sie in mein Fell, dann spüren Sie, dass ich lächle. Ja, wir Katzen lächeln mit dem Fell. Mit unserer Wärme, der Atmung, dem Licht, das wir ausstrahlen. Genau wie Sie übrigens.

Das wahre Montmartre – nun, da sie mich gefragt haben: Es liegt sicher nicht am Place Pigalle oder den anderen Orten, an denen die Touristen es suchen. Das dachten Sie sich schon, nicht wahr? Auch nicht in den malerischsten der steilen Gassen oder an einem bestimmten, nur sehr versteckten Ort. Es ist überhaupt kein Ort, sondern eine geistige Einstellung seiner Bewohner, die genau wissen, wer dazugehört und wer nicht. Oder sagen wir es so: Es ist eine Art Sternbild, das von einigen Planeten in fester Konstellation gebildet wird.

Der Kiosk der Chauchat auf dem Place des Abbesses gehört ganz sicher dazu. Nicht wegen der noch im Original vorhandenen Metrostation im Jugendstil-Design von Hector Guimard. Auch nicht wegen der »Mauer der Liebe«, auf der in 311 Sprachen »Ich liebe dich« steht und die von den Touristen so viel fotografiert wird. Nein, es liegt allein an der Persönlichkeit von Madame Chauchat, der Pächterin des Kiosks. Sie hat weit mehr als 311-mal die Freuden und Leiden der Liebe erfahren, ihre Erfahrung wiegt schwer.

Als Verkäuferin von Zeitungen, Zigaretten und Losen sowie ein paar raschen Blicken in die Zukunft ist sie eine Institution geworden. Ihr Gesicht ist fleischig und schwer, vom Alkohol gezeichnet und vom Leben. Aber die katzenartigen Augen und die schweren, noch immer schwarzen Brauen darüber machen es zu etwas Besonderem. Noch immer kann ich sehen, dass Madame Chauchat einst schön war, auf eine herbe, eigentümliche Weise. So wie sie hinter ihrer aufgesetzt unfreundlichen Art nicht herzlos ist. Madame Chauchat weiß das, ich weiß es. Und auch wenn sie laut verkündet, dass sie nicht mehr lieben kann, das sei vorbei, sie sei leer geliebt, so erzählen mir die Katzenaugen von Madame Chauchat noch etwas anderes. Und ihre Hand, wenn sie mich krault, erzählt dasselbe. Papiertrocken ist sie, diese Hand, dabei stets parfümiert, und immer baumelt ein Armband daran und legt sich schwer auf mein Fell. Ihr Streicheln sagt mir, dass sie noch immer hofft, die alte Madame Chauchat. Auch wenn sie ahnt, dass es vergeblich sein könnte.

Sie verrät keinem ihren Vornamen, so wie sie sich früher von keinem Kunden auf den Mund küssen ließ. Es gibt also noch etwas zu bewahren. Manchmal, wenn sie neben mir auf der Bank sitzt, zeigt sie mir ein Stück davon.

Aus der Pâtisserie der Valladon fließt ein steter Strom von Religieuses, Tartes de Pomme, Croissants, Madeleines und Macarons in das Viertel, wie kleine Raumschiffe, die ihren Sternquadranten abfliegen. Dazu eine Flut von Seufzern, aber auch eine der tatkräftigen Fürsorge für alle und jeden. Wer vorsichtig zur Chauchat schleicht, um sich einen Rüffel und eine Runde Wahrsagen zu holen, der spaziert anschließend offen und freudig zu Madame Valladon, um sich über die Gegenwart auszulassen mit all ihren Sorgen und Verpflichtungen. Und immer hört sie zu. Reicht über die Theke eine der zierlichen Papierschachteln mit Tragegriff und Blumendruck, in denen sie ihre süßen Kunstwerke verkauft und dazu ein aufmunterndes Lächeln.

Einen weiteren Planeten bildet der kleine Laden von Monsieur Martis, auch wenn er mitten im Getriebe der Rue Norvins liegt und bunte Andenken für all die Fremden verkauft: bergeweise Schlüsselanhänger mit dem Eiffelturm, Taschen, auf denen »I love Paris« steht, und Schneekugeln mit dem aus grauem Plastik gegossenen Arc de Triomphe darin. Das übliche, werden Sie sagen, doch Sie sehen nicht genau genug hin. Im Herzen nämlich sucht er immer nach etwas Neuem, Wunderbarem, der schöne Herr Martis mit den grauen Schläfen und den dunklen Augen eines Stummfilmstars. Ob er es je gefunden hat, weiß niemand.

In den hinteren Räumen seines labyrinthisch angelegten Geschäfts stapeln sich Bilder von Künstlern, die keiner kennt, und seltsame Statuetten und Objekte, ausgegraben aus den Katakomben des Pariser Bohème-Lebens.

Mit geschäftiger Melancholie bedient Monsieur Martis die Touristen. Viel Zeit aber verbringt er hinten, keiner weiß, womit. Er ist ein Mensch mit einsamen Ideen. Ich habe Matisse einmal nach Monsieur Martis gefragt, denn er wohnt bei ihm. Aber Matisse interessiert sich mehr für das brausende Leben in den Straßen. Er ist selten zu Hause, und wenn, dann nur zum Fressen. Manchmal denke ich, Dégas würde viel besser dorthin passen mit seiner Neigung für Maler und der inneren Einsamkeit. Dégas, der Wandelstern. Mit ihm reist die Vergangenheit, wie ein Licht, das noch strahlt, obwohl seine Quelle erloschen ist.

Zentralgestirn des wahren Montmartre ist wohl das Lokal von Monsieur Moulin in der Rue de l'Abreuvoir. Und ich sage das nicht, weil der Mann ein Katzenfreund ist. Obwohl es stimmt. Habe ich schon erzählt, dass Pablo und Miró dort einen eigenen Tisch besitzen? Es ist reine Vernarrtheit. Und natürlich auch ein wenig Geschäftstüchtigkeit. Denn wenn die beiden dort auf ihren Schemeln hocken und synchron die Milch vom guten Porzellan lecken, dann klicken die Fotoapparate sämtlicher Touristen. Possierlich finden sie das. Monsieur Moulin weist dann auf die Ähnlichkeit seiner Schützlinge mit den Katzen auf den alten Bildern und Stichen hin, die er an den Wänden hängen hat, billige Reproduktionen – und doch: was für eine Sammlung! Dazu Texte und Gedichte, alle über uns, alle von großen Schriftstellern. Jeden Tag schreibt er persönlich neue Verse mit Kreide auf die Tafel, als wäre es das Tagesgericht. Sie halten ihn für einen Spinner, den guten Moulin.

Wäre er nicht das Bild eines Wirtes, mit dickem Bauch und rotem Gesicht, und wäre sein Essen nicht so gut und der Wein nicht so günstig, ja, wäre er nicht bei alldem ein so gerissener Geschäftsmann, sie würden den Kopf über ihn schütteln. So aber kommen sie gern, die Menschen des Viertels. Fast jeden Abend sitzen sie hier und besprechen ihre Angelegenheiten. Mit vielen Worten und großen Gesten. Manchmal mit mehr Worten und größeren Gesten, als es einer Katze notwendig erscheint. Doch wer weiß schon, was das ist: Notwendigkeit. Manchmal ist es gerade das kleine bisschen Überfluss, das uns am Leben hält.

Wir Katzen kommen auch. Denn in der Küche singt Emile. Und wenn Emile singt, dann schneidet er die Flachsen großzügig vom Fleisch und zwinkert einem zu, wenn er sie mit dem Messer über die Tischkante schiebt.

Gehört der Friedhof dazu? Aber ja. Ohne mich loben zu wollen: Was wäre Montmartre ohne uns: die Stadt der Toten und den Herrn der Erinnerungen? Ich nenne mich jetzt einmal so. Manche sagen ja: der Trostkater. Die Bezeichnung mag ich eigentlich nicht. Zu sehr klingt sie nach Trostpreis. Und nicht umsonst bin ich heimatlos.

Denn die Menschen wissen den Trost nicht genug zu schätzen. Seltsam, nicht wahr? Obwohl sie so viel Schmerz erfahren im Lauf ihres Lebens. Krankheit, Trennung, Verlust und Tod. Lieber wollen sie tapfer sein und alles Negative verdrängen. Sie spielen es herunter. Begraben es unter

Arbeit. Tun so, als ginge es im Leben tatsächlich nur um den Sieg. Und nicht ums Überleben.

Ist Ihnen schon aufgefallen, dass auf Beerdigungen immer weniger Menschen Schwarz tragen? Und in der Zeit danach fast keiner mehr? Sie geben vor, nicht zu trauern, die dummen Leute. Sie lügen sich an. Dabei würde die Farbe ihnen Schutz gewähren. Und mit dem Schutz die Heilung beginnen. Aber so sind sie, die Menschen, freiwillig schutzlos laufen sie herum, behaupten, nichts Tiefes zu fühlen, und verweigern sich der Süße des Trostes.

Trostkater, ja, eigentlich sollte es ein Ruhmestitel sein. Sagen wir also, ich bin der tröstende Planet in diesem Sternbild. Wenn Sie mir entgegnen, dass Sie mich nicht brauchen, dann lächle ich und warte ab. Am Ende habe ich doch neun Leben Zeit, um auf Ihre Einsicht zu warten. Sie haben nur eines.

7
Grisette

Es ist so still. Still auf eine Weise, die zeigt, dass der Lärm nicht hinter der nächsten Mauer wartet. Nein, er hat sich weit zurückgezogen. Die Atemluft ist still durch und durch. Und es ist finster. Eine tiefschwarze Finsternis. Es gibt kein abgehaltenes Licht, das erwartungsvoll hinter der Mauer vibriert. Hinter ihr steht nur die Nacht. Ja, ich bin sicher, inzwischen ist es Nacht geworden. Die wirkliche Nacht, nach der Nacht des Sackes. Das Gewebe liegt längst nicht mehr um meinen Körper. Um mich herum ist nichts mehr, ein Nichts, das an Wänden endet. Es ist ein kleines Nichts, mit dicken Wänden, die sich nach allen Seiten erstrecken. Der Stein, aus dem sie gemacht sind, ist alt. So alt, dass ich gar nicht recht weiß, wo die Lücke entstanden sein soll, durch die sie mich geschoben haben. Ich halte still, horche auf meine Schnurrhaare, doch ich spüre nichts: kein Lufthauch, keine Vibration. Das Einzige, was sich hier drinnen bewegt, das bin ich.

Ich rühre mich wenig. Anfangs habe ich gescharrt, in den Ecken, allen Vieren nacheinander. Dann nur noch in einer. Wie eine Verrückte habe ich gegraben. Warum gerade in dem Winkel, was ihn vor den anderen auszeichnete, ich weiß es nicht. Vielleicht lag doch noch der Hauch eines Geruches auf den Körnern des Sandsteins, nicht ganz so alt wie das Pleistozän. Dégas wüsste es. Er würde seine Nüstern weiten und mir die Geschichte der Welt anhand jedes Korns erzählen, das in diese Steine gepresst ist. Alles, was ich rieche, ist Tod. Totes Holz, toter Stein. Und irgendwo, irgendwann, totes Pferd. Wo bin ich hier? Wer hat mich hierhergebracht? Hierhergestopft?

Ich bin Grisette. Ich maunze. Noch bin ich Grisette. Aber schon löse ich mich in der Dunkelheit auf. Ich lege mich hin und rolle mich zusammen, den Schwanz über der Schnauze, nicht um die Wärme zu halten, sondern um mich selber zu riechen, mich selber zu fühlen. Das bin ich, Grisette, die Graue. Meine Vorfahren wurden dem König von Frankreich in einem vergoldeten Kästchen aus Sandelholz überreicht. Ihre Augen waren so grün, dass die Damen des Hofes »Ah« und »Oh« riefen und sofort zu ihren Schneidern rannten, um sich Kleider und Bänder in genau diesem Farbton nähen zu lassen. Das ist die Wahrheit, ich schwöre es. Sie tanzten auf einem Ball damit, ein wogender grüner Ozean.

Meine Augen. Mein weiches Fell. Ich kann es spüren, wenn ich darüberlecke. Ich putze mich wie ein kleines Kind. Sonst vergesse ich am Ende, dass ich noch da bin. Denn selbst meine Katzenaugen mit ihrer spiegelnden Schicht finden hier kein Restlicht, das sich verstärken ließe. Licht gibt es nicht mehr. Ich bin in einem großen Inneren. Und ein Äußeres, gar eine Welt, ein vertrautes Leben, wird immer schwerer vorstellbar. Dégas könnte es riechen. Dégas könnte sich erinnern. Ich wünschte, er wäre hier. Ich werde mich hinlegen wie ein braves Mädchen, um auf ihn zu warten. Was sonst soll ich tun? Zumindest die Zeit bleibt mir noch. Sie nagt mich ab wie einen Knochen. Bald wird sie mich aufgegessen haben.

Ich bin Grisette. Hört mich denn keiner?

8
Monsieur Moulin

Monsieur Moulin schrieb die letzten Buchstaben des Tagesgedichts auf eine Schiefertafel und trat dann zurück, um die Wirkung zu prüfen. Madame Valladon hinter ihm nickte zustimmend mit dem Kopf. »Das ist wirklich schön.« Laut las sie: »Weißes Händchen und weißes Tätzchen, und keines von beiden Krallen zeigt – reizendes Weibchen und reizendes Kätzchen necken sich, wenn der Tag sich neigt.«

»Paul Verlaine, 1844-1896«, setzte der Wirt mit einem letzten Kringel hinzu, während die Valladon heimlich ihre Hände betrachtete, die nicht weiß waren und auch nicht klein, sondern breit und schartig vom Teigkneten. »Und es passt so gut auf Miró mit seinen weißen Stiefelchen.« Sie wies mit dem Kinn auf die beiden Kater, die sich gerade in einer Ecke hinter der Theke bissen und balgten.

»Ja«, atmete Monsieur Moulin aus. In seiner Stimme lag, wie meist, tiefe Zufriedenheit. »Na kommt, ihr Wildfänge, ich habe ein Stück Leber für euch.«

»Dass du die Biester so verwöhnst.« Die Bemerkung kam vom derzeit einzigen Gast an diesem frühen Abend, Monsieur Denis. Der alte Denis, wie er genannt wurde, um ihn von seinem Sohn zu unterscheiden, war Schreiner mit einer Werkstatt in der Rue de la Bonne. Seine Frau und er hatten ihr Leben lang hart gearbeitet. Sie wohnten über der

Werkstatt und ähnelten dem Werkstoff, mit dem sie umgingen: altem, dunklem Holz. Als wären sie Bauern, auf den Feldern gebräunt. Und dabei trocken und wortkarg geworden.

»Jeder hat sein Hobby«, gab Monsieur Moulin zurück. Es war nicht zu erwarten, dass der alte Denis sich breit über das Thema auslassen würde. Das war nicht seine Art.

In der Tat zuckte er mit den Schultern und hörte sich gelassen Moulins Vortrag darüber an, dass die größten Geister Frankreichs, Künstler, Politiker und Philosophen, schon immer ein enges Verhältnis zur Katze gepflegt hätten, er sich also in guter Gesellschaft befände. »Sogar der große Kardinal Richelieu«, erklärte Moulin eifrig, »besaß nicht weniger als ein Dutzend Katzen. Gleich morgens nach dem Aufwachen ließ er sich von seinen Dienern ein paar davon zum Spielen ans Bett bringen. Und den ganzen Tag über hielten sich immer einige in seinen weiten Gewändern versteckt.«

Er blinzelte Madame Valladon zu, die mit großen Augen zuhörte. »Einen davon, einen großen schwarzen Kater, nannte er Satan.«

Der alte Denis bekreuzigte sich, und Monsieur Moulin lachte und stellte ihm ein neues Glas Rosé hin. »Da, besser als die Plörre, die sie hier auf dem neuen Weinberg ziehen. Dass dein Sohn sich für so etwas hergibt.«

Mit seiner harten Hand wischte der alte Schreiner über das beschlagene Glas, sodass es klar wurde und der Wein zu leuchten begann. »Ein jeder hat sein Hobby«, gab er zurück. Auch seine Augen leuchteten, als er den ersten Schluck nahm. Dann schloss er sie.

Madame Valladon sprang ihm bei. »Hier auf dem Montmartre hat es früher tatsächlich Weinberge gegeben. Das soll halt nun wiederbelebt werden. Es ist ein historisches Projekt.«

»Eine Plörre ist es«, wiederholte Monsieur Moulin hartnäckig. »Die sie nur loswerden, weil sich so viele Prominente finden, die dafür werben. Von wegen: das alte Montmartre. Das ist eine Fälschung zu PR-Zwecken, genau wie die Mühlenflügel über dem Moulin Rouge, dieser Puppenmühle, wo schon lange nichts mehr gemahlen wird.« Auffordernd schaute er den Schreiner an.

Der zuckte die Achseln, ehe er die Augen öffnete. Was wollte man machen mit den Kindern. Sie waren anders, gingen in die Welt, kamen zurück mit Ideen. Der junge Denis hatte Hotelfach gelernt und das große Geld – wenn auch nur von weitem – gesehen. Nach seinen Reisejahren war er nun in die alte Heimat zurückgekehrt und hatte beschlossen, dass mehr Geld im Tourismus als im Schreinerfach zu holen war. Er plante ein Lokal, gestaltet wie eine alte Mühle, komplett mit Flügeln, Turm und allem, und innen eingerichtet wie im 18. Jahrhundert. Ganz ähnlich der Moulin de la Galette in der Rue Lepic. Aber moderner, mit Bistrottischen hinten und Fastfood für die eiligen Tagestouristen vorne und verschiedenen »Events«.

Dort würde auch der Wein verkauft werden, den das »historische Projekt« auf dem Montmartre kelterte. »Man muss leben.« So fasste er seine Überlegungen zusammen. Der einzige Hinweis, dass er den Unternehmungen seines Sprösslings distanziert gegenüberstand, lag im nachgeschobenen Satz. »Ich mach nur die Innenausstattung.«

»Man muss leben«, gab Madame Valladon sofort zu. Das mussten sie alle.

Monsieur Moulin zog ein Gesicht, das besagte, dass er sich so einfach nicht mit dem Projekt versöhnen ließ. »Es ist ein Schandfleck«, sagte er, aber ein wenig leiser.

»Besser als ein weiterer Imbiss, oder?«, gab Madame Valladon zu bedenken. »Oder eine von diesen Spielhöllen.«

»Oder noch ein Andenkenladen«, sagte Monsieur Martis, der gerade eintrat. »Nicht wahr?« Seine Stimme klang selbstironisch.

Zum Zeichen der Sympathie und des Widerspruchs schenkte Monsieur Moulin ihm sofort vom Roten ein, wie immer, und gönnte ihm neben dem Glas noch ein Schulterklopfen. Es gab Unterschiede, signalisierte er damit dem alten Denis. Unterschiede zwischen Eingesessenen und Emporkömmlingen. Doch er sprach es nicht aus. Eine Weile zog das Streitgespräch sich noch hin. Allerdings war es schwierig, mit jemandem zu streiten, der so wenig redete. Irgendwann gab der Wirt auf und ging in die Küche, um nach dem Rechten zu sehen. Emile war zwar da und schälte die Kartoffeln, schnitt die Zwiebeln und wusch das Geschirr, aber Emile war eben nur Emile, jung, immerzu am Summen und Tänzeln und ohne den festen Halt im Leben, den es brauchte, um ein ordentliches Ratatouille zu fabrizieren.

In seiner Abwesenheit stürmte Madame Chauchat ins Lokal. Es war früh für sie, deshalb sahen alle auf. Auch weil sie die Tür zufallen ließ und Schweißtropfen auf ihrer Stirn standen. Sicher, es war ein heißer Sommer, einer, der die Touristen in Scharen in die Brunnen trieb und die Wasserverkäufer glücklich machte. Aber die Chauchat war immer gepflegt, kam, was da wolle. Und ihren alten Fuchspelz trug sie bis in den April und ab Oktober wieder.

»Was ist los?«, fasste Madame Valladon die aufkeimende Überraschung zusammen. Sie war aufgestanden und begrüßte die alte Bekannte mit zwei leichten Küssen auf die Wangen. Die Chauchat machte die Runde, um auch von den anderen diesen Gruß zu empfangen. Dann ließ sie sich auf den Stuhl fallen, den sie immer einnahm, mit Blick auf den Katzentisch. »Grisette ist weg«, verkündete sie und zog eine der dünnen Zigarillos heraus, die sie in einer Zigarettenspitze zu rauchen pflegte. Sie rochen nach Zimt und Rosen und qualmten unaufhörlich.

Monsieur Moulin war zum Glück kein Anhänger des Rauchverbotes. Seine Vorfahren waren auf den Barrikaden der Kommune gestanden, pflegte er zu verkünden. Sie hatten für die Freiheit und Gleichheit gekämpft. Und das nicht, damit er sich jetzt der neuen Tyrannei der Gesundheitsapostel ergab.

Oder wie Madame Valladon es auszudrücken pflegte: An irgendetwas müssen wir ja sterben. Sie griff nach ihren Zigaretten. »Suzanne ist auch gerade unterwegs«, tröstete sie die Chauchat und nahm einen Zug. Seufzend atmete sie aus. »So ist das bei Katzen nun mal.«

»Was gibt's?«, fragte auch der Wirt, der zurückkam, von Zwiebelgeruch umgeben und sich die feuchten Hände an der Schürze abtrocknend. »Grisette? Hat sie einen neuen Verehrer?«

Madame Chauchat wischte alle gut gemeinten Bemerkungen mit einer Handbewegung fort, die ihr Armband rasseln ließ. Ihre Zigarillo malte eine jugendstilhafte Arabeske in den Raum. »Das versteht ihr nicht. Immer um sechs bekommt sie ihre gezuckerte Milch. Das hat sie noch nie verpasst. Noch nie!« Sie unterstrich die letzte Behauptung mit einer weiteren Arabeske, ehe sie energisch die Asche am Rand des ihr von Monsieur Martis zugeschobenen Aschenbechers abklopfte.

»Meine Liebe, Katzen können nichts Süßes schmecken«, sagte er freundlich. »Vielleicht stand ihr der Sinn heute nach anderem?« Und er lächelte. Es war ein Lächeln, das schon mancher Frau Herzklopfen verursacht hatte. Doch Madame Chauchat war für seinen Charme heute Abend unempfänglich.

»Woher wollen Sie das wissen?«, blaffte sie. »Waren Sie schon mal eine Katze?« Und an die anderen gewandt, fügte sie hinzu: »Meine Grisette nimmt die Milch nur mit Zucker, gezuckerte Kondensmilch, da ist sie eigen.«

»Stimmt«, gab der Wirt sofort zu. »Sie sind eigen. Pablo zum Beispiel würde morden für rohe Schweinsleber. Miró schaut sie nicht einmal an. Dabei sind sie Brüder.« Es begann ein eifriger Austausch von Anekdoten über den eigenwilligen Geschmack ihrer Lieblinge. Bis Madame Chauchat unwillig auf den Tisch schlug. »Das ist alles unwesentlich«, verkündete sie. »Meine Grisette ist verschwunden!«

»Dass ihr die Viecher so verwöhnt.« Die Bemerkung des alten Denis fiel in eine tiefere Stille, als er erwartet hatte. Sie wurde von niemandem erwidert.

»Also, ich habe sie heute Nachmittag noch gesehen«, meinte Madame Valladon. »Gar nicht weit von hier.«

Sofort hatte sie Madame Chauchats ganze Aufmerksamkeit. »Wo?«, fragte sie und zog ihre dichten Augenbrauen zusammen. »Wo steckte sie, meine Süße, mein Herzblatt, hm?«

»Sacré-Cœur. Dort, wo seit ein paar Tagen der seltsame Maler steht.« Sie wandte sich an Monsieur Martis. »Ich hatte dich doch gebeten, Jacques, dir mal seine Bilder anzusehen. Sie könnten etwas für deine Galerie sein. Er wird sicher nicht mehr lange da sein, ich glaube, er hat keine Lizenz.« Sie wurde ein wenig rot und senkte den Blick. »Bist du schon dazugekommen?«

»Noch nicht, meine Liebe.« Monsieur Martis nahm ihre Hand und tätschelte sie kurz, sodass die Pâtissière aufatmete. »Aber wenn du sagst, dass sie interessant sind. Auch wenn ich mein bescheidenes Projekt nicht Galerie nennen würde.«

»Ja«, entfuhr es ihr, »sehr interessant. Die Bilder, meine ich.«

Monsieur Martis lächelte wohlwollend.

»Also, so weit geht meine Grisette nicht, nie im Leben.« Da war Madame Chauchat sich sicher.

»Aber ich habe sie gesehen«, wandte Madame Valladon ein. Sie sah die Kioskbesitzerin nun direkt an. »Sie saß dort, auf einem Mäuerchen.« Ein letzter, fast koketter Blick zu Monsieur Martis. »Sogar sie schien sich für die Bilder zu interessieren.«

Die Chauchat schnaubte.

»Katzen, meine liebe Madame Chauchat, kommen weit herum, viel weiter, als man denkt«, dozierte Monsieur Moulin. »Meine beiden zum Beispiel …«

»Deine räudigen Biester sind mit meiner Grisette nicht zu vergleichen«, blaffte die Kioskbesitzerin und hüllte sich in eine Rauchwolke.

»Auch deine Grisette hat vier Pfoten, mit Verlaub.« Monsieur Moulin ließ sich seine gute Laune nicht nehmen. »Und auch alles andere, was eine Katze auszeichnet.« Er hoffte, die Chauchat würde es nicht als Anspielung auf ihre eigene Vergangenheit verstehen. Er zwinkerte und fügte hinzu: »Sie wird schon wieder auftauchen.«

»Wenn die Liebe abgekühlt ist«, beeilte sich Madame Valladon zu ergänzen. »Meine Suzanne war auch …«

Weiter kam sie nicht, denn ihre Freundin war aufgesprungen. »Ignoranten seid ihr, alle miteinander.«

»Nun, nun, Madame.« Monsieur Martis wagte es, ihr die Hand auf die Schulter zu legen. »Wir fühlen alle mit dir. Jeder einzelne.« Er schaute in die Runde, insbesondere zu dem alten Denis.

Der war schlau genug, den Mund zu halten. Er ging sogar so weit, mit der rissigen Hand auf den Tisch zu klopfen. »Setz dich«, sagte er in seiner knappen, aber nicht unherzlichen Art.

Monsieur Moulin beeilte sich, ein Glas vom billigen Champagner zu bringen, einer alten Vorliebe, die der Chauchat geblieben war. Madame Valladon rückte den Stuhl der Kioskesitzerin zurecht. Wie eine Kranke wurde sie zurück an ihren Platz geführt und umsorgt. In ihren Katzenaugen glitzerte es feucht, was sie rasch wegzwinkerte, um den Mund zu verziehen. »Ignoranten«, murmelte sie, ein wenig milder.

Alle nickten verständnisvoll. Monsieur Martis gab ihr

Feuer, als sie eine neue Zigarillo hervorholte. Erleichtert atmeten alle die Zimtwolken ein.

»Das wird nicht gut ausgehen«, sagte Madame Chauchat nach einer Weile zum Erschrecken aller. Das wohlmeinende Geplauder verstummte.

»Ich habe etwas gesehen in den Handlinien meiner Kunden, und ich sage euch: Ich weiß es. Das hier ist anders als sonst. Etwas geht vor in Montmartre. Und es geht nicht gut aus.«

Beklommen saßen sie da, eingehüllt in eine wachsende Woge von Rauch. Besorgte Gedanken eilten hierhin und dorthin und vor allem zu den Katzen.

9 Suzanne

Suzanne war rund, doch ihre Pfoten zierlich. Vorsichtig setzte sie eine vor die andere, leicht nach außen gestellt, eine dicke Dame in engen Schühchen, die die Rue Caulaincourt entlangtrippelte. Sie nahm sich Zeit für den Weg zum Friedhof, beschleunigte allenfalls zu einem leichten Trab, der ihre erhobene Schwanzspitze wippen ließ, ein zerstreuter Gruß an all diejenigen, die sie kannte. Auf der Treppe hinab in die Rue Rachel streifte sie dicht an der Mauer entlang, eine Markierung für alle, die nach ihr kamen.

Belebt ging es heute zu auf dem Cimetière de Montmartre. Schon am Eingang, wo die Rue Caulaincourt sich auf ihren Metallsäulen schützend wie ein Dach über die alten Grüfte spannte, sodass sie aussahen wie Spielzeughäuser, die in einem Magazin abgestellt worden waren, um später anderswo eingesetzt zu werden. Suzanne bemerkte ungewöhnlich viele Autos: Polizei, Krankenwagen, den Mercedes des Bestatters. Und es drängten sich mehr Schaulustige dort als sonst. Polizeibeamte waren damit beschäftigt, Absperrbänder anzubringen. Die Menschen zerstreuten sich nicht in die Stille, sondern fanden sich in diskutierenden, unruhig summenden Gruppen zusammen.

Suzanne beeilte sich, um am verschnörkelten Schild der Avenue St. Charles abzubiegen und sich der Sache so zu nähern, wie eine Katze es tat: mäandernd von der Seite, als ging einen alles nichts an. Dabei schlug ihr Herz durchaus schneller und ihren grünen Augen entging nichts von dem ungewöhnlichen Treiben. Nein, das hier war keine normale Beerdigung. Auch kein Einsatz von Tierschützern, wie er manchmal vorkam, mit Sonderfutter, Spendendosen und Plakaten. Das wussten auch die Einheimischen, die Suzanne heute mehr fühlte als erschnupperte, mehr ahnte als sah. Die Friedhofskatzen harrten in ihren Verstecken aus. Nur hier und da ein paar starre Augen im Gebüsch, weggeduckt ins Dunkle, mit Pupillen wie schwarze Monde. Bonnard allerdings saß, wo er immer saß: auf seinem Stammplatz in der Sonne. Erleichtert sprang Suzanne zu ihm auf die Bank.

Schnurrend ging sie ihm zuerst ums Maul, roch dann höflich an seinem Hintern, rieb sich der Länge nach an ihm, Kopf an Schwanz, Schwanz an Kopf, und ließ sich schließlich, nicht ohne Nachdruck, mit dem ganzen Gewicht ihrer sieben Kilo an seine Seite fallen, wo sie umgehend begann, ihm die Ohren sauberzulecken. Suzanne wusste, was sich gehörte.

Bonnard ließ es sich gefallen.

»Chchch«, kam es unten an der Bank vorbei. Suzanne hielt kurz inne. Ein stumpfes, verklebtes Fellbüschel trabte vorbei. »Chchch.« Hielt nicht an. Kicherte mühsam. Warf einen Blick auf Suzanne. »He, bist du nicht die mit dem Sohn, der aussieht, als hätte man ihm ins Gesicht geschissen?«

Suzannes Fell sträubte sich.

Bonnard griff ein und leckte ihr seinerseits die Ohren, bis sie sich beruhigte. »Das ist Hector mit der halben

Lunge«, meinte er nur. »Den musst du nicht ernst nehmen.«

»Chchch.« Hector trabte kichernd weiter, mitten auf den Lärm zu.

»Glaubt, es gibt was zu fressen, der Depp.« Bonnard sackte wieder zusammen. »Wir brauchen alle mehr Liebe, als wir verdienen«, stellte er fest.

Suzanne stupste ihn. Es war Zeit, zur Sache zu kommen. »Aber es gibt dort nichts zu fressen, nicht wahr?«

Er brauchte nicht zu antworten. Seite an Seite beobachteten sie das Treiben der Spurensicherung zwischen den Gräbern. Männer in Uniform und welche mit unförmigen weißen Säcken stolperten zwischen den eng gesetzten alten Steinen herum, hantierten mit Messlatten und Lampen, blieben an den Zweigen der Kirschbäume hängen. Das hier war kein Ort für Genauigkeit. Alles zerfiel ins Ungenaue, Vage und gerade darum so Schöne. Jetzt wurde alles zurück in die Symmetrie der Untersuchung gedrängt. Ein schwarzgelbes Absperrband verhedderte sich in blühenden Zweigen. Jemand rupfte.

»Sind meine Jungs in Gefahr?«, wollte Suzanne wissen.

Bonnard schüttelte sich. »Mittendrin? Ja. In Gefahr? Schau selber.«

Gehorsam richtete Suzanne sich auf. Und jetzt bemerkte sie auch, was ihre wachsende Aufregung ihr bislang verborgen hatte: »Alle sind da«, stellte sie fest. Ja, da waren sie, die Katzen vom Montmartre, auch wenn man keine von ihnen sah. Unüberspürbar jedoch kreuzten sich die Blicke aller, wie die Scheinwerfer verborgener Leuchttürme, genau im Luftraum über dem Geschehen. Die Linien lagen greifbar in der Luft und ließen Suzannes Vibrissen beben. Sie konnte jeden einzelnen dieser Sehfaden berühren und entlangtasten bis zu dem, der ihn aussandte. »Zwei fehlen«, murmelte sie.

»Dégas ist nicht hier«, bestätigte Bonnard.

Den zweiten Namen sprach sie selber aus. »Und Grisette.«

Es war, als hätte der Name der kleinen Grauen, die verschwunden war, einen weiteren Raum geöffnet. Denn nun roch Suzanne es auch, wie eine Kuppel lag es über allem, durchsichtig, hoch, unüberwindbar: der Tod. Nicht der alte, trockene sonnige Tod aus Sandstein und Immortellen. Sondern frischer Tod, aus Erde, Auflösung und Blut. Umsummt von den ersten Fliegen. Das Trommeln der Speckkäferbeine im Erdreich war schon zu hören. Die ersten Membrane schmolzen in der Hitze und gaben Säuren frei, Duftsäulen für jene, die Nasen hatten.

»Dort liegt Grisette«, murmelte Suzanne erneut.

»Nein«, sagte Bonnard. »Aber es hat mit ihr zu tun. Irgendwie.«

Außer Atem kamen Pablo und Miró angesaust: »Die Polizei!«, »Und sie ist doch tot!«, »Wir haben es ja gesagt!«. Hastig spuckten sie Sätze aus und verteilten leichte Schläge gegeneinander, drängten sich nach vorne, um der erste zu sein, der erzählte.

Bonnard öffnete seine bronzefarbenen Augen.

Die beiden verstummten.

»Jetzt«, nickte er.

Es war Pablo, der begann. »Also, das Mädchen, das wir gestern schon gesehen haben.«

»Von dem wir dachten, es sei ein Gespenst«, warf Miró ein; er konnte einfach nicht anders.

»Das Mädchen war kein Gespenst. Es war eine Deutsche. Das steht in ihrem Pass. Und sie gehört auch nicht zu Heinrich Heine, sondern zu dem Grab daneben. Da steht ihr Name auf dem Stein, sagt der Commissaire.«

»Es ist ein Commissaire da«, fügte Miró überflüssigerweise hinzu und tat brav. Mit einem Lecken an seiner Pfote unterstützte er den Eindruck. »Er sagt, es ist das Grab ihrer Familie.«

»Besserwisser.« Pablo schubste ihn. »Und sie ist jetzt wirklich tot. Singt nicht mehr. Schreit nicht mehr. Wie ihr wollt.«

»Wie ist sie gestorben?« Suzanne hob den Kopf, um zu wittern. Aber dort vorne geschah zu viel, zu viele Gefühle hingen in der Luft und drohten, sich wie eine Decke über den Kopf zu legen. Darüber die Splitter chemischer Substanzen: Folien, Fasern, Phiolen mit unbekannten Tropfen.

»Wie eine Katze, die man gehenkt hat.« Für einen Moment verloren sogar die beiden Kater etwas von ihrer Lebhaftigkeit. »Mit einem Schal um den Hals. Aber im Liegen.«

Dennoch sahen sie es alle vier vor sich: ein Bild, so alt wie das Verhältnis von Katze und Mensch: den Umriss eines nicht mehr schönen, nicht mehr eleganten Katzenkörpers, aufgehängt an einem Draht, mit angezogenen Pfoten und heraushängender Zunge, das Fell nass oder verschmort, ein einsames Signal in einer Landschaft aus Trümmern, aus der die Menschlichkeit sich schon zurückgezogen hatte, die Menschen aber noch nicht. Das Bild gehörte nicht hierher, dünn und fast unsichtbar hing es unter der Sonne, ein leiser Schauder, der verging.

»War sie jung?«, fragte Suzanne.

»Lange Haare, Schwanz wie ein Pferd.« Pablo schüttelte sein Unbehagen bereits wieder ab. Er war jung und wollte sich nicht schlecht fühlen. »Ihr Rock riecht gut.« Ein Windstoß kam und rauschte in den hohen Kiefern.

Suzanne wandte den Kopf, um möglichst viel von den schönen Dingen aufzunehmen. »Ein Glück, dass Madame Valladon heute nicht herkommt«, sagte sie. »Sie sucht mit der Chauchat nach Grisette. Sie ist schon traurig genug.«

»Ach was. Verliebt ist sie, deine Valladon«, trompetete Miró. Suzanne zuckte zusammen. Unwillkürlich musste sie daran denken, wie der fremde Kater, dieser Hector, ihren Sohn genannt hatte. Es war etwas daran an seiner Beschreibung, man musste es leider zugeben. Und Miró machte nichts von seinem Aussehen durch Charme wett. »Sprich nicht so von ihr«, forderte sie.

»Aber es ist wahr«, sprang Pablo ausnahmsweise seinem Bruder bei. »Wir haben es genau gehört, bei Monsieur Moulin. Sie mag einen Maler vom Sacré-Cœur und will, dass Monsieur Martis seine Bilder ausstellt.«

»Sie hat sich noch nie für Bilder interessiert.« Suzanne stellte es fest wie ein Naturgesetz.

»Schau doch selber«, quäkten ihre Söhne. »Es ist der, der nach Eisenbahn riecht. Der gefällt ihr.« »Der, der Grisette zuletzt gesehen hat.«

»Chchch«, machte es in der Ferne.

»He, das ist Hector. Komm, wir locken ihn in den Leichenwagen.« Mit dieser Aussicht auf Amüsement sprangen die Katerchen davon. Sie waren um die Ecke, ehe Suzanne sie zur Ordnung rufen konnte.

»Wie gesagt, wir brauchen alle mehr Liebe, als wir verdienen.« Bonnard war nicht aus der Ruhe zu bringen.

»Ach«, sagte Suzanne und ließ sich unwirsch wieder neben dem Roten nieder. Die Spannung war in ihrem Fell spürbar. Eine Weile betrachteten sie das fremde, beunruhigende Treiben zwischen den Grabsteinen. »Jemand Junges ist tot. Madame verliebt. Und Grisette ist fort.« Nichts davon wollte ihr behagen. Gestern noch hatte sie keine größeren Sorgen als die üblichen: Ob die Windbeutel für die Religieuses in sich zusammenfielen. Ob sie Madame ein Kätzchen besorgen sollte. Ob es Crème gab. »Irgendetwas verändert sich.« Suzanne wusste nicht, dass sie in diesem Moment die Gedanken von Madame Chauchat wiederholte. Und sie ahnte mehr, als dass sie es roch, wie sich dieses Unbehagen auf einen dünnen, kaum wahrnehmbaren Geruchsfaden auffädelte, fein wie ein Haar: Eisenoxid. »Ach, ich fürchte, das verheißt nichts Gutes.«

Bonnard blieb, der er immer war. Er lag da, ließ seine Augen unter den halb geschlossenen Lidern glimmen. Suzanne tat es ihm gleich und folgte seinem Blick. Da sah auch sie es: ein Buch, halb verborgen unter einem Grabstein, hinabgerutscht in das Loch, das eine Wurzel in Jahrzehnten freigehebelt hatte. Die Menschen bemerkten es nicht. »Was ist das?«

Er kannte den Namen auf dem Buchrücken, in Goldbuchstaben geprägt, denn es war derselbe, der oben auf dem Grabstein stand: Heine. Traurigkeit und Zärtlichkeit hafteten an dem Buch und überfluteten die beiden Katzen.

»Das tote Mädchen hat nicht geschrien, es hat gesungen, nicht wahr?« Bonnard nickte. Er hatte sie gehört, die Nacht über und die davor. Er erzählte es Suzanne. Von der Loreley hatte sie gesungen, leise, weich, ein altes, altes Lied, das schon lange, sehr lange so und nicht anders vorgetragen wurde. Einst hatte es jemanden zum Schlafen gebracht. Ton für Ton. Nicht schön gesungen, aber vertraut. Poliert wie Steintritte in einem Bach. Gewohnte Schritte hinüber in die Träume. Nun schlief auch die Sängerin. Von Heine, dachte Bonnard. Für Grisette. Für die Katz.

»Nachtschnurren«, sinnierte Suzanne. »Das habe ich für all meine Kinder getan. Ach, und jetzt sind sie groß.«

Bonnard räusperte sich.

»Wo wird einst des Wandermüden letzte Ruhestätte seyn? Unter Palmen in dem Süden? Unter Linden an dem Rhein? Werd ich wo in einer Wüste eingescharrt von fremder Hand? Oder ruh ich an der Küste eines Meeres in dem Sand? Immerhin mich wird umgeben Gotteshimmel, dort wie hier, und als Todtenlampen schweben nachts die Sterne über mir.«

»Schön«, sagte Suzanne. Für eine Weile wanderten ihre Gedanken weg von ihren Sorgen.

10
Matisse

Matisse hatte keine Zeit. Vielleicht zum ersten Mal in seinem Leben war der junge Kater wirklich beschäftigt. Und das gerade jetzt, wo der Rat der Katzen tagte. Er hatte die Stimmen über den Dächern gehört, über den Rufen der Andenkenverkäufer und dem Lärm des Verkehrs, der sich mit nicht nachlassender Ungeduld durch die engen Straßen des Viertels schob. Sie riefen zur Versammlung. Touristengruppen drängten wie einwandernde Armeen über die Bürgersteige. Lieferanten und Polizisten beschimpften einander und gingen einen Wein trinken, um dem Chaos eine Weile zu entkommen. Portraitzeichner, Fahrradkuriere, farbige Kindermädchen mit Buggyflotten, Studenten und Obdachlose und Drogenverkäufer, sie alle hatten zu tun, sie alle waren unterwegs. Die Katzen wussten davon und gingen doch ihre eigenen Wege.

Dégas hatte gerufen, der große Schwarze vom Bateau Lavoir. An keinem anderen Tag des Jahres hätte Matisse gefehlt. Nicht, wenn Dégas sich die Ehre gab. Der alte Löwe war immer noch der, auf den alle im Viertel hörten. Mochten sie ihn verrückt nennen oder lächerlich, sie taten es nicht laut und niemals in sein Gesicht. Im Grunde fürchteten sie ihn alle. Und wenn er verlangte, dass man ihm half, dann war das eine Ehre. Ah, was für eine Ehre wäre es erst für Matisse, die Python, gewesen, den kleinen Dealer in großen Dingen, den mageren Straßenkater, der so gerne ein großer geworden wäre. Aber heute ging es nicht. Matisse hatte eigene Pläne.

Er wusste auch gar nicht, was sie wollten mit ihrem ganzen aufgeregten Gerede von Gespenstern und toten Mädchen. Sicher, auf dem Montmartre war gemordet worden. Schön war das nicht. Sie alle spürten den Schatten auf der Haut. Es war keine Jagd gewesen, wie die auf Mäuse, bei der man seiner Bestimmung folgte. Nein, etwas ganz und gar Widernatürliches war geschehen. Gut, schön. Und Grisette war verschwunden. Auch das ein Mysterium, wenn vielleicht auch kein ganz so großes. Matisse war nicht der einzige, der sich sagte, dass man auf den Quais drunten an der Seine nachsehen sollte. An den Häfen, die es sogar in Paris gab. Von dort kam so mancherlei. In den Zwanziger Jahren noch war von dort die Pest in die Stadt eingedrungen, ein wahrhaftiges Gespenst, gekleidet in Ratten und Lumpen, wie ein letzter Bote des Mittelalters. In Wahrheit ein Rest nordafrikanischer Sonne und Verzweiflung. Viel also kam von dort. Vieles ging diesen Weg. Dass Grisette sich nicht für die üblichen Pfade entscheiden würde, das war doch jedem klar. Vielleicht hatte sie sich ja vorgenommen, in Algier die neue Begum zu werden. Oder in Oran eine Dynastie zu gründen, die in den Orangengärten saß.

Matisse mochte den alten Dégas, aber darüber sollte er einmal nachdenken, ehe er das ganz große Fass aufmachte. Grisette war nun einmal Grisette. Und wenn man schon beim Singen war – das tote Mädchen sollte ja auch gesungen haben – da konnte er mithalten. Er war immerhin hinter einem Jungen her, der in einer ausgestorbenen Sprache flötete. Und wenn Matisse auch nicht genau wusste, wie das zuging, so war es für ihn doch ein wenig wie die Pfeife des Rattenfängers von Hameln, was der Junge von sich gab. Poésie. Wer bist du? Was willst du im Garten von Madame Valladon? Und ist es ein Zufall, dass nach einem toten Mädchen nun ein Junge auftauchte, der sang? Und würde auch er sterben müssen? Denn wie sagte Dégas ja so gerne: Die Menschen töteten alles, was schön war.

Der Junge jedenfalls war ein Rätsel. Und er war in Gefahr. Matisse hatte die Néons gesehen. Sie gehörten zu der unsichtbaren Gesellschaft auf dem Sacré-Cœur, zu den harten Spielregeln, die dort herrschten. Matisse wollte es begreifen, das Spiel der Sprache, das die Menschen seines Viertels spielten. Er musste es lernen, auch wenn es nicht schön war. Er war die Python. Er lebte dort. Es war sein Quartier. Und der Junge roch so gut nach Cheeseburger. Wo er die herbekam, frisch wie aus dem Laden, das hätte Matisse auch noch gerne gewusst.

Also adieu, Dégas. Bonjour, Poésie. Matisse wusste, wie er den Tag verbringen würde. In den schwarzen Vierteln bei Montmartre, dort, wo das Leben am dichtesten war.

Zufällig war es zugleich die Ecke, in der es am farbigsten spielte, das Leben. Matisse kam an Friseuren vorbei, in deren Türen ebenholzschwarze Männer standen, um zu signalisieren, dass Schutz genoss, wer sich hier die Haare flechten ließ. Unglaublich viele Fotos, bunt, und doch von der Sonne schon wieder ausgebleicht, zeigten die afrikanischen Frisuren, die sie anboten, Termitenbauten, Paläste, Perlenvorhänge. Aus den Lautsprechern dröhnte Musik. Läden boten Brautkleider feil, als würde hier nichts getan, als zu heiraten. Es roch nach Polyester und Polyäthylen, nach Folie und knisternden Borten, Strass spritzte, Gold blitzte. Die feinsten Fräcke mit knallroten Aufschlägen und gesteppten Borten gab es, Schuhe, so hoch, dass eine Katze ohne sich zu ducken drunter durchkriechen konnte. Was mussten das für Feste sein: glitzernd, farbig, prunkend. Von einem Streichholz abzufackeln.

Und erst das Essen. Matisse war nicht so gut wie Dégas, aber selbst er roch die herrlichen Unterschiede zwischen Hähnchen Masala mit Süßkartoffeln und libanischem Lamm-Bulgur, Schwarma und Schweinefleisch süßsauer, Thieboudienne und Chachanga. Es roch nach Koriander und Kardamon, Nelken, Zimt, Ingwer und Chili. Die Soßen waren scharf, das Fleisch billig, flachsig, kross gegrillt. Matisse schwebte der Kopf in den Wolken, und er hatte Mühe, sich auf die Fersen des Jungen zu konzentrieren. Hier schwebten Hunderte von Curry-Varianten auf, dort hingen Wolken von Früchten in der Luft und hüllten ganze Stände ein. Darunter lag ein wenig Fäulnis, feuchte Kühle, die Gerüche der Erde, aus der alles stammte. Die Mülleimer quollen über und stanken. In großen durchsichtigen Säulen drehten seltsame Geräte sich durch Breie, die stärker leuchteten als die Néons und nach süßer Kälte rochen. Matisse mochte mit der Pfote dagegentippen, so oft er wollte, er bekam den Mechanismus nicht zu fassen, der sich darin bewegte, gut abgeschirmt von ihm und seiner Neugier. Er schnupperte an einer Ananas. Dort wackelte ein Palmwedel im Wind. Ein Fliegenschwarm um Fischeingeweide musste beschnuppert und gejagt werden. Man scheuchte Matisse in einem Dutzend Sprachen davon.

Endlich das Kaufhaus. Es mochte nicht so imposant sein wie die Jugendstil-Fassade des Cinéma Louxor, aber es war eine wichtige Wegmarkierung. Links oben in dem alten Haussmannschen Gebäude residierte der Tierarzt, zu dem Monsieur Martis ihn gebracht hatte, einmal, ganz am Anfang ihrer Beziehung. Matisse erinnerte sich an eine Klingeltafel aus Messing, die Eingabe des Codes, ein vornehmes Surren, dann auf einmal lag der Tumult der Straße hinter ihnen, und sie standen in einem Treppenhaus mit poliertem Holzhandlauf und schwarzweißem Marmorboden. Ein Emailleschild in altmodischer Schrift wies zu Docteur Shwartzmann in den zweiten Stock. Es war sehr still gewesen und roch nach Mottenkugeln. Matisse musste niesen, wenn er daran dachte.

Ja, das war hier. Und gegenüber, neben dem kleinen Laden, dessen Schaufenster völlig zugestellt war mit farblich sortierten Getränkedosen und winkenden Glückskatzen, dort, wo es rot blinkte und Neonröhren einen Busen formten, der sich zwischen dem Kiosk und einer altmodischen, winzigen Apotheke über den Bürgersteig schob, dort arbeitete Emile. Wenn er nicht gerade bei Monsieur Moulin Kartoffeln schälte und Fleisch schnitt.

Kartoffeln schälen erfüllte keinen, das verstand Matisse. Auch sagten die Menschen immer, sie müssten leben. Als ob das eine Strafe wäre. Oder besonders schwer. Man lebte doch ohnehin. Aber nein, »Man muss leben«, hieß es dauernd. Und um zu leben also, verkaufte Emile hier, wo »SEX SEX SEX« über der Tür stand, Sachen, die man nicht essen konnte und die komisch nach Plastik rochen. Manches war zum Anziehen, anderes völlig rätselhaft. Am liebsten mochte Matisse noch die bunten Tangas auf den Kleiderbügeln, mit denen konnte man so schön tändeln. Oder die Kabinen hinten, mit den Flimmerbildschirmen und den Taschentüchern auf dem Boden, wo es immer interessant roch. Aber auch ein wenig so, dass sich einem die Haare sträubten. Noch nie hatte Matisse erlebt, dass so viele Kater versuchten, ein- und dasselbe Gebiet zu markieren. Besser, man hielt sich da raus. Poésie zog es auch gar nicht in den Drei-Buchstaben-Laden. Er interessierte sich für einen Mann mit Gitarre. Erleichtert trabte Matisse ihm nach.

Der Gitarrenspieler hockte auf einem Feldstuhl, einen Hut vor sich auf dem Boden, in dem eine Wasserflasche und ein paar Münzen lagen. Sein Instrument hatte er quer vor sich auf dem Schoß liegen. Darüber geneigt unterhielt er sich mit dem Jungen, lachte, dass seine Dreadlocks wackelten, schlug einen Akkord und forderte Poésie mit einer Kopfbewegung auf, sich zu ihm zu gesellen. Und der Junge sang. Matisse hatte seine Stimme ja schon gehört, trotzdem zuckte er im ersten Moment zusammen und rettete sich mit einem Sprung auf eine Banklehne. So viel heller, so viel höher klang Poésie jetzt. Und wie er mit den Fingern schnippte, mit den Schultern wippte, die Ellenbogen ausfuhr. Der ganze Kerl war mit einem Mal in Bewegung geraten. Fasziniert beobachtete Matisse alles mit aufgestellten Ohren. Poésies Mund, stellte er fest, war innen rosafarben wie der von Grisette. Seine Augen leuchteten, er sang und lachte, lachte und sang dabei. Der Gitarrenspieler nickte im Takt und neigte sich noch tiefer über seine Saiten. Er sah zufrieden aus. Etwas verband die beiden, vereinte sie. Zog Kreise in der Luft. Ein dritter kam dazu, dünn, lang, zahnlückig. Seine Hände machten Geräusche wie Trommeln und seine Zunge schnalzte. Auch er fiel in den Rhythmus. Sie alle bewegten sich. Und die Leute um sie herum, obwohl sie stehen blieben, bewegten sich mit. Selbst Matisse' Kopf zuckte in kleinen, fast unmerklichen Bewegungen auf und ab. Die waren natürlich nur dem besseren räumlichen Hören geschuldet. So leicht ließ sich eine Python nicht von einem Lied einfangen.

Dann brach alles ab.

Matisse hätte sie hören müssen. Nun roch er sie: die Néons. Der Zahnlückige war weg, die Leute sahen verwundert aus. Der mit den Dreadlocks und der Gitarre zog ein Plastikbeutelchen heraus und ließ es in die Hand von Neongrün gleiten, der es Gelb gab, der rasch weiterging. Seine Gitarre lag neben ihm. Er sah nicht mehr glücklich aus. Auch als die drei wieder weg waren und die Zuhörer immer noch da, spielte er nicht mehr. Der eine oder andere in der Menge hob sein Handy, machte ein Bild von den Rowdys. Die Néons pflügten schnell, aber mit breiter Brust hindurch. Keiner stellte sich ihnen in den Weg, die Fotografierer zogen kleinlaut ihre Handys weg, wenn sie sich näherten. Ohnehin hatten die meisten, die mehr als zwei Meter weg standen, gar nichts mitbekommen.

Und Poésie war fort.

So schnell er konnte, folgte Matisse seiner Spur. Da war er. Neonorange stieß ihn durch die Menge. Er hatte den Jungen mit seiner großen Hand am Nacken gepackt, fast so wie eine Katzenmutter es machte, wenn sie ihre Jungen mit den Zähnen beim Halsfell nahm. Poésie hatte auch etwas von einem abgeschleppten Kätzchen. Schlaff ließ er sich leiten, die Schultern hochgezogen, den Kopf nach vorne gesenkt. Schicksalsergeben. Aber seine Haltung hatte nichts von dem ergebenen Vertrauen der Katzenjungen. Seine Füße stolperten trotz der Bodenhaftung. Matisse roch Urin. Nach rechts, nach links, über die Straße. Wie ein Gewitter kam das Auto über Matisse. In blinder Panik flüchtete er vorwärts, Ohren angelegt, Augen bei seinem Wild. Er war drüben. In die Seitengasse. Aus einem geöffneten Garagentor vernahm er den Lärm und Staub einer Werkstatt, im Rinnstein noch Wasser und Müll. Der stechende Gestank eines Obdachlosen. Männer, die vor einer Haustür herumhingen, ein Wald von Beinen. Dorthin brachten die Männer Poésie. In den Hausflur stießen sie ihn. Instinktiv wählte Matisse die gegenüberliegende Gassenseite. Indirekt vorgehen, lauern, das war seine Taktik.

Zwischen einem ehemaligen Nagelstudio mit papierverklebten Fenstern und einem Internetcafé betrachtete er die Lage. Aber es gab nichts zu betrachten. Poésie war drin im Haus, das vier Stockwerke hoch in den Himmel ragte, wie alle Bauten in der Gasse, die Fassade geschwärzt, überklebt mit alter und neuer Reklame. Und Matisse war draußen.

Einen Moment lang überlegte die Python des Dschungels, ob sie es wagen und sich einfach zwischen den Waden der Männer hindurchschlängeln sollte. Direkter Weg, einfach durch und rein. Im Hausflur würde er weitersehen. Aber er verwarf es. Verzog sich unter ein parkendes Auto. Belauerte das Haus wie eine Herde Gazellen. Man durfte nicht einfach auf die Herde zupreschen, vorher musste man sich ein bestimmtes Tier aussuchen und es die ganze Jagd über im Auge behalten. So machten das die Löwen, die Vorfahren seines Geschlechtes. Das wusste Matisse aus dem Fernsehen, denn Monsieur Martis hatte eine Vorliebe für den *arte*-Kanal mit seinen Kunst- und Naturdokumentationen. Poésie war seine Gazelle, und er würde ihn nicht aus den Augen verlieren. Andererseits war der Junge jetzt schon eine ganze Weile in dem Haus, aus dem es nach Kochdünsten roch, nach dem Lack einer Werkstatt und alten Mülltonnen. Und dazu eindeutig nach Hühnern, nach lebenden Hühnern, und nach toten. Und nach ihrem Blut. Matisse sträubten sich die Haare im Nacken. Roch das nun erregend oder einfach nur angsterregend? Unentschlossen peitschte sein Schwanz hin und her. Dann sah er ihn: den alten Kohlenschacht, das verschobene Gitter. Matisse duckte sich, tiefste Gangart, überquerte mit Glück erneut eine Straße, ohne dass ihm ein Auto in den Weg kam. Zitterte einen Moment mit aufs Äußerste angespannten Läufen unter einem weiteren Wagen, roch Marder, roch Öl, schnellte vor. Und war im Keller.

Seine Pupillen schossen auseinander, öffneten sich wie Blüten im Zeitraffer, die Spiegelschicht in seinen Augen fing alles Licht für ihn ein. Im Schein einer Taschenlampe hätten sie geleuchtet wie Luminol. Um ihn herum: Kohlen, Sperrmüll, Pappen, Staub. In Duftform war es ein Universum. Dégas hätte es Schicht für Schicht entschlüsseln können, angefangen mit den Dingen, die der erste Mieter bei seinem Auszug 1876 zurückgelassen hatte. Er hätte das Versteck aus der Zeit der deutschen Besatzung hinter dem Kamin erschnuppert, in dem sich drei Jahre lang die Familie aus dem vierten Stock versteckt hatte. Und Dégas hätte gewusst, dass die völlig kaputte Gitarre der Kommune gehörte, die am 23. Juni 1966 den desertierten amerikanischen Soldaten bei sich aufnahm, der nicht nach Vietnam gewollt hatte. Er hätte die Zahl der Katzenwürfe nennen können, die hinten zwischen den aufeinandergestapelten Kartons geboren worden waren, und anhand des Geruchs der längst vergessenen Bücher in der roten Kiste gewusst, dass sie aus dem berühmten Buchladen »Shakespeare & Company« stammten, gegenüber von Notre Dame. Vielleicht sogar, dass auf seinem Grund eine signierte Erstausgabe von Boris Vians »Der Schaum der Tage« darauf wartete, entdeckt zu werden.

Da hörte Matisse einen Schrei. Der Junge? Er ließ vom Krempel ab und flitzte die Treppe hinauf. Erneut sah er den Wald aus Beinen, diesmal von drinnen. Keiner sah ihn, als er über das einst schöne, jetzt abgetretene schwarzweiße Marmorpflaster zur Treppe lief. Die Schnecke des Handlaufs wand sich über ihm vier Stockwerke hoch. Vier mal vier Wohnungen, sechzehn Welten voller Gerüche und Geräusche. Kein Problem, sagte sich Matisse, und setzte die Pfote federleicht auf die erste Stufe. Lautlos glitt er hinauf.

Es war einfacher, als er dachte. Vor der dritten Tür im zweiten Stock, hinter der es stark nach Zwiebeln roch und gekochtem Reis und der Anwesenheit von zu vielen Menschen, fand er ein paar Tröpfchen von Poésies Urin wieder. Und in ihnen erneut das Aroma der Angst, das ihn wie an einem roten Faden hierhergezogen hatte.

Matisse presste seine Nase an den Spalt. Legte die Ohren ans Holz. So viele Geräusche. Und mehr Emotionen als Menschen in einem vollbesetzten Bus. Die Wohnung war prall damit gefüllt, doch nichts davon fühlte sich gut an.

Jemand war wütend, jemand anderes aufgeregt, verbitterter, tief sitzender Groll war zu spüren. Dazu viel junges, unberechenbares Adrenalin. Und die Tür war verschlossen.

Einen Satz in ihre Richtung wagte Matisse: ein eleganter Parabelsprung. Bei Monsieur Martin half das manchmal. Aber der hatte daheim Türklinken. Hier gab es nur einen Knauf. Matisse' Pfoten glitten wirkungslos daran ab. Erstaunlich dumpf prallte er wieder auf dem Boden auf. Nein, hier kam eine Katze alleine nicht weiter. Er benötigte einen Türöffner. Zum Glück war die Welt voll davon. Und einer befand sich gleich in der Nähe.

11
Dégas

Nicht ohne Stolz ließ Dégas seinen Blick über die Versammlung gleiten. Einem Menschen wäre kaum aufgefallen, wie viele Katzen zusammengekommen waren. Sie drängten sich nicht dicht aneinander, sie standen nicht in Reih und Glied. Jede hatte sich ihren Platz gesucht, für sich und abgeschieden, als wäre sie alleine hier. Die eine in einer leeren Pflanzschale, eine andere im schmalen Schatten einer Grabumfassung, eine dritte, vierte, fünfte unter den Bäumen und Büschen zwischen den Gräbern.

Keine bildete mit einer anderen ein Muster. Und doch standen sie alle zueinander in Beziehung und gehörten zusammen. Die einen lagen völlig entspannt, räkelten sich auf der Bronzeinschrift einer Grabplatte, andere, Rangniederere, duckten sich nervös am Rande des Geschehens. Ganz wenige bildeten Paare und schmiegten sich aneinander. Zwischen all den Grabsteinen bemerkte kein Mensch sie. Ersonnen nehmen sie die edlen Haltungen der großen Sphinxe ein, die ausgestreckt in tiefen Einsamkeiten ruhen und zu entschlummern scheinen in endlosem Traum, dachte Dégas. Das, und dazu ein paar von dem Dichter Baudelaire in seinem Gedicht nicht erwähnte Zecken, Kletten, Milben und wohl auch Flöhe, um das Bild zu vervollständigen. Was tat es, sagte Dégas sich. Die großen Maler im Bateau Lavoir – Braque, Matisse, Picasso, Modigliano, Rousseau – hatten auch keine sauberen Hemden getragen. Ungewaschen und verwanzt hatten sie vor sich hin gehaust – und doch Werke von Weltruhm geschaffen. Alles, was er wollte, war, eine kleine graue Katze wiederzufinden.

Mit einem geschmeidigen Sprung nahm Dégas seinen Platz ein am Fuß der Büste von Heinrich Heine, die sein Grab krönte, bei dem alles begonnen hatte. Mit einem Seitenblick bat er Bonnard, den Friedhofsvorstand, quasi um Erlaubnis. Es war ein kurzer Blick, und Dégas wusste, er würde gelassen erwidert werden. »Wie ihr wisst«, erhob er seine Stimme, »sind auf dem Montmartre zwei Verbrechen geschehen: der Mord an einem Menschenkind und die Entführung unserer Schwester Grisette.«

Gemurmel wurde hörbar. Aber nur eine Stimme wurde laut.

»Chchchdch, chchchch.« Hector, natürlich. »Warum Entführung?«, fragte er und musste husten. »Kann die Kleine nicht einfach spazieren gegangen sein?«

»Klar, und wenn sie unterwegs deiner Lunge begegnet, wird sie sie grüßen.« Das war Miró. Er war eigentlich viel zu jung, um in diesem Kreis seine Stimme erheben zu dürfen. Aber die Sache mit dem »ins Gesicht geschissen« hatte sich zu ihm herumgesprochen und fuchste ihn. Im Übrigen war sein Gespür für Autorität und Gefahr beklagenswert unterentwickelt.

Die Übrigen überließen es Dégas, den Fehltritt zu maßregeln. Der jedoch fuhr einfach fort: »Solche Dinge geschehen niemals zufällig zur selben Zeit. Sie hängen immer zusammen. Deshalb sagte ich Entführung, aber, Freunde, im

Grunde fürchte ich, ist Grisette in einer noch viel größeren Gefahr.«

Die Katzen spitzten die Ohren. Das Wort ›Mord‹ hing noch in der Luft und bebte zwischen ihren Vibrissen. Sie beschmeckten es, sie rochen daran. Sie wussten, dass Dégas die Wahrheit sprach. Etwas war nicht mehr in Ordnung in ihrer Welt.

»Wir müssen Grisette finden«, fasste Dégas seinen Standpunkt zusammen. »Um das Mädchen kümmern sich die Menschen selbst.«

Der letzte Punkt ließ einen Hauch von Herablassung über der Versammlung entstehen. Die Menschen: sahen kaum, rochen kaum, hörten praktisch nichts und besaßen nicht eine einzige Vibrisse. Es war geradezu lächerlich, dass ausgerechnet sie Disziplinen wie Spurensuche entwickelt haben wollten. Da aber andererseits sie, die Katzen, die über all die aufgezählten Sinne verfügten, hier waren, weil keiner von ihnen den Funken einer Eingebung hatte, wo Grisette sich aufhalten könnte, schwiegen die versammelten Tiere bescheiden.

Es war ein Commissaire da gewesen. Kein Bulle von der Préfecture, zu deren wunderbaren Aufgaben es unter anderem gehörte, die Sommerferienzeiten für Bäckereien festzulegen, damit nicht alle Bäcker im selben Viertel auf einmal schlossen. So einen hatte Madame Valladon einmal kennengelernt, er hatte ihre Tarte Tatin geliebt und irgendwie hatte es naheliegend gewirkt, dass sie auch einander lieben sollten. Aber so war es dann nicht gekommen. Nein, Commissaire Bonenfant war von der Police Judiciaire, Brigade für Strafverfolgung, einer vom berühmten 36, Quai des Orfèvres, ein Nachfahre des großen Maigret.

Commissaire Jules Bonenfant also hatte herausgefunden, dass die Tote Madeleine hieß, was französischer klang als sie war, denn sie stammte aus Deutschland. Dort, in einer Stadt namens Köln, war sie ihrer Pflegefamilie davongelaufen, um, wie der Commissaire feststellte, an den Ort zurückzukehren, an dem ihre Eltern mit ihr und ihrem kleinen Bruder vor zwei Jahren ihre Ferien verbracht hatten. Es war das Herkunftsland der Großmutter gewesen, das man den Kindern endlich hatte zeigen wollen. Nur um gleich bei der Ankunft in einen Unfall auf der Périphérique zu geraten. Der Fahrer eines rumänischen Lastwagens war eingeschlafen und vor ihnen in die Leitplanke gekracht. Seine Maschine hatte sich quergestellt, der Kleinwagen der Familie von Madeleine hinter ihm war chancenlos gewesen. Madeleine war die einzige Überlebende. Sie wurde zurück nach Deutschland geschickt. Ihre Familie begrub man auf dem Cimetière de Montmartre auf Wunsch der Großmutter, die aus Kummer kurze Zeit später verstarb. Seitdem verkam das Grab der Familie neben dem deutschen Dichter Heine; sie lagen alle in der Fremde.

So weit war der Commissaire schon vorgedrungen. Aber warum Madeleine fortgelaufen war, nur aus Heimweh nach den Toten, oder ob sie in ihrer neuen Familie schlecht behandelt worden war, das wusste er noch nicht. Und wer sie hier, mitten auf dem Friedhof, ermordet haben könnte und warum, davon hatte er gar keine Ahnung.

Die Katzen hätten ihm dazu etwas erzählen können. Sie wussten, dass im Nachbargrab verborgen das Buch lag, aus dem die tote Madeleine vorgelesen hatte: Gedichte für Kinder, Kinderlieder. Es war ganz zerfleddert, so oft hatte ihre Mutter es in der Hand gehabt, um Madeleine und ihrem Bruder abends daraus vorzulesen oder vorzusingen. Es hatte Eselsohren und Flecken von Zahnpasta und Schokolade, dort, wo Madeleine es gehalten hatte, wenn sie ihrem Bruder mit einer Taschenlampe unter der Decke noch weiter daraus vortrug. Die Katzen wussten das, sie rochen Minze und Kinderschokolade und warme Betten, und sie hörten die geprägte Vertrautheit mit jeder Silbe, jedem Klang, der in dem Buch festgehalten war. Sie hatten die Stimme des Mädchens gehört, das gekommen war, seinem toten Bruder ein weiteres Mal die Gutenachtgeschichten und -lieder vorzulesen. So wie damals, als alles noch gut gewesen war. Nur dass es nicht wie damals wurde. Dass sie auf einem Grab saß, statt geborgen in ihrem alten Bett. Und schließlich selber starb.

Das hätten die Katzen Commissaire Jules Bonenfant sagen können. Aber ihre Aufgabe war es, Grisette zu finden.

Sie nickten Dégas zu.

Der machte sich daran, das Suchgebiet abzustecken. Bonnard, das verstand sich, war für den Friedhof zuständig und alles, was sich hier ereignen mochte oder an Neuigkeiten seinen Weg hierher fand. Obwohl es ein Ort der Ruhe war, trugen die Lebenden, die hierherkamen, doch allerlei Nachrichten mit sich. Wie Bonnard zu sagen pflegte, gab es auf dem Friedhof von Montmartre mehr Gerüchte als Gräber.

Dégas selbst wollte sich um die Umgebung des Bateau

Lavoir kümmern, um die Rue Ravignan, die schöne, stille Rue d'Orchampt sowie die beiden sich in die Luft über Paris hinausschwingenden Straßen, die Rue Gabrielle und die Rue Berthe mit ihren verzierten alten Häusern. Wo noch Schilder über der Tür versicherten, dass es Gas auf allen drei Stockwerken gab. Idyllen, von denen er sich nicht vorstellen konnte, dass sie schlimme Geheimnisse bargen. Aber wo versteckte man schlimme Dinge besser als in einem Idyll?

»Ich übernehme auch die Umgebung der Kirche St.-Pierre«, erklärte er. »Dazu die Rue St.-Rustique und die Rue Norvins.« Die erstere war die alte Dorfstraße des Montmartre, hier standen überwiegend Wohnhäuser, in deren Kellern und Höfen er sich auskannte. Die Rue Norvins allerdings war eine Gegend der überteuerten Lokale, Galerien und Diskotheken. Viel Touristennepp war dabei, wie etwa das Lokal vom Sohn des alten Denis, das, noch im Bau, schon jetzt die puppenhafte Fassade einer nachgebauten Mühle zeigte.

Dégas hasste die Straße. Matisse wäre der bessere Mann dafür gewesen. Matisse allerdings war nicht da. Dégas verdrängte die Enttäuschung. Er hatte den jungen Kater immer für hoffnungsvoll gehalten. Wild, aber klug. Egal.

»Wer hat sein Revier um den Place des Abbesses?«, fragte er laut.

Ein rotgestromter Kater mit langer, schmaler Schnauze und Mandelaugen meldete sich. Apollinaire. Dégas kannte ihn schon lange und nickte ihm zu. Apollinaire war erfahren, ein guter Kämpfer, aber besonnen. Er lebte bei einem Feinkosthändler und hatte zahlreiche Kontakte mit anderen Katzen, die versuchten, ein wenig von den Abfällen seines Herrn abzubekommen. Apollinaire verwaltete seinen Reichtum souverän, doch ohne Geiz. Auf ihn konnte Dégas sich verlassen.

Nach und nach deckte er alle Bereiche der Butte Montmartre ab. Eine weiße Kätzin mit schwarzer Haube auf den Ohren lebte im Musée de Montmartre mit den Renoir-Gärten und wollte sich auch um den westlichen Teil der Rue Norvins und die Rue des Saules kümmern. Eine Handvoll verstrubbelter Tigerkatzen, die seltsam nach Altöl rochen, versprachen, um die Moulin de la Galette sowie in der Rue Lepic Augen und Ohren offenzuhalten. Sie waren die Nachfahren eines Klans, der dort schon seit fast hundert Jahren lebte. Ihr Ururgroßvater hatte immer behauptet, auf dem berühmten Gemälde, dass Renoir einst von dem Lokal angefertigt hatte, mit abgebildet gewesen zu sein. Allerdings hatte es noch keine Katze ins Museum Jeu de Paume geschafft, wo das Bild heute hing, um die Behauptung nachzuprüfen.

Die Tiger gaben an, Verbindungen zu einem Clan zu haben, der am Boulevard de Clichy abhing. »Gute Kerle, bisschen wild«, so ihre Beschreibung. Dégas nahm es hin. Ohnehin bemerkte er den Blick, den Pablo und Miró miteinander tauschten. Die beiden hatten ihr Abenteuer auf dem Boulevard gehabt. War dort nicht sogar eine Bar nach ihnen benannt worden? Dégas wollte die beiden Tunichtgute nicht ermutigen, deshalb schwieg er. Aber er konnte sich sicher sein, dass auch sie im Rotlichtbezirk des Montmartre patroullieren würden. Und wer weiß, dachte er. Am Ende kommt bei ihrem ganzen Unfug noch etwas Gutes heraus. Offiziell teilte er sie für Rue des Trois Frères ein, ruhiges Gebiet. Ihre Mutter nahm es dankbar zur Kenntnis.

Suzanne selber meldete sich, um sicherzustellen, dass sie für die Umgebung der Pâtisserie eingeteilt war. Ein beinahe weißer Kater mit einem roten Fleck über der Schwanzwurzel gab an, in der Rue de Steinkerque zu Hause zu sein. »Dort ist sie aber bestimmt nicht«, meinte er. »Das wäre mir aufgefallen.«

»Denk nach«, bat Dégas ihn. »Grisette wird verborgen gehalten. In den Kellern dort muss es doch Verstecke geben. Und bei dem Trubel mit den vielen Geschäften und Straßenkünstlern dort entgeht einem leicht etwas. Die Steinkerque ist ein ewiger Jahrmarkt.«

Der Weiße kreuzte die Pfoten und gähnte demonstrativ. »Wenn du meinst«, sagte er lässig.

»Meine ich.«

Eine Stille entstand, in die hinein der Weiße plötzlich begann, heftig sein Fell zu lecken.

Pablo flüsterte Miró zu: »Der hat's begriffen.« Und er merkte sich den Blick, den Dégas aufgesetzt hatte. So wollte er auch einmal schauen.

»Was bleibt?«, fragte Dégas in die Runde.

Wieder war es Suzanne, die ihm beisprang. »Sacré-Cœur, Square Willette, der Place St.-Pierre.«

»Und die Funiculaire!«, krähten ihre Söhne.

»Dass ihr mir von der Funiculaire wegbleibt.« Suzanne sträubte das Fell. »Wo sollte Grisette dort auch sein? In diesem Monster aus Glas und Metall.«

»Stimmt«, sagte Dégas. »Sacré-Cœur.« Sie wussten alle, dass das Matisse' Revier war. Aber wo steckte Matisse?

12
Matisse

»Einmal die Inner-Goodess-Liebeskugeln und eine Ausgabe von ›Cinquante nuances de Grey‹«, sagte Emile und packte den Roman zu der kleinen Schachtel in die Tüte. »Das macht 47 Euro neunzig.«

»Miau.«

Die Kundin wandte den Kopf. Sie entdeckte Matisse, der unbemerkt mit ihr in den Laden geschlüpft war. »Oh, ist der entzückend.«

Emile lächelte. »Den gibt es inklusive Batterie.«

Auch die junge Frau lachte jetzt. Sie bückte sich, um Matisse zu streicheln, der es sich mit zitterndem Schwanz gefallen ließ. »Der ist so schön. Der braucht so etwas nicht.«

Matisse schnurrte laut. Einer Streicheleinheit war er nie abgeneigt. Und die freundliche Fremde machte das wirklich gut. Sag ihr: Sie brauchen so was auch nicht, dachte Matisse. Sei kein Narr, mach ihr ein Kompliment. Mmmhh, sie weiß genau, wo der richtige Punkt hinter dem Ohr sitzt. Mach sie an.

Aber Emile wurde nur rot, der Idiot. Na, umso besser, dann war er nicht abgelenkt. Schließlich war Matisse mit einer bestimmten Absicht in den Laden gekommen, in dem sein Freund tagsüber als Aushilfe arbeitete. »Miau«, wiederholte er fordernd. Für eine so schlanke Katze konnte er erstaunlich laut sein.

»Sie haben Kundschaft«, meinte die junge Frau zum Abschied und nickte in Richtung der Katze. »Adieu.«

»Adieu.« Emile erwachte nur langsam aus seiner schüchternen Erstarrung.

»Miau.« Starr nicht auf ihren Hintern, schau mich an. Jetzt ist sie eh weg. Matisse beschloss, andere Seiten aufzuziehen, damit Emile sich konzentrierte, und sprang auf den Verkaufstresen. Mit steifen Beinen und erhobenem Schwanz stolzierte er vor Emile auf und ab, in engen Schleifen. Liebeskugeln flogen, Kugelschreiber mit barbusigen Mädchen kullerten herum, ein Display mit penisförmigen Lollies fiel vom Tisch.

»Himmelherrgott Matisse, du hast aber auch ein Talent.« Emile wusste kaum, wo er zuerst hinlangen sollte, um die Unordnung in den Griff zu bekommen. »Was willst du denn?«

Das ist der Punkt, dachte Matisse. Gute Frage. Was will ich wohl. Er miaute erneut und sprang vom Tisch, um in Richtung Tür zu laufen.

»Möchtest du raus?«, fragte Emile, folgsam wie er war. Er kam hinter dem Verkaufstresen hervor, um die Ladentür für Matisse zu öffnen, da gerade kein neuer Kunde in Sicht war, mit dem der Kater hätte hindurch schlüpfen können. Genau in dem Moment, als Emile den Türgriff in der Hand hatte und einen Schritt zurücktrat, um den Eingang freizugeben, war Matisse hinter ihm und geriet ihm zwischen die Beine. Das konnte er, den toten Winkel berechnen und dann unversehens und ungesehen darin auftauchen, es war ein angeborenes Talent. Er beherrschte den Trick perfekt.

»Verflucht, Matisse!«

Wie Matisse es vorhergesehen hatte, erschrak Emile und kam ins Stolpern. Der Kater unternahm eine weitere rasche Wendung, die den armen Emile, der vergeblich auszuweichen versuchte, um ihn nicht zu treten, komplett aus dem Gleichgewicht brachte. Das wäre erledigt. Jetzt nur noch ein wenig sanften Druck ausüben bei einem letzten Vorbeistreichen, um Emiles Fallrichtung zu beeinflussen. Und ehe der arme Mann sich versah, war er aus dem Laden gelotst worden. Zufrieden beobachtete Matisse, wie sein Opfer sich an einem Ständer mit Stringtangas wieder aufrichtete, der vor dem Eingang stand. Aber ja, dachte er, das ist eine Idee.

Matisse holte eines der sparsam geschnittenen Textilteile mit kurzentschlossenem Prankenhieb vom Bügel und schnappte es sich. Er war schnell, nicht so schnell, wie er gekonnt hätte, aber er wollte ja auch nicht entkommen. Nicht so weit jedenfalls, dass Emile ihm nicht mehr hinterherkam.

»Matisse, gib das her!«

Ja, träum weiter. Die Verzweiflung in der Stimme Emiles war Musik in Matisse' pelzigen Ohren. Der Kater schnurrte unversehens, so zufrieden war er mit seinem Manöver. Das klappte ja besser als erwartet! Im schnellen Trab, im Maul einen grell pinkfarbenen Tanga, floh er die Straße hinunter, den Schwanz erhoben und an der Spitze gekrümmt, ein stetes, einladendes Winken. Komm nur, komm, puttputt.

Emile stolperte hinterher. »Matisse, das Teil kostet Vierzehn fünfzig. Matisse.« Emile blieb stehen.

Matisse sah, dass er sich zu dem unbeaufsichtigt bleibenden Laden zurückwandte. Was wollte er denn noch dort? Es galt, eine neue Tür zu öffnen!

Matisse wusste nicht, dass der Chef Emile heute alleine im Verkauf arbeiten ließ. Was ein großer Vertrauensbeweis war. Emile war nicht der beste Verkäufer, nicht mal in einem Laden wie diesem. Und er hatte das auch oft genug gesagt bekommen. Emile, träum nicht! Emile, denkst du eigentlich manchmal nach über das, was du tust?« Meist kannte der junge Mann die Antwort nicht, ja, sie war ihm sogar herzlich gleichgültig. Aber dass Waren und Kasse jetzt unbewacht zurückblieben, das gab sogar dem Träumer Emile zu denken. Matisse konnte seine Unentschlossenheit erkennen. Doch er hatte Glück.

In der Tür des Ladens zeigte sich ein mürrisches Gesicht. Es gehörte Emiles Kollegin Maria. Sie putzte hinten in den Kabinen und half, die Regale einzuräumen. Den Verkaufsraum mied sie normalerweise. Sie stammte aus Venezuela und sprach kein Französisch. Vermutlich hatte sie von ihrem Platz aus das Durcheinander auf der Theke bemerkt und sich ausnahmsweise nach vorne gewagt.

Die macht das schon, dachte Matisse, ohne jeden Respekt. Maria mochte keine Katzen. Er mochte Maria nicht. Sollte sie froh sein, dass er heute darauf verzichtete, ihr ohne Vorwarnung um die Beine zu streichen, bis sie kreischte. Lass doch die Alte!

Endlich, als hätte er Matisse' Befehl gehört, rief Emile Maria zu: »Bin gleich wieder da, äh, retour, returo. Aspetta. Warte auf mich.« Er wedelte mit beiden Armen und wandte sich wieder dem Kater zu, der es bereits zum Eingang der Gasse geschafft hatte.

Was soll das sein?, fragte Matisse sich, Spanisch? Wird auch Zeit, dachte er, als er Emile endlich hinter sich heranschnaufen hörte. Lange wollte er das Spiel nicht mehr spielen. Das Teil in seinem Maul schmeckte einfach abscheulich. Polyamid, ohne jede Baumwolle. Dafür voll chemischer Stärke. Und so etwas nannten die Menschen sexy. Jetzt musste er Emile nur noch an den Typen vorbeibringen, die das Haus bewachten. Egal. Matisse biss noch ein letztes Mal fest in das eklige Stück Stoff und flitzte zwischen den Beinen der Männer hindurch, die noch immer vor dem Haus ihre Versammlung abhielten, in das Poésie verschleppt worden war.

»Pardon. Entschuldigung. Ich. Oh. Darf ich?«, hörte Matisse es hinter sich.

Emile stolperte und haspelte sich durch die Menge der Männer, die ihm mit misstrauischem Gesicht Platz machten, gerade so viel wie notwendig war, damit er sich mit Mühe hinter dem Kater her in den Hausflur drängen konnte. »Tut mir leid. Ich. Äh. Oh.«

Geht nichts über elegante Konversation, dachte Matisse und nahm auf der Treppe ein wenig Geschwindigkeit heraus. Gar nicht lange nach ihm kam Emile vor der Haustür an, hinter der Poésie gefangen gehalten wurde. Jetzt gilt's, sagte Matisse sich. Er spuckte den Tanga aus, unternahm einen weiteren Parabelsprung und knallte dumpf gegen die Tür.

Ehe Emile sich fragen konnte, ob das Tier vielleicht die Tollwut hatte, oder was in Gottes Namen es da trieb, öffnete die Tür sich plötzlich. Eine alte Frau mit langem, bunt bedrucktem Kleid und einem Kopftuch, das kunstvoll und gestärkt um ihren Kopf gewickelt war, erschien, um nach dem Lärm zu sehen. Ihr Gesicht war zerfurcht und verschlossen.

Die Bitterkeit, dachte Matisse. Er hatte sie schon von draußen gerochen. Aber darauf konnte er jetzt keine Rücksicht nehmen. Sollte sie weiter verbittern. Er musste den Jungen finden. Mit einem weiteren Satz war er an der Alten vorbei. Fang mich doch, dachte er, so intensiv, dass er meinte, Emile müsste ihn sogar hören. Sei kein Feigling und fang mich. Dann haben wir vielleicht eine Chance, hier je wieder rauszukommen.

13
Emile

Matisse hatte nie Märchen gelesen, Emile als Kind wohl. Des Teufels Großmutter, dachte er daher, als er die Gestalt vor sich sah. Mit den fehlenden Zähnen, den bösen Augen und vor allem dem großen, deutlich abgenutzten Messer in der Hand. Und das dumme Tier lief direkt hinein. Oh Gott, Matisse, der Arme! Unwillkürlich ging Emile in die Knie, um auf Augenhöhe nach dem Kater zu spähen. Er schnalzte mit der Zunge und rief seinen Namen. Doch der schwarze Flur blieb stumm.

Langsam hob Emile den Kopf. Das Messer schwebte hoch über ihm, mit der Spitze auf ihn deutend. Die Augen der Frau verhießen Unheil. Noch langsamer richtete Emile sich auf. Es half nichts. Matisse war dort drin. Der arme Matisse. Er musste ihn wiederhaben, ehe er zum Sonntagsbraten verarbeitet wurde. Das Tier war doch völlig hilflos. Im Zeitlupentempo erschien ein schüchternes Lächeln auf Emiles Gesicht. In seiner Hand knüllte er den pinkfarbenen Tanga. Er öffnete den Mund. Was sollte er sagen? Dann, mit einer plötzlichen, ungeschickten Bewegung, warf er sich nach links und drängte an der Frau vorbei. Sie schrie etwas und fuchtelte mit dem Messer. Emile fuchtelte erschrocken zurück. Der Tanga verfing sich in der Klinge. Gummi dehnte sich und schnalzte, das Messer flog in eine der dunklen Ecken.

»Miiiaaooo!«, hörte er Matisse schreien, der im Dunkeln versteckt auf den Ausgang des Duells gewartet hatte. Da: Mit allen Vieren zugleich in der Luft sprang der Kater hervor. Er schien nicht weniger in Panik als Emile selbst. Sein Fell war aufgestellt, sein Schwanz dick wie eine Flaschenbürste. Ehe Emile ihn sich schnappen konnte, huschte er weiter.

Die Alte kreischte. Emile gelang es, sie zur Seite zu schubsen. Mit dem Mut der Verzweiflung stürmte er in die Wohnung, in Schwärze und Essensdünste und einen leicht metallischen Geruch hinein, der ihm die Haare zu Berge stehen ließ. Er wusste nicht, warum. Matisse hätte es ihm sagen können. Es war Hühnerblut. Aber Matisse war nirgendwo zu sehen.

Links gab es eine geschlossene Tür, rechts eine zweite, eine dritte angelehnt am Ende des Flures verhieß ein wenig Tageslicht. Der Kater konnte nur dort sein. Emile wusste nicht, welche Teile seines Gehirns diese Entscheidungen trafen, doch er ließ sich vom Schwung seines Eindringens zur Tür ganz hinten tragen und stieß sie weit auf. Drei Augenpaare schauten ihn an: schwarz, das Weiße gelb verfärbt. Sie waren groß, stellte er fest. Noch ehe er genau definiert hatte, wer »sie« genau waren. Drei große Männer. Und Herrgott, man sollte ja keine Vorurteile haben. Sogar das schoss Emile noch durch den Sinn, denn er war ein guter Junge. Aber er hatte Angst. Nein, nackte Panik war das. Hätte Emile Fell gehabt wie Matisse, der ihn im toten Winkel erwartete, dann wäre er jetzt auf das Doppelte seines normalen Umfanges angewachsen, so sehr hätte es ihn gesträubt. Er mochte ja ein Trottel sein, aber er wusste, wann man Angst haben musste. »Matisse!« Von irgendwoher war der Kater aufgetaucht. Geschmeidig trat er zu einem Jungen, den Emile jetzt erst bemerkte. Ein Häuflein Elend war er, das sichtlich gern vollkommen unsichtbar gewesen wären. Umringt von den drei Männern war er auf einem Hocker zusammengesunken. Seine Wangen waren geschwollen und rot, man sah es trotz der Schwärze seiner Haut. Selbst Emile spürte die Hitze der Schläge und der Scham, die auf der Haut des Jungen kochte. Aus seiner Nase rann ein dünner roter Faden Blut.

»Miau!« Der Kater stand vor dem Jungen. Vom Schwanz bis zur Schnauze angespannt. Da hob das Kind den Kopf und sah Matisse in die Augen. Sie waren groß und mandelförmig, wie seine eigenen. Und sie waren grün. Sehr grün. Sie leuchteten intensiv und klar, wie es nur die Augen einer Katze konnten. Sie wirkten, als ob sie alles kannten, alles wussten, selbst die tiefsten Geheimnisse. Die Augen einer Katze eben. Dichter würden von Opalen sprechen. Madame Chauchat von Seele. Emile hatte keine Worte dafür. Doch er spürte es.

Es geschieht viel, wenn einem eine Katze direkt in die Augen sieht. Es geschah auch jetzt.

Matisse schaute, und der Junge schien ihn zu verstehen. Als der Kater kurz auf seinen Schoß sprang, noch halb in der Luft wieder wendete und aus dem Zimmer lief, folgte Poésie ihm, ohne zu fragen.

»Matisse«, rief Emile.

Der Kater hob den Schwanz steil an und ließ die Spitze tanzen. Das hieß: Folgt mir. Sie waren hier fertig. Jetzt sollten sie sich besser beeilen. Jede Sekunde des Verweilens wäre fatal. Sogar Emile verstand das.

»Äh«, sagte Emile, der ihnen nachschaute. »Ja, gut.« Ein letzter Blick auf die Männer. »Sorry, für die Störung und so.« Er spürte den Slip in seiner Hand. Er hob ihn hoch. Betrachtete ihn, als sähe er ihn zum ersten Mal. Das Pink leuchtete im wenigen Licht, das durch die schmutzigen Fensterscheiben fiel. »Der kostet Vierzehn fünfzig«, sagte Emile mit entschuldigender Stimme. Und machte, dass er rauskam. Vor ihm beschleunigte Matisse. Flur. Treppe. Ausgang. Endlich, das Tageslicht! Ha! Geronimo! Sie hatten es geschafft. Sie …

Verdutzt blieb Emile stehen. Der fremde Junge rannte, was das Zeug hielt. Rasch war er in der Menge untergetaucht. Er ließ Matisse und Emile, seinen Retter, seinen Helfer einfach zurück. Sichtlich verdrossen ließ der Kater sich auf seinen Hintern plumpsen. Emile konnte es ihm nachfühlen.

»Miau«, sagte das Tier und strich seinem Freund um die Beine. So wie er es tat, wenn Emile abends in Monsieur Moulins Küche stand und schälte und schnitt. Und ihm ein Bröckchen abgab. Und Emile bückte sich, um ihn zu streicheln. Wie er es auch bei Monsieur Moulin in der Küche tat. Um danach weiter zu kochen, ohne sich erst die Hände zu waschen. Monsieur Moulin und die Seinen hätten Verständnis dafür gehabt.

Emile hob den Kater hoch. »Du bist weit weg von Zuhause, junger Mann. Und das bei dem Verkehr hier. Hast dich wohl verirrt. Dummer Kerl! Was hat dich nur geritten hierherzukommen? Kanntest du dieses Kind?« Emiles Arme zitterten vor Schreck, daher hielt er den Kater fest an sich gedrückt, dessen Wärme und Herzschlag ihn beruhigten. Er machte sich daran, ihn nach Hause zu tragen. Ununterbrochen schnurrend schaukelte Matisse in Emiles bequemem Griff dem Montmartre entgegen. Als hätte er begriffen, dass es darauf im Moment ankam: einen verwirrten Menschen glücklich zu machen.

14
Monsieur Martis

»Monsieur! Sehen Sie nur, wen ich hier habe!«, rief Emile, als er mit dem Kater auf seinen Armen in den Laden von Monsieur Martis trat. Es war die Mittagszeit, und der sonst übliche Kundenstrom hatte für einen Moment nachgelassen. Emile musste die kleine Bronzeklingel betätigen, die den Inhaber aus seinen hinteren Räumen rief.

Monsieur Martis kam mit Farbe an den Händen, die er gerade an einem Lappen abwischte, ehe er Emile flüchtig umarmte und die Küsse auf seinen Wangen andeutete.

»Salut, hat er dich etwa unten in deinem Laden besucht? Komm, du Ausreißer.« Er nahm Matisse, der sich schwer machte, und setzte ihn hinter der Theke vor seinen Napf. »Du wirst sicher Hunger haben.«

Die beiden Männer beobachteten den Kater, der nur kurz an seinem Fressen schnupperte, sich dann ausgiebig kratzte und schließlich Anstalten machte, das imaginäre Steppengras auf seiner gewählten Lagerstätte ausgiebig niederzutrampeln. Mit einem Mal hielt er in seinem Tun inne, lief zur Tür des Hinterzimmers und sprang in einem eleganten Bogen auf die Klinke. Die Tür öffnete sich. Matisse verzichtete darauf hindurchzugehen. Zufrieden stakte er zurück zu seinem Lager. Als wäre etwas Wichtiges bewiesen worden. Kopfschüttelnd schloss Monsieur Martis die Tür wieder.

»Nicht nur das, Monsieur«, sagte Emile. »Er ist dort über die Straßen gelaufen. Auf einmal hat ihn irgendetwas so erschreckt, dass er in eines der Häuser geflüchtet ist. Ein Mietshaus der übelsten Sorte, voller Immigranten.«

»Na, na, Emile.« Monsieur Martis schnalzte mit der Zunge.

»Im Ernst, Monsieur, ich war froh, dass wir dort mit heiler Haut wieder rausgekommen sind. Einer hatte sogar ein Messer.«

Noch immer betrachteten sie Matisse, der sich nun, als könne er kein Wässerchen trüben, dreimal um sich selbst drehte, um sich dann in einem perfekten Kreis niederzulegen, Schnauze an den Hinterpfoten, den Schwanz über die Nase gelegt.

»Er scheint völlig erschöpft zu sein«, stellte Monsieur Martis fest. Prüfend betrachtete er Emile über den Rand der kleinen stählernen Lesebrille, die er anschließend abnahm. »Wie es aussieht, schulde ich dir etwas dafür, dass du ihn davor bewahrt hast, unter die Räder zu kommen.«

Jetzt war es an Emile, mit der Zunge zu schnalzen und abwehrend »Monsieur Martis« zu sagen. Er konnte aber nicht verhindern, dass der Händler, unterbrochen von einem Kunden, der sich nach dem Preis eines mehrfarbig illuminierbaren Eiffelturms aus Kunstharz erkundigte, ihnen beiden je ein Glas Cognac einschenkte. »Ein guter Jahrgang«, stellte Monsieur Martis nach dem ersten Schluck zufrieden fest.

Emile hustete. »Um ehrlich zu sein, Monsieur, da wäre tatsächlich etwas, was Sie für mich tun könnten.«

»Sie nehmen ihn? Sehr schön!« Monsieur Martis wandte sich an einen Kunden. Mit beiläufigen, effizienten Bewegungen schlug er die Scheußlichkeit in Seidenpapier ein und kassierte 67 Euro. Das Lächeln in seinem Gesicht, als er dem Mann nachsah, wirkte aufgesetzt. Er seufzte, als er sich wieder zu Emile umwandte. »Ja?«

»Also, es ist natürlich unverschämt von mir. Aber ich wollte Sie schon lange fragen.« Emile war rot geworden.

Monsieur Martis wartete. Wieder lächelte er, doch diesmal wirkte es echt.

Endlich wagte Emile es. »Ich wollte Sie fragen, ob Sie sich nicht einmal meine Arbeiten ansehen könnten. Ich meine, für Ihren Laden, also nicht dass ich glaube, dass sie so gut sind, aber ich würde doch gerne, ... also, an ihrer Meinung läge mir viel, weil ich ...« Er verstummte.

Das Lächeln von Monsieur Martis vertiefte sich. Dieser Emile war nicht fürs Reden gemacht. »Ich soll mir deine kleinen Kunstwerke ansehen? Seltsam, du bist schon der Zweite, der mich in den letzten Tagen um so etwas bittet. Erst gestern hat mich Madame Valladon gefragt, ob ich nicht einmal einen Blick auf die Bilder eines der Maler drüben am Place du Tertre werfen könnte.«

»Ah!«, war alles, was Emile herausbrachte.

»Ja, ja, stell dir vor.« Monsieur Martis nahm einen zweiten Schluck Cognac und starrte nachdenklich vor sich hin.

Emile bemerkte, dass er noch eine Spur grüner Farbe an seinem Daumennagel hatte. »Und?«,, fragte er.

Monsieur Martis kam wieder zu sich. »Oh, ich habe einen kleinen Spaziergang dorthin gemacht. Aber es war, wie ich es mir dachte: Das Übliche für die Touristen. Das

Interessanteste war noch der Akzent des Mannes. Kein Franzose, obwohl er fast perfekt spricht. Ich hätte ihn für einen Deutschen gehalten, wenn da nicht …«

»Nein, ich meine …«, unterbrach Emile ihn.

Monsieur Martis lachte. Er schlug ihm auf die Schulter. »Aber natürlich, mein lieber Emile. Natürlich komme ich mit. Warte.« Er trank sein Glas mit einem Schluck leer und griff mit der Linken hinter die Theke. »Ich schließe hier ab, und wir erledigen das gleich.«

»Aber …«

»Keine Widerrede, ich langweile mich ohnehin. Und auf dem Weg können wir noch bei Madame Chauchat vorbei. Ich brauche noch Zigaretten.«

Emiles Hand in der Hosentasche spielte unentschlossen mit der zerknautschten Packung Zigaretten, die dort ruhte. Es war eine billige Marke. Monsieur Martis sah, wie der junge Mann die Hand unverrichteter Dinge wieder zurückzog. Und erneut lächelte er.

Die beiden Männer ließen den schlafenden Kater zurück, dessen Pfoten begonnen hatten zu zucken. Offensichtlich hatte ein Traum ihn mitten hinein in eine Verfolgungsjagd katapultiert.

Die Rue Norvins war belebt, aber die Massen, die sich sonst hindurchzuschieben pflegten, hatten sich im Moment auf diverse Lokale und Schnellimbisse verteilt. Bei allen waren die Türen der Glasfronten weit geöffnet, damit ein wenig Luft in die brechend vollen, eng bestuhlten Innenräume drang. Manche hatten einen Platz draußen unter Markisen oder Schirmen ergattern können. Mit

Fächern, Zeitschriften und Speisekarten fächelte man sich Luft zu. Die Kellner hatten alle Hände voll zu tun.

Monsieur Martis wählte die steile Treppe hinab zur Rue Gabrielle. »Ein heißer Sommer«, stellte er fest.

Emile wusste nichts hinzuzufügen. Also schwieg er. Links von ihnen leuchtete Paris. Es war, als führten die Straßen direkt in den Himmel. Von der Funiculaire und den Stufen hinauf zu Sacré-Cœur auf die sie tatsächlich hinaufliefen, war nichts zu sehen.

»Der heißeste seit Jahren.«

Die nächste Treppe, hier am Eck lag die Baustelle für das neue Mühlen-Restaurant vom Sohn des alten Denis. Niemand nannte ihn den jungen Denis. Für die Menschen auf dem Montmartre existierte er durch seinen Vater.

»Es ist gleich hier«, wagte Emile zu sagen.

Doch Monsieur Martis wollte ja noch seine Zigaretten. Also hinein in die steile Rue de la Vieuville. Auch hier war es still. Erst auf dem Place des Abbesses holten die Menschenmassen sie wieder ein. Als der Kiosk von Madame in Sicht kam, kaufte Monsieur Martis zur Überraschung seines Begleiters dieselbe billige Marke, die dieser auch rauchte.

»Und, meine liebe Madame Chauchat, wie geht es?«, erkundigte der Andenkenhändler sich.

Die Frage löste bei Madame einen Redeschwall aus. Die Chauchat wies auf das kleine Plakat, das an ihrem Kiosk angebracht war. Schon zehn Meter weiter an einer Laterne hing das nächste. Es zeigte ein leicht überbelichtetes Foto von Grisette sowie das Versprechen einer Belohnung. »Madame Valladon ist gerade im Viertel unterwegs, um weitere aufzuhängen. Und ich habe dem Enkel von Pelloton ein Vermögen dafür gezahlt, ein Vermögen, sag ich, damit er das Gleiche drunten am Boulevard de Clichy und am Rochechouart macht.«

»Pelloton?«, fragte Monsiseur Martis.

»Der Feinkosthändler, bei dem immer die Katzen im Hof schreien. Füttert seinen roten Kater mit Gänseleberpastete, das muss man sich leisten können. Und schon der Enkel ist so geschäftstüchtig.« Madame Chauchats Klagen endeten nicht.

»So ist das Leben«, brachte Monsieur Martis gerade noch unter. Da hatte sie schon das Thema gewechselt. »Ich mag gar nicht daran denken, diese Hitze! Was, wenn Grisette in einer Garage eingesperrt ist? Oder in einem Keller? Die arme Kleine. Und wenn die Leute in Urlaub gefahren sind? Und erst in Wochen wiederkommen? Ohne Wasser hält man es doch bei diesem Wetter keine zwei Tage aus! Meine arme Grisette!«

»Nun, nun. Wollen wir nicht gleich an das Schlimmste denken«, sagte Monsieur Martis wie ein Landpfarrer. »Aber ich gebe zu, es kann sehr beunruhigend sein. Mein Matisse war heute auch außer Haus unterwegs. Nicht zu denken, wenn ihm etwas zustieße.«

»Ja, Sie haben Glück«, klagte Madame Chauchat. Sie hatte die unangenehme Eigenschaft, das Glück der anderen und das eigene Pech stets lautstark miteinander zu vergleichen.

»Nun, nun«, erwiderte Monsieur Martis, in der unangenehmen Lage, sein eigenes Unglück betonen und sein Glück herunterspielen zu müssen. »Nun, nun.«

»Monsieur Martis wird sich meine Skulpturen ansehen«, fiel Emile ein. Madame Chauchat starrte ihn böse an.

»Geben Sie uns doch auch ein paar Plakate«, griff Monsieur Martis ein. »Eins hänge ich in den Laden …«

»Ich auch«, erbot Emile sich erleichtert.

»… und den Rest verteilen wir unterwegs, wo wir Lücken sehen.«

Madame Chauchat ließ sich nicht lange bitten. »Und wenn sie nun einer von diesem Touristenpack mitgenommen hat«, fuhr sie in ihrem Lamento fort. »Hat sie mit einem Souvenir verwechselt, sie einfach eingesteckt, um sie, wenn sie unbequem wird, an der nächsten Autobahnraststätte wieder auszusetzen. Oh, mein armer Liebling!«

»Einmal *Le Monde* bitte und *L'Equipe*«. Die Stimme in ihrem Rücken ließ alle verstummen.

»Ah, Monsieur le Commissaire«, grüßte Monsieur Martis, nachdem er sich umgedreht und den Neuankömmling gemustert hatte.

Der Commissaire war ein großgewachsener Mann mit einem runden, fast kindlichen Gesicht. Große braune Augen, runde Wangen, die glatt rasiert waren, und ein harmonisch gerundeter Schädel mit kurzgeschorenen Haaren gaben ihm das Aussehen eines freundlichen Hundes. Commissaire Bonenfant, dachte Monsiseur Martis, lebte zweifellos davon, dass die meisten Leute ihn für harmlos hielten.

»Wie geht es voran mit dem Fall?«, erkundigte er sich jovial.

Der Commissaire nahm die Zeitungen entgegen und warf einen raschen Blick auf die Titelseite des Sportblattes, ehe er alles zusammenrollte. »So viel Arbeit, dass ich nicht mehr dazu komme, die Rennen zu verfolgen.« Ehe Monsieur Martis die Zeit hatte, das zu kommentieren, zog er ein Foto aus der Tasche. »Haben Sie dieses Kind in den letzten Tagen in der Gegend gesehen?« Er hielt ihnen das Bild unter die Nase.

Madame Chauchat nahm es entgegen und hielt es so, dass alle es betrachten konnten. »Ist das die Kleine, die auf dem Friedhof ermordet wurde?«, fragte sie. »Sie war nicht von hier, nicht wahr?«

»Sie ist hierher getrampt, wie es aussieht.« Der Commissaire ließ sich ganz offensichtlich nicht von ihrem verschwörerischen Tonfall anstecken. »Wir wüssten gerne, mit wem. Und wo sie ausgestiegen ist. Wo sie übernachtet hat. Denn sie muss hier übernachtet haben. Und wer vielleicht vor ihrem Tod mit ihr gesprochen hat.«

»Dies ist eine große Stadt«, sagte Madame Chauchat mit einer Stimme voller Mitgefühl. Dass ein Gutteil des eigenen Kummers darin mitschwang, wusste nur, wer sie so gut kannte wie Monsieur Martis. Sie war selbst einmal eine junge, eine zu junge Frau in dieser viel zu großen Stadt gewesen. Auch sie war getrampt, hatte an Orten übernachtet, die nicht gut für sie gewesen waren. Und hatte Dinge erlebt… nun, zumindest hatte sie sie überlebt. »Eine so große Stadt.«

Sie alle betrachteten das Foto. Es zeigte ein junges Mädchen mit einem blonden Pferdeschwanz, der fröhlicher aussah als ihre trotzige Miene.

»Ja, aber ein kleines Viertel«, widersprach Monsieur Martis ihr. Sein Blick sagte, sie solle sich keine Sorgen machen. Er wandte sich an den Commissaire. »Wir halten hier zusammen, wissen Sie?« Und er wies auf den Suchaufruf für Grisette. »Vielleicht sollten Sie so ein Plakat auch für die kleine Deutsche anfertigen?«

»Das ist in Arbeit. Aber ich sehe gern die Reaktion der Leute mit eigenen Augen, wissen Sie?«

Erstaunt hob Monsieur Martis die Brauen. »Ah«, brachte er heraus. Unwohl registrierte er, dass der Commissaire ihm zuzwinkerte, ehe er seine Zeitungen bezahlte und ging. Die drei sahen ihm nach. »Ein netter Mann«, fasste die Chauchat ihren Eindruck zusammen.

»Hm.« Mehr wollte Monsieur Martis dazu nicht sagen.

»Ich denke, er ist mehr als nett«, widersprach Emile schüchtern. »Man sieht nicht alles von ihm.«

Monsieur Martis lachte. »Dann ist es mit den Menschen wie mit den Kunstwerken«, sagte er. »Interessant macht sie das, was man nicht sieht, aber ahnt.«

»Oh, ich ahne Schlimmes«, rief die Chauchat aus.

Monsieur Martis nahm Emile am Arm. Besser sie sahen, dass sie weiterkamen, ehe die Klagen über Grisette von vorne begannen.

15
Emile

Emiles Wohnung hatte auf den ersten Blick eine gute Adresse an der langen Rue des Trois Frères, nahe der Treppe. Allerdings handelte es sich um eine Art Hinterhaus. Das Ganze war nicht mehr als ein Verschlag, der nicht ahnen ließ, dass die Mieten ringsum enorm waren. Emiles Zuhause war kaum ein Zimmer zu nennen, eher war es ein umbauter Leerraum, eine Lücke in der Hofumbauung, wie sie andernorts vielleicht als Müllhäuschen genutzt wurde. Es besaß keine Fenster, Licht kam einzig dadurch hinein, dass die Decke fast komplett aus Glasbausteinen bestand. Ein Teil in der Mitte fungierte als Kippfenster, durch das man mit Mühe manchmal ein wenig Himmel sehen konnte. Allerdings war der offene Raum über Emiles Kopf schon wieder besetzt. Sein Dach nämlich bildete die Terrasse für die Wohnung darüber. So sah er durch die milchglasfarbene Zimmerdecke die Füße der Menschen, die über ihm lebten, hörte er all ihre Schritte und auch ihre Stimmen, wenn sie auf ihrer Terrasse zugange waren. Und das waren sie bei diesem Wetter die halbe Nacht. Daher zog Emile es vor, das Fenster geschlossen zu halten, um sich und ihnen ein wenig Privatsphäre zu gönnen. Luft bekam er, indem er die Haustür offenstehen ließ. An den Geruch der Mülltonnen draußen hatte er sich gewöhnt. Seine Finger zitterten, als er die drei Sicherheitsschlösser für Monsieur Martis öffnete. Emile war aufgeregt. Monsieur Martis war tatsächlich bei ihm. Es fühlte sich unwirklich an. Er spürte kaum, wie heiß das Pflaster unter seinen Füßen gewesen war. Wie sah es drinnen eigentlich aus?, überlegte er. War alles präsentabel, wenn er gleich seinen Gast hineinbat? Natürlich war es das nicht! Er wusste es. Es war das übliche Chaos, das er sonst gar nicht zu bemerken pflegte. Noch nie hatte er sich Gedanken darüber gemacht. Aber jetzt: Wie würde es auf Monsieur Martis wirken?

Der trat ein und schaute sich um, ohne einen Kommentar abzugeben. Mit höflichen Gesten lotste Emile ihn durch den schmalen Schlauch, der ihm als Küche diente, unter den Milchglashimmel. Wenn diese Hölle von Zimmer einen Vorteil hatte, dann das Licht, das diese Konstruktion bot. Es schien überall gleich zu sein, neutral, schattenfrei und ein wenig distanziert. In ihm sah man einen Gegenstand genau so, wie er war.

Monsieur Martis stand lange nur da. So lange, dass sich in Emile ein bodenloses Gefühl auszubreiten begann.

»Das …«, sagte Monsieur Martis.

Emile zuckte zusammen.

»Also das …« Der Antiquitätenbesitzer schaute sich um. Emile hörte, wie er Atem holte. Ihm selbst war, als könnte er keine Luft bekommen. »Ich habe schon viel Schund gesehen in meinem Leben, Emile. Das meiste, womit der Mensch sich heutzutage umgibt, ist hässlich. So ist es doch, oder?«

Emile meinte zu sterben.

»Hässliche Fassaden, geschmacklose Kleider, gedankenlose Verzierungen, die alles nur noch schlimmer machen. Ich gestehe, als ich jünger war, habe ich manchmal erwogen, mit Schnellfeuergewehr und Handgranaten durch die Stadt zu ziehen und alles zu eliminieren, was das Auge beleidigt.«

Emile spürte, dass Monsieur Martis ihn ansah. Er hob den Blick. »Ich verstehe«, brachte er heraus.

»Nun, ich bin ruhiger geworden. Habe mich auf das konzentriert, was schön ist. Habe selbst versucht, meinen Teil beizutragen. Und ich hoffe, ich bin klug genug gewesen zu erkennen, wo es mir misslang. Die Welt ist schon voll genug mit eitlen Kunstkennern, die nicht die Größe haben, die eigene Nichtigkeit zu bemerken. Aber das hier. Emile!« Monsieur Martis nahm seine Hand.

Emile brachte keinen Ton mehr heraus.

Monsieur Martis lachte. »Da kommt dieser Junge daher, dem das Talent zum Koch wie zum Verkäufer ganz offenkundig fehlt, der keinen geraden Satz zustande bringt. Ich hoffe, du nimmst mir das nicht übel, mein Junge.«

Emile spürte, dass sein Kopf sich schüttelte. Es gab ihn gar nicht mehr.

»Und dann dies.« Monsieur Martis' Blick glitt über die kleinen und großen Objekte, die Emile liebevoll aus Fundstücken zusammengebastelt hatte. Aus alten Fensterläden, leeren Obstkisten, Ölkanistern, Koffern aus Pappe, getragenen Schuhen, Einmachgläsern und Apothekerschalen. Alles war aufgebrochen worden, war Rahmen und Bett geworden für andere Dinge, die nicht dazugehörten und auf ihre besondere Weise dann doch. Die etwas aussahen wie botanische Sammlungen. Auf den dritten Blick waren die ausgestellten Objekte doch nur Müll, um dann, auf den vierten Blick, ihre wahre Schönheit zu offenbaren, die denen von Blumen und Blättern in den echten Herbarien in nichts nachstand. Oder sie wirkten wie ein schlampig gepackter Koffer, der zugleich die Geschichte eines ganzen Lebens erzählen konnte.

»Über welchen Blick verfügst du nur, Junge, um im Abfall einer Großstadt diese Anmut zu entdecken?«

»Wie?« Es war Emile, als käme er nach einem langen Tauchgang wieder an die Oberfläche. In seinem Kopf war alles noch weich wie Watte, vage und unwirklich, sein Hals kratzte, als würde er krank werden.

»Wie schaffst du es, mit solcher Sicherheit zu erkennen, was im Grunde zusammengehörte und sich nur verloren hatte im Getriebe der Welt da draußen?«

Emile spürte, wie sich die Hand des Andenkenhändlers auf seine Schulter legte. Er schluckte.

»Das wird eine großartige Ausstellung werden.«

Emile glaubte, sich verhört zu haben. Noch immer war sein Bauch ein Loch voller Salzwasser und seine Beine gummiweich. Er wollte etwas sagen. Es arbeitete in ihm. Heraus kam ein Schrei reinen Glücks.

Den ganzen Weg bis zu Monsieur Moulins Lokal, wo Monsieur Martis den Pakt begießen und alles weitere besprechen wollte, war ihm, als würde er träumen.

16
Grisette

Wenn ich die Augen schließe, ist alles schwarz, wenn ich sie öffne, ist die Schwärze noch tiefer. Es gibt keine Nuancen mehr und keine Bilder. Wenn ich etwas sehen möchte, ist der Traum meine einzige Chance. Im Traum bin ich wieder daheim, auf meinem Platz am Kiosk. Ich kann die Glätte des Papiers unter meinem zuckenden Schwanz fühlen und die Druckerschwärze riechen. Magenta und Schwarz kann ich am Duft unterscheiden. *L'Équipe* riecht anders als die *Paris Match*. Die Sonne scheint auf meinen Hinterpfoten, der Schatten und das Gebrumm des kleinen Kühlschranks unter dem Tresen. Madame riecht nach Balmain, das ist teuer, sagt sie. Ich weiß nicht, was das bedeutet. Für sie ist es wichtig, das spüre ich. Ich spüre überhaupt viel: Aufregung und Langeweile, die Unlust mancher Käufer, die schnellen Bande, die zwischen den Menschen entstehen, hin und her, in enormer Geschwindigkeit, viel schneller als die Worte, die sie wechseln und von denen sie sich einbilden, sie wären es eigentlich, die Worte und Sätze, die die Verbindung zwischen ihnen ausmachten. Menschen!

Jetzt bin ich blinder als sie, fast schon tot. Es ist warm. Zu warm. Der Staub hier fühlt sich lau an. Er hat keine Geschichte. Nicht einmal Dégas könnte ihn zum Sprechen bringen. Ach, Dégas. Wenn ich es schaffen könnte zu schlafen, zu träumen. Dann würde ich ihn vielleicht erreichen. Er wäre im Bateau Lavoir, davon träumt er doch jede Nacht. Er läge unter dem Tisch bei einem Gelage der Künstler. Er hat mir einmal davon erzählt. Sagt, es sei kein Traum gewesen, sondern die wahre Wirklichkeit. Einer sei da gewesen, der Rousseau hieß, Henri Rousseau, der nur ein Zöllner gewesen sei, bis er in einem Gewächshaus eingeschlafen sei, in einem der großen, in dem die Palmen und Schlingpflanzen den Himmel bilden und einem fast die Luft zum Atmen nehmen. Dort habe er vom Dschungel geträumt. Danach habe er ihn immer wieder gemalt und sei so zum Künstler geworden. Rousseau ließ sich feiern als neuer König der Malerei. Und er prostete einem zu, der Picasso hieß und aus Spanien kam. Ich kenne ihn nicht, aber Dégas sagte, die ganze Welt würde ihn verehren. Doch nun bin ich ja nicht mehr Teil der Welt.

Der Zöllner also prostete Picasso zu und rief, er, Rousseau, male im modernen Stil, während Picasso sein Recht und Dasein im ägyptischen Stil hätte. Ägypten kenne ich. Madame Chauchat hat eine kleine Statue aus Seife im Bad, die hat die Form einer ägyptischen Katze. Sie hat sie im Louvre gekauft und gesagt, es sei eine Schande, dass ich dort nicht mit hinein gedurft hätte, denn ich sei schöner als alle Katzen Ägyptens und die Tempel dazu.

Wenn ich jetzt träumen könnte, würde ich mit Dégas unter den Tisch der Maler und in den Louvre und in die Pyramiden Ägyptens schlüpfen. Aber am liebsten möchte ich nach Hause zu Madame Chauchat und der *Paris Match*, zu Balmain und der klammen Einsamkeit in ihrer Wohnung, die mich aber nicht stört. Ich brauche nur zu schnurren, bis Madame Chauchat eingeschlafen ist. Dann springe ich aus dem Fenster und auf die Straßen von Montmartre, in die dunkle, seidenweiche Nachtluft, wo meine Freunde schon warten.

Wo sind sie? Wo seid ihr? Nicht einmal im Traum schaffe ich es bis zu euch. Der Weg ist zu weit. Dunkel und weit. Ich laufe und laufe, wie durch Stein. Wenn ich stehenbleibe, werde ich erstarren und selber Stein sein. Zäh und hart. Wie eine ägyptische Mumie. Wie eines dieser Bauopfer, von denen Dégas so oft erzählt. Ist es das, was mit mir passiert ist? Bin ich deshalb in diesen Mauern? Wer hat mich hierhergebracht? Ich habe Durst. Ich träume, dass jemand schreit, den ich kenne. Kein Wunder, es ist ja mein Traum. Emile schreit. Schreit er nach mir? »Emile! Emile! Hol mich hier raus!«

Ich schreie auch. Lange und laut. Mein Fell sträubt sich, aus Angst vor dem eigenen Schrei. Ich fauche und spucke und springe auf. Putz rieselt, als mein Rücken gegen die Decke drückt. Sie ist niedrig, die Wände sind nah. Mein Schnurrbart reicht gerade von Wand zu Wand. Jetzt ist es wieder still. Warum ist es so still?

17
Bonnard

Da kommt er schon wieder, der alte Mann, der hinten in der Gruft wohnt. Er ist neu hier, bewegt sich aber, als würde er schon immer hier dazugehören. Nicht zu den Lebenden allerdings und nicht zu den Toten. Er muss Maler sein, denn er trägt eine Staffelei auf dem Rücken. Ob Dégas ihn kennt?

Ich wusste, dass er früher oder später zu mir kommen würde. Aber warum ausgerechnet heute? Die Sonne scheint, wie sie die letzten Tage schien. Selbst wenn sie so tief steht wie jetzt, ist sie noch heiß und bringt mein Fell zum Glühen. Er spürt es, als er mir die Hand in den Nacken legt.

Ich halte still, obwohl er mich erschreckt, so kalt ist seine Hand. Das wird dauern, denke ich mir, bis so einer auftaut. Es überrascht mich, dass er sofort mit mir spricht. Sieht er mich an? Nein, er starrt auf die Gräber. In die Richtung, in der Heine liegt. »Wo wird einst des Wandermüden letzte Ruhestätte sein.« Er seufzt, anders als Madame Valladon. Wie einer, der zu viel gewandert ist. Zu viel gesehen hat. Auch das gibt es. Darum ahne ich, was kommt.

»Hast du sie gesehen?«, fragt er.

Ich weiß, wen er meint. Das Mädchen mit dem Pferdeschwanz. Das Mädchen mit dem Buch, das nach Keksen roch und sang. Der Alte wartet meine Antwort nicht ab.

»Ich hab sie gehört«, sagt er. »Hast du sie auch gehört?«

Er streichelt mich, doch in Gedanken ist er weit, weit weg. Spürt er, dass ich ihm antworte? Fühlt er überhaupt irgendetwas von dem, was hier und jetzt ist? Ich müsste eintauchen in seine Gedanken, aber die sind schwarz und wirr, ein viel zu schnell fließender Strom. Dunkelheit ist darin, Schreie, die Angst eines verlassenen Kindes. Ich werde mich nicht darauf einlassen. Es ist besser, ihn hierherzuholen, zu mir, auf unsere Bank. Aber das wird nicht leicht sein. Ich strecke die Pfoten.

Er lächelt, streckt seine Hand, lässt die Finger knacken.

Ich denke: Denen bekommt die feuchte Grabluft nicht.

Er sagt es: »Die feuchte Grabluft bekommt ihnen nicht. Nicht gut für einen Maler.« Er lächelt. »Du wohnst auch hier, was?«

Ich stupse seine Hand mit dem Kopf an. Er streichelt weiter. Das ist gut so. Immer wenn seine Bewegung mechanisch zu werden droht, gebe ich ihm einen neuen Stups.

Jetzt lacht er. Packt mich fester. »Weißt du«, sagt er. Aber dann folgt nichts mehr. Ich erfahre nicht, was er mir sagen will.

»Diese Sprache, an der hat es gelegen.«

Jetzt, denke ich mir und bewege mich nicht. Jetzt kommt es.

»Es ist das Deutsche. Ich wusste gar nicht, dass ich es verstehe. Aber ich verstand jedes Wort, das sie sang. Und es hat weh getan.«

Den letzten Satz sagt er langsam und nachdrücklich. Als setzte er hinter jedes Wort einen Punkt.

»Als hätte sie mir einen Nagel ins Ohr getrieben. Sehr, sehr weh. Auf einmal …«

Er verstummt wieder, doch er braucht nicht zu sprechen. Ich fühle auch so, wie der schwarze Fluss seiner Gedanken anschwillt und Bilder ausschwemmt. Schreckliche Bilder. Jemand blutet. Jemand fällt. Jemand schreit, eine Frau schreit auf Deutsch, in Todesangst schreit sie. Als triebe man ihm Nägel in die Ohren.

»Verstehst du?«, fragt der alte Mann.

Er selbst versteht es nicht. Nicht, warum er Deutsch versteht, nicht, warum die Sprache solche Panik in ihm auslöst. Aber er fürchtet sich.

»Hast du mich auch gesehen, an dem Abend?«, fragt er deshalb. Er will es wissen. Will wissen, ob er das Mädchen umgebracht hat. Ob es ihre Stimme war, die ihn so gequält hat, dass er zugepackt hat, einfach nur, um sie zum Verstummen zu bringen. Ob er ein Mörder ist, der sich seiner Tat nicht mehr erinnert. So wie er sich an vieles nicht mehr erinnern kann, seit er ein Kind war. Das dennoch da ist und ihn quält, fast jede Nacht. Er will eine Antwort.

Ich spüre in ihn hinein, so tief ich kann. Fühle seine Hand, die sich in mein Fell gekrallt hat. Sie zittert. Dann fällt sie herab. Ich hebe meine Pfote und lege sie auf sein Handgelenk. Ganz leicht. Er wurde gerettet, als er dich rettete, denke ich. Der Mörder deiner Eltern. Ich kann es ihm nicht laut sagen. Ob es ihn trösten würde, weiß ich nicht. Die Geschichte lässt sich nicht so einfach verändern.

Er sieht mich noch immer nicht an. Er weint lautlos. Aber auf seinem Rücken, das fühle ich, beginnt er, die Sonne zu spüren. Ganz kurz, ehe sie untergeht.

18
Suzanne

Suzanne kam nicht zur Ruhe. Im Ofen begannen die Windbeutel für die Religieuses zu duften, die großen wie die kleinen, die anschließend gefüllt und aufeinandergesetzt wurden zu dem kleinen, anmutigen, süßen Turm, von dem Pablo und Miró so gerne die Crème schleckten. Suzanne mochte ebenfalls Buttercreme. Aber es machte ihr Sorgen, dass Madame nicht wie sonst beim Ofen stand, um den rechten Moment abzuwarten. Madame kannte den richtigen Moment genau, dazu brauchte sie keine Uhr. Ein Blick genügte ihr, ein Schnuppern. Sie wusste es. Beinahe wie eine Katze, dachte Suzanne stolz. Aber das konnte nicht klappen, wenn sie fortging, andere Dinge tat und an anderes dachte. Man musste da sein, wenn so etwas klappen sollte.

Deshalb war Suzanne unruhig auf ihrem Fensterbrett, ließ sich manchmal zur Seite fallen und stand dann wieder auf, scheinbar ganz mit der Anordnung ihrer Vorderpfoten beschäftigt. Von oben drang Wasserrauschen und Kleiderrascheln, drangen die Gerüche von Seife, Shampoo, Spülung, Parfum, Fußpilzcreme und Puder. Von Deo und Bügelstärke, Kleiderschrank und Mottenkugeln. Von Seide und Kunstleder. Eine flirrende Vielfalt, so verwirrend wie das Blumenmuster auf dem Kleid, mit dem Madame Valladon schließlich herunterkam.

Oh nein, das Blumenkleid! Suzanne befürchtete das Schlimmste. Mit dem Blumenkleid nahm es nie ein gutes Ende. Früher hatte Madame es bei ihren Besuchen im Gefängnis getragen. Und da hatte sie später zu Hause immer geweint. Einmal hatte sie es auch angezogen für einen Besuch im Lokal mit einem Herrn, den Suzanne nie zu Gesicht bekam. Er besuchte sie niemals daheim. Sein Geruch hing nur in dem Kleid beziehungsweise der seines Rasierwassers. Auch da hatte Madame Valladon am Ende geweint. Und schließlich, dachte Suzanne, gehörten zu dem Kleid aus ihr unbekannten Gründen immer die roten Sandalen mit den zu hohen Absätzen, in denen Madame so schnell hinkte. Und dann weinte sie manchmal am Abend einfach vor Schmerz. Und vergaß, Suzanne zu kraulen und mit ihr gemeinsam fernzusehen in dem grünen Sessel, der Suzanne nur am Abend erlaubt war. Alles geriet aus dem Takt. So oder so, das Blumkenkleid verhieß nichts Gutes. Kein Wunder, dass Suzanne aufgeregt war.

Sie blieb gerade noch so lange, um die Fertigstellung der Törtchen zu überwachen und zuzusehen, wie Madame Valladon drei davon in eine der kleinen Pappschachteln für feine Kuchen und Gebäcke verstaute. Eine Schleife wurde darumgebunden. Also ging es, wie befürchtet, nach draußen. Suzanne wartete nicht ab, bis ihre Herrin sich in die Sandalen gezwängt hatte. Sie ließ sich aus dem Fenster fallen, stieß sich mit den Vorderpfoten von der Hauswand ab und landete mit einem satten Plopp auf dem Bürgersteig. Sie wartete, leckte sich nur gelegentlich das Fell der Flanken glatt. Da, schon erschien Madame Valladon. Suzanne hoffte von Herzen, dass sie nicht weit würden gehen müssen. Die letzten Touren auf der Suche nach Grisette hatten sie erschöpft. Sie war die Straßen und Boulevards nicht mehr gewohnt, schon gar nicht bei den Temperaturen. Sogar die roten Mohnblumen auf Madame Valladons Kleid schienen ihre Frische zu verlieren, mit jedem Meter, dem sie sich dem Place du Tertre näherten. Und sie rochen nun auch nicht mehr nach Vielerlei aus Flaschen, Tuben und Flacons, sondern fast nur noch nach Angst.

Suzanne hielt sich im Schatten. Wäre sie ein Hund gewesen, die Zunge hätte ihr aus dem Maul gehangen. So schaute nur die Spitze hervor. Aber das lag nicht am Durst, sondern an der Konzentration, mit der sie ihre Herrin beobachtete, die sich zwischen Nachbarn und Touristen hindurch in Trippelschritten vorwärtsbewegte. Erst zielstrebig, dann immer langsamer und langsamer. Endlich blieb sie stehen.

Mit einem Blick hatte Suzanne die Situation erfasst: den belebten Platz mit den Malern, die Mauer, auf der Grisette das Siegel ihrer Angst hinterlassen hatte. Den niedrigen Horizont sich ewig bewegender Beine. Den schnellen Schritt der Kellner in den umliegenden Lokalen, das Schlendern der Fremden. Das Auffliegen von Tauben hier und da, während die Spatzen, sie spürte es wohl, verborgen auf den Bäumen und Regenrinnen hockten. Sie roch das Wasser in den Plastikflaschen der illegalen Verkäufer und ihren Schweiß aus aller Herren Länder. Ihre Vibrissen tauchten ein in ein Bad aus Geräuschen, in dem der leise Seufzer von Madame Valladon einen kleine Tropfen bildete. Ein einziger, ein bestimmter Platz in dem Gedränge war leer.

Suzanne fragte sich, was Madame wollte. Für sie selbst war der alte Maler ebenso da wie nicht da. Sie roch noch den ranzigen Geruch seiner Kleider. Er hing im Segeltuch des Klappstuhles, den er im Zwischenraum zwischen zwei Häusern zurückgelassen hatte. Sogar seine Farben waren noch wahrnehmbar, ölig und alt, und das Holz seiner Staffelei, wo es tagelang seine Marken auf das Straßenpflaster gezeichnet hatte. Der Mann selber fehlte allerdings. Und das ließ Madame Valladon seufzen. Suzanne begriff, für wen die Religieuses gewesen waren. Und das Kleid, die Sandalen und der Puder. Madame Valladon tat ihr leid. Sie war drauf und dran, vorzutreten und ihr um die sicher schon schmerzenden Füße zu streichen. Da wirbelte Madame herum und setzte sich erneut in Bewegung. Aber wo wollte sie hin? An ihrem Zuhause lief sie vorbei. Erst als Madame in die Rue Joseph de Maistre einbog, begriff Suzanne, wo es hinging.

Oh nein, dachte sie, nicht schon wieder auf den Friedhof. Madame hatte doch ursprünglich etwas ganz anderes vorgehabt. Sicher, es war bedenklich gewesen und hätte mit Tränen enden können. Nun aber würde es sicher böse ausgehen. Und jede Hoffnung war von Anfang an dahin. Nein, so gerne Suzanne Bonnard begegnete, dem Friedhofskater, sie hätte Madame Valladon einen anderen Ausgang ihres mutigen Ausfluges gewünscht. Über eine Stunde war sie im Badezimmer gewesen, alles in allem. Traurig schnurrte Suzanne. Wie eine Mutter, die ihre Jungen tröstend zu sich rief.

Mit hängendem Kopf folgte sie Madame über den türkisfarbenen, mit vielen Graffiti verzierten Metallviadukt der Rue Caulaincourt, die Treppe hinab, durch das Friedhofstor und zum Grab ihres Vaters. Sie kannte den Weg auswendig. Dort stand auch Bonnards Bank. Müde hüpfte sie hinauf und stupste den Roten. Große Lust, sich mit ihm zu unterhalten, verspürte sie nicht. Aber wie sie Bonnard kannte, wusste er auch schon, warum Madame an einem Wochentag auf den Friedhof kam, in einem Sonntagskleid, in dem man hätte tanzen können. Und warum sie drei Stück eines traumhaft guten Gebäcks auf das Grab eines Mannes stellte, der es nicht mehr zu würdigen wusste und nie gewürdigt hatte.

»Tja«, sagte Bonnard. Es lag ein Lächeln in seiner Stimme.

In diesem Moment hasste Suzanne seine Gelassenheit. »So ein trauriges Ende hat sie nicht verdient.« Fast fauchte sie ein wenig.

»Wer sagt denn, dass es ein Ende ist?«, meinte Bonnard.

Sie tat ihm nicht den Gefallen, auf seine Frage einzugehen.

Stumm beobachteten sie beide, wie Madame Valladon noch eine Weile dastand, sich dann bekreuzigte und nach Hause ging in einer Haltung, von der Suzanne wusste, dass sie nicht allein den schmerzenden Schuhen geschuldet war. Arme Madame Valladon.

Sie war kaum um die Ecke, als es zwischen den Gräbern hinter ihnen raschelte. Zu Suzannes Erstaunen kroch ein Menschen-Junge hinter einem Grabstein hervor. Er war so schwarz wie das Fell an ihrem Hals und Bauch weiß war. Er war beinahe so schwarz wie Dégas. Aber er war jung. Dünn wie eine Heuschrecke, zart und ohne Argwohn in seinem

Gesicht. Hunger schien er allerdings zu haben. Denn er huschte zu dem Grab und riss das Päckchen mit den Religieuses auf, ehe Suzanne sich sammeln konnte.

»Er treibt sich schon den ganzen Nachmittag hier herum«, sagte Bonnard. »Hat wohl Angst. Braucht ein wenig Ruhe.«

Suzanne sah, dass er recht hatte. Das Gesicht des Jungen war frisch, aber er roch nach Vernachlässigung und Furcht. Und ihn umgab ein schwacher, elektrischer Schirm wie ein Radarfeld. Würden sie sich rühren, er wäre auf und davon wie ein Wild.

»Wo er wohnt«, sagte Bonnard, »gibt es Rosen.«

»Madame hat Rosen in ihrem Garten. Duftrosen«, gab Suzanne automatisch zur Antwort. »Sie macht Gelee daraus für ihre Tarte de Pomme. Dafür kocht sie sie in Zucker.«

Fasziniert schaute sie zu, wie der Junge die Religieuses in sich hineinstopfte. Die Kuchen waren ebenso zierlich wie sperrig und nur schwer mit Anstand zu essen, selbst wenn man es versuchte. Irgendwo quoll immer die Buttercreme heraus. Und der Schokoladenguß war sicher geschmolzen. Der Junge in seiner Gier unternahm es gar nicht erst, ordentlich hineinzubeißen. Er ließ es quellen und tropfen, zerfallen und zerquetschen, schob alles in seinen Mund, der erstaunliche Mengen aufnahm, und schleckte anschließend seine zehn Finger, seine Knie und selbst sein Shirt so gründlich und manierlich ab, wie eine Katze es kaum besser gekonnt hätte.

Suzanne bemerkte es mit Rührung. Beinahe wäre sie aufgestanden und hinübergegangen, um ihm vergessene Reste von den Wangen zu schlecken.

Bonnard, der es in ihrer Flanke zucken spürte, schloss sacht seine Lider. »Warte.«

Und Suzanne wartete.

Der Junge griff nach dem Bauchgurt, den er als Tasche umgeschnallt hatte. Er zog ein Stoffbündel heraus und wickelte ein Buch daraus hervor. Auf den Stoff setzte er sich.

Reinlich, dachte Suzanne. Der Junge wurde ihr immer sympathischer.

Dann begann er zu lesen. Er hatte das Buch nachlässig irgendwo aufgeschlagen. Als hätte es keinen Anfang und kein Ende. Als wäre es nicht wichtig, welchen Teil man schon kannte. Als wäre es ein Orakel. All das war ein wenig richtig, denn es handelte sich um ein Gedichtbuch. Das konnten Bonnard und Suzanne schnell hören. Sie kannten sich mit Gedichten aus, dank den Grabsteinen. Und auch dank Monsieur Moulin und seiner Begeisterung für seine Tagesgedichte. Die Melodie guter Lyrik erkannten die beiden Katzen sofort.

»Ist das auch deutsch?«, fragte Suzanne flüsternd. Es war schon seltsam, erst ein deutsches Mädchen, das auf dem Friedhof alte Verse deklamierte. Und jetzt ein Junge ... Er saß da im Schneidersitz, den Nacken gebeugt, als müsste er ganz nahe an die Schrift herangehen, um die Worte sicher herauszubringen. Damit ihm keines entging. Eines nach dem anderen las er, die Melodie klang noch unsicher, kindlich, entstand nur probeweise. Lange hielt er sich an den Reimwörtern fest wie ein Bergsteiger an den Klippen, betonte den Rhythmus wie einer, der ganz, ganz langsam Tanzschritte wiederholt, die erst später einen Reigen ergeben werden.

»Nein«, gab Bonnard zurück. »Ich kenne die Sprache nicht. Aber ich bin fast sicher, dass die Stelle, die er gerade vorträgt, von Rosen handelt. Ich kann sie förmlich riechen.«

Suzanne konnte gerade noch an sich halten und nicht in die Luft schnuppern. Dieser Bonnard hielt sie doch zum Besten. »Du immer mit deinen Rosen«, meinte sie und wehrte sich gegen das Bild der schweren roten Blüten, die in Madame Valladons Garten von den Stengeln pendelten. Erinnerungen, nichts weiter, weil sie selbst sie gerade erwähnt hatte. Mit den Worten des Jungen hatte das gar nichts zu tun. Und es war sicher nicht seine Schuld, dass sie jetzt eine Küste vor sich sah, einen weiten Strand, mit dunklen Palmen dahinter. Und das Meer, das vor ihr lag, war weit, weiter als alles, was sie bisher gesehen hatte. Es reichte bis an einen sehr fernen Ort. Aber das Buch reichte weiter. Suzanne schüttelte sich. Woher kamen ihr nur diese unsinnigen Gedanken?

Sie richtete ihre Aufmerksamkeit unauffällig auf Bonnard, der wie ein großes, warmes Lächeln neben ihr lag. Angeber, dachte sie und wollte ihn stupsen und ein wenig mit ihm Rangeln, schon hatte sie die Krallen halb ausgefahren für einen gerade noch liebevollen Hieb.

Da bemerkte sie ihn. Er war unschwer zu erkennen. Zu riechen ehe man ihn hörte. Zu hören ehe man ihn sah. Und jetzt hockte er dort, zwischen den beiden Tamarisken, hinter dem Kirschbaum. Lauerte einsam. Als wäre er Hektor mit der halben Lunge. Dabei war er der Maler. Ohne seine Staffelei und den Pinsel, ohne die Bilder, die hinter ihm in der Gruft lagerten, die er bezogen hatte.

Schade, dachte Suzanne spontan. Wie schade, dass er erst jetzt auftauchte. Wäre er vorhin schon hier gewesen und Madame begegnet, wer weiß, was sich ergeben hätte. Möglicherweise wäre er sogar noch in den Genuss des Kuchens gekommen, den nun der Junge gefressen hatte.

Der Junge. Der Maler ließ ihn nicht aus den Augen. Betrachtete ihn, als hätte er das Motiv gefunden, das er sein Leben lang gesucht hatte. Lauschte. Und Bonnard, das bemerkte Suzanne jetzt, ließ kein Auge von dem Maler.

»Was ist er?« Sie wagte nur zu flüstern. »Gut oder böse?«

»So etwas ist schwer zu sagen«, gab Bonnard zurück. »Manchmal ist es fast das Gleiche. Und manchmal das Gegenteil von sich selbst.«

»Unfug«, entgegnete Suzanne, ihrer Sache sehr sicher. »Die Frage ist ganz leicht.«

»Dann stell sie anders.« Bonnard wandte den Kopf keinen Zentimeter. »Frag mich nicht, was er ist. Frag, was er tut.«

»Sieht man doch«, erwiderte Suzanne. »Er geht zu dem Jungen. Er spricht ihn an.« Die anfängliche Genervtheit schwand aus ihrer Stimme, während sie argwöhnisch beobachtete, wie der Alte und der Junge miteinander redeten. Sie benutzten Wörter und ihre Hände. Schließlich zog der Alte aus seinem Gürtel eine Feldflasche. Wasser, roch Suzanne. Der Junge trank. Er sah der ausgestreckten Hand des Alten hinterher. Er vergaß das Segeltuch, als er aufstand, um der Aufforderung des Malers zu folgen.

»Er lädt ihn in ein Grab ein.« Suzanne hatte es kaum ausgesprochen, da kam ihr die ganze Sache noch besorgniserregender vor.

Bonnard gähnte. Jemand hustete.

»Öchöch.« Hector mit der halben Lunge. »Lebt im Grab, wenn man so will. Hehe. Chch.«

»Idiot! Du redest wohl von dir.« Suzanne hatte keine Geduld, sich mit ihm abzugeben. Nicht jetzt, nicht wo der Junge gerade ihren Blicken entschwand. Wie konnten die beiden nur so ruhig bleiben? Wo doch erst vor Kurzem hier ein anderes Kind zu Tode gekommen war. Und noch immer lief der Mörder frei herum. Was, wenn es wieder geschah? Was, wenn der Maler wäre, was er täte, und was er täte, wäre morden? Jetzt dachte sie schon so gewunden, wie Bonnard daherredete. Suzanne ärgerte sich. Sie machte sich Sorgen, das war es. Einfache, starke Sorgen, punktum. »Aber da muss man doch etwas tun«, sagte sie.

Der Rote blinzelte. »Er ist nicht dein Junges«, sagte er.

Diesmal war Suzannes Prankenhieb nicht mehr spielerisch.

Bonnard legte die Ohren an und kniff die Augen zusammen.

»Muttertier, Muttertier!«, spottete Hector. »Einer sieht aus, wie durch ein Sieb geschissen. Und jetzt einer mit nur zwei Beinen.«

Suzanne spuckte und ließ die beiden alleine. Sie würde sich dieser Sache jetzt annehmen. Mit schnellen, trippelnden Schritten, die ihren ganzen, rundlichen Körper vor Empörung beben ließen, lief sie zwischen den Gräbern hindurch auf die Gruft zu, in der der Maler und der schwarze Junge vor Kurzem verschwunden waren.

»Danke«, sagte Bonnard, an Hector gewandt. »Besser hätte ich es nicht machen können.« Er wirkte sehr zufrieden. Er stand auf, räkelte sich auf fast zwei Meter Länge, zog sich wieder zusammen und verschwand mit einem Sprung.

Verdutzt starrte Hector ihm hinterher. »Ja, leck mich …«, begann er.

Da, als hätte er ihn gehört, stieß der Alte in seiner Gruft einen Schrei aus.

19
Pablo und Miró

Die beiden Kater rannten, was das Zeug hielt. So eilig hatten sie es, der Motorradkatzengang zu entkommen, dass sie Madame Valladon beinahe gegen die Schienbeine geprallt wären. Zu ihrer Ehre muss gesagt werden, dass die Gang zu den furchterregendsten Katzenbanden des Montmartre gehörte. Sie hauste in einer Motorradwerkstatt. Und wenn auch keine der mageren, rotweißen Katzen, die gemeinsam mit dem Mechaniker aus Griechenland eingewandert waren und von ihm nach guter heimischer Sitte sich selbst überlassen blieben, um sich zu vermehren und ernähren, wie es ihnen gefiel, wenn also auch keine von ihnen je mit einer Maschine gefahren war, so stanken sie doch allesamt nach Motorenöl. Und das war ihr Markenzeichen. Das Putzen hatten sie aufgegeben, aus naheliegenden Gründen. Sie trugen ölige Dreadlocks zur Schau, ein übersteigertes Selbstwertgefühl und eine nimmermüde Bereitschaft, sich beim kleinsten Anlass auf alles zu stürzen, was einen Schwanz trug.

Pablo und Miró hatten ihre Schwänze noch. Ihr Ego allerdings hatte ein wenig gelitten. Als sie daher auf Madame Valladon trafen, entfuhr ihnen unisono ein erleichtertes »Maman!« Madame war der Mensch ihrer Mutter. In ihrer Wäscheschublade, in der unten links mit den weniger guten Dessous, waren sie auf die Welt gekommen. Nach

Madame hatte alles gerochen, was in den ersten Lebenswochen ihre neugierigen Nasen erreichte. Sogar Maman hatte nach ihrem Parfum geduftet, Chanel, gemischt mit Milch und Pelz. Madame war Maman, so gut wie Suzanne es war, vermengt mit ihr wie der Geruch. Sie miauten und schnurrten und hangelten mit ihren Pfote nach dem Rocksaum der Pâtissière. Vom Blumenkleid wussten sie nichts, Blumen waren ihnen egal. In welchen Farben sie leuchteten, wie sie rochen, einerlei. Pablo und Miró interessierten sich geschmacklich hauptsächlich für Aminosäuren, die Bestandteile von frischem Fleisch. Aber im Moment war alles besser als Öl.

Sie rechneten mit ein paar Beschimpfungen und einem lauten »Ksch!« Vielleicht mit Klagen wegen der Löcher, die ihre Krallen in den Kleidersaum rissen. Zu seiner endlosen Überraschung wurde Pablo hochgehoben wie ein Baby. Mit roten Fingernägeln griff Madame in seinen Nacken und nahm ihn auf. Sofort verfiel Pablo seinerseits in den Katzenjungenreflex, ließ Kopf und Vorderpfoten sinken und zog die übergroßen Hasenläufe seiner Hinterbeine an, um wie ein Säckchen in ihrem Griff zu hängen, bis er an ihren weichen Busen gedrückt und geküsst wurde.

»Heult die?«, dachte er noch, mit den letzten Resten Hirnfunktion, die sich gegen den einen, überwältigenden Impuls wehrten, der in ihm wuchs: Milch. Und in der Tat, sein Fell wurde nass.

»Du solltest dich mal sehen«, rief sein Bruder zu ihm hoch, als er den ersten Schreck abgeschüttelt hatte. Breitbeinig saß er da. »Wie ein Eichhörnchen.« Er wollte sich gar nicht mehr beruhigen. »Mach mir das Eichhörnchen«, höhnte er.

Purer Neid, dachte Pablo und machte sich bereit, mit den Pfoten per Milchtritt die zu erwartenden Streicheleinheiten zu untermalen. Er hatte bereits angefangen zu schnurren. Da wurde er ebenso überraschend wieder abgesetzt. Verdutzt fand er sich neben seinem Bruder wieder. Schwer beleidigt machte er sich daran, wieder Ordnung in sein Fell zu bringen.

»Was hat sie denn?«, fragte Miró. »Hast du sie angepinkelt?«

Pablo verzog das Gesicht. Als ob er je … Er weigerte sich, auch nur den Gedanken zu Ende zu bringen. »Ich glaube, sie denkt«, sagte er, nach kurzem Innehalten mit Blick auf das Gesicht der Frau, die dastand wie eine Statue. »Sie weiß nicht, was sie machen soll.«

»Komisch.« Miró blinzelte zwischen den Punkten in seinem Gesicht hindurch. Er fasste seine Entschlüsse immer sehr rasch. Nicht, dass es jedes Mal die besten waren.

»Tja, kann dir nicht passieren.«

»Selber.«

»Sie ist wie du als Kind, als du nicht wusstest, ob es eine gute Idee wäre, Dégas in den Schwanz zu beißen.«

»Er hat gezuckt«, verteidigte Miró sich. »Er hat es so gewollt.« Es war unwiderstehlich gewesen.

»Aber eine ganze Weile ging dein Kopf nur hin und her wie der Schwanz«, fuhr Pablo fort. »Da hast du überlegt. Vielleicht das einzige Mal in deinem Leben.«

»Quatsch, das ging alles ganz schnell.«

»Danach schon.«

Miró hätte nicht darauf verzichtet, seinen Bruder so zu vermöbeln, wie er es eigentlich mit der Motorradgang vorgehabt hatte, als die seine Frage nach Grisette so unverschämt beantwortet hatten. Aber in dem Moment schien der Gedankengang von Madame Valladon beendet. Und sie setzte sich in Bewegung.

»Wo geht sie denn hin?«, wunderte Miró sich.

»Na sieht man doch: auf den Friedhof.«

»Aber da kam sie doch gerade her?« Miró war nicht bereit, das Hinterfragen, einmal begonnen, so rasch wieder aufzugeben. »Also?«, fragte er.

Die Antwort hatten sie rasch: »Also muss dort was los sein.«

Sie liefen um die arme Frau herum, die nur noch einmal stehen blieb, um ihre Schuhe auszuziehen und zu seufzen: »Ich Idiotin. Eine Dummheit nach der anderen.« Aber welche Dummheiten, von der Wahl der Schuhe abgesehen, wollte sie nicht sagen.

Mal lief Pablo vorneweg, mal Miró. Mal verschwanden sie beide, um unversehens wieder aufzutauchen mit hocherhobenen Schwänzen, die zitterten vor Stolz über den gelungenen Trick. Madame Valladon aber übersah ihr Geschick im Versteckspiel. Sie kümmerte sich nicht einmal darum, dass die beiden abwechselnd hochsprangen, um mit den Riemchen ihrer roten Sandalen zu spielen. Als sie an einem Mülleimer vorbeikam allerdings, stopfte sie die Schuhe kurzerhand hinein. Neugierig stemmten die Kater die Pfoten an den Rand des Metallkorbes.

Den Schrei hörten sie alle drei, als sie bereits wieder unter dem eisernen Bogen standen, der die Rue Caulaincourt über den Cimetière de Montmartre trug. Pablo und Miró hielten inne, dann beschleunigten sie. Zu ihrem Erstaunen hatte sogar Madame Valladon begriffen, woher der Laut gekommen war. Und sie hielt beinahe mit ihnen Schritt.

Nur kurze Zeit nachdem die Kater bei den Stufen zur Gruft des Malers angekommen waren, hielt auch sie schwer atmend dort an. Und noch vor den beiden Katzen ging sie, auf seidenbestrumpften Füßen, die bröckeligen Kalksteinstufen hinunter, die in den kleinen Raum hinabführten. Ihre Linke lag auf der Brust, die sie atemlos hob und senkte, so sah sie, fand Pablo, beinahe wie eine Betende aus.

Das erste, was er sah, als er zwischen ihren nicht ganz schlanken Waden hindurchlugte, war das blaue Fenster in der Wand gegenüber. Eine Frau war darauf abgebildet, die ihr blutendes Herz in der Hand trug. Die leuchtenden Lichtflecken, die sie erzeugte, in blutrot, gelb, blau und grün, zitterten auf einem Steinboden, der übersät war mit alten Kleidern und Decken.

In den dicksten Haufen dieser Decken eingewickelt war ein schwarzer Junge. Maman, diesmal die richtige Maman, ihre Mutter Suzanne, saß bei ihm und leckte ihm die Reste von etwas von den Wangen ab, das Pablo und Miró ohne Mühe als die Crème identifizierten, mit der Madame ihre wunderbaren Religieuses zu füllen pflegte. Da sollte einer noch einmal behaupten, Katzen könnten nichts Süßes schmecken, dachte Pablo, während ihm das Wasser in der Schnauze zusammenlief. Zusammen mit Butter und Milch war Zucker das Beste auf der Welt. Sofort lief er zu seiner Mutter hinüber, um ihr zu helfen.

Mirós Aufmerksamkeit galt Madame. Und diese wiederum hatte erst die Gemälde bemerkt, deren Ölfarben dem jungen Kater schon am Eingang in die Nase gestochen waren. Sie erkannte die Motive wieder, erschrak, schaute weiter und entdeckte endlich, was Miró ihr schon lange hätte sagen können: In der Ecke hinter den Leinwänden, quasi hinter ihnen verschanzt, hockte der alte Maler. Er hatte die Hände vor das Gesicht geschlagen und schluchzte. Er schrie nicht mehr, aber brabbelte vor sich hin. Hin und wieder war ein Wort zu verstehen.

»Was habe ich getan?«, fragte der alte Mann offenbar. »Was nur habe ich getan?«

»Keine Ahnung«, sagte Miró sich. »Aber von Öl habe ich die Nase voll.« Er trabte hinüber zu seinem Bruder, der sich beklagte: »Maman gibt nichts ab.« Immerhin spürten selbst diese beiden, dass etwas Besonderes in der Luft lag, und hielten für eine Weile die Klappe.

Beinahe gesittet saßen sie da und sahen zu, wie Madame die leere Verpackung aus ihrer Pâtisserie auf dem Boden entdeckte und aufhob. Wie sie erneut nachdachte.

Wie lange die Menschen dazu brauchten! Pablo gähnte. Es war doch alles so offensichtlich. Der Junge hatte das Gebäck gefressen, und der Alte heulte, weil nichts mehr übrig war. Dabei müsste er doch nur mit zu Madame Valladon gehen, da gab es noch jede Menge, und sie war viel zu gutmütig, um nicht am Ende damit herauszurücken, wenn man sie nur ein wenig umgarnte.

Madame hielt die Schachtel noch immer. »Die habe ich *Ihnen* bringen wollen«, sagte sie.

Miró hörte auf, sich zu kratzen.

Der Alte hob verdutzt den Kopf. »Das ist sehr freundlich«, sagte er. »Sehr freundlich.« Er stand auf. »So etwas hat schon lange niemand mehr für mich getan.«

Genau, das war der richtige Ton, Pablo wusste es. Menschen machten es zwar mit Wörtern, nicht mit Pfoten. Aber sie wussten auch, was sie tun mussten, um etwas von der Crème abzubekommen.

»Allerdings …« Der Maler hielt inne. Er wirkte verwirrt. Unsicher schaute er sich in der Gruft um, als sähe er sie zum ersten Mal. »Ich weiß nicht, was ich getan habe.«

Das hatten wir doch schon, dachte Pablo. So nicht, bleib bei der Sache. Denk an den Kuchen.

Madame Valladon schaute sich lächelnd um. »Sie haben ein Kind gefüttert und ihm ein Bett gebaut, wie es aussieht.« Ihr Blick wanderte zu dem Jungen, der Suzanne im Arm hielt und angespannt alles verfolgte. »Allerdings denke ich, er könnte noch etwas Kräftigeres vertragen. Und Sie bestimmt auch.« Kopfschüttelnd ließ sie ihren Blick weiter wandern. Pablo wusste, was sie dachte, das Gleiche würde seine Mutter denken. Ein Grab, das war doch kein Zuhause. Nicht für ein Kind, auch nicht für einen Mann. Auf dem Boden lag überall totes Laub, das der Wind des letzten Herbstes noch hereingeweht hatte.

»Wissen Sie«, entfuhr es ihr, »ich frage mich, ob Sie wohl Lust hätten, eine Tasse Kaffee mit mir zu trinken.«

Vergiss das Fressen nicht, wollte Pablo einwerfen. Aber er war zufrieden. Mit dem Kaffee würden die nahrhafteren Bestandteile schon noch kommen. Diese Menschen waren doch weit vernünftiger, als er gedacht hatte. Er nickte Miró zu. Für die beiden Kater war es ausgemacht, dass der Mann zustimmte und auch der Junge eingepackt wurde, um bei Madame Valladon etwas zum Futtern zu bekommen.

»Der ist klüger, als ich dachte«, flüsterte er seinem Bruder zu.

Suzanne verpasste auch ihm einen Nasenhieb. »Pscht«, machte sie.

»Wieso, was ist?«, maulte das Katerchen. Wieso nur hing seine Mutter mit diesem gerührten Blick an den Menschen? Es ging um ein Abendessen, na und. Er hoffte nur, dass er seinen Anteil bekam.

»Wenn Sie meinen, dass das in Ordnung ist?«, sagte der Maler. Seine Augen unter den verstrubbelten weißen Haaren waren blau, wie Pablo bemerkte. Fast so blau wie der Milchkrug bei Madame auf dem Küchenbord.

Versau es nicht noch am Ende. Der Kater spannte sich an.

Zu seiner Überraschung sah Madame Valldon aus, als hätte sie etwas sehr Bemerkenswertes, ja etwas geradezu Erhellendes gehört. Jedenfalls leuchtete ihr ganzes Gesicht. Sogar Miró fiel es auf.

»Was hat die Alte?«, flüsterte er seinem Bruder zu. »Man könnte meinen, sie ist rollig.«

»Ich denke«, sagte Madame Valladon im selben Moment so ernst, als hätte sie lange darüber nachgedacht, »dass es sehr in Ordnung ist. Ehrlich gesagt glaube ich, dass tatsächlich alles gerade anfängt, in Ordnung zu kommen. Irgendwie.«

20
Madame Valladon

Madame Valladon hoffte nur, dass die Nachbarn sie nicht sahen. Kein Klatschmaul hätte dem Anblick widerstanden: Sechs Katzen wuselten um sie herum, wenn sie richtig gezählt hatte. Sie hatte keine Ahnung, woher die alle kamen. Da war Bonnard vom Friedhof, ihre Suzanne, die beiden Kleinen, der Getigerte von Monsieur Martis und noch ein schwarzer Streuner, in dessen Fell sich sicher die Flöhe tummelten. Was für eine seltsame Karawane das war. Sie hatte gar nicht gewusst, dass Katzen sich zu derartigen Gruppen versammelten.

Sie selbst trug keine Schuhe, was für eine Frau in ihrem Alter absolut lächerlich war. Den Arm hatte sie um einen in lumpige Decken gewickelten Jungen gelegt, der schlaftrunken neben ihr her taumelte. Seine Beine folgten vertrauensvoll, aber mühsam dem resoluten Rhythmus ihrer Schritte. Hinter ihnen her lief ein Mann in schmutziger Kleidung, den man so beinahe für einen Clochard halten könnte. Er war beladen mit Bildern und Malutensilien, ein wandelnder Stand vom Sacré-Cœur.

Das Hemd des Malers konnte, jetzt da sie ihn näher sah, eine Wäsche dringend gebrauchen, ebenso wie sein Hals. Sie errötete bei dem Gedanken. Nicht zuletzt weil der Mann an ihrer Seite einen sehr schönen Hals hatte, lang, schlank für einen Mann, braungebrannt und mit Sehnen, die verrieten, dass er kräftig war für sein Alter und gewohnt, im Freien zu arbeiten. Sie mochte solche Männer, mochte es, ihre Unterarme braun und die Oberarme dort, wo das Hemd sie bedeckte, ungleich zarter gefärbt zu sehen. Ihr Vater war immer blass gewesen von der Zeit im Gefängnis. Blass und dicklich. Nur auf früheren Fotos von ihm konnte man sehen, dass er einmal ein schlanker junger Mann gewesen war. Was war nur mit ihr los, wohin wanderten ihre Gedanken? Ein Glück, dass die Nachbarn offensichtlich wirklich nichts mitzubekamen. »So, wir sind gleich da.«

Zum Glück gingen nirgendwo die Fenster auf. Und das, obwohl Pablo und Miró jede Menge Lärm veranstalteten. Auch Matisse miaute laut und strich dem Jungen um die Beine, als gehörte er zu ihm. Gutmütig scheuchte Madame Valladon ihn fort. Für heute Abend hatte sie schon genug herrenlose Gäste. Was hatte sie da nur getan? Für einen Augenblick bekam Madame Valladon Angst vor der eigenen Entschlossenheit, aber nur einen Moment. Wenn sie sich eingestand, was ihr Herz in Wahrheit so stark zum Flattern brachte, war es reines Glück.

Ihre Suzanne maunzte, aufgeregt und atemlos. Sie war nicht mehr jung, genau wie sie selbst, und die Ereignisse hatten sie mitgenommen. Als der Maler plötzlich stehen blieb, schaffte sie es nicht mehr, ihm rechtzeitig auszuweichen. Mit einem protestierenden »Miau« sprang sie zur Seite. Der schwarze Unbekannte, der sich darüber erschrak, fauchte sie an. Arme Suzanne. Aber Madame hatte im Moment andere Sorgen. »Wollen Sie nicht eintreten?«, fragte sie ihren Gast.

Der Maler ließ die Staffelei sinken. Er sah das Haus an, starrte es an, als hätte er ein Gespenst gesehen. Klappernd fiel sein Gepäck zu Boden. Ihr ganzer kleiner Zug war ins Stocken geraten. Alle hatten ihre Blicke auf den Mann gerichtet, der nun nichts mehr wahrnahm. Den Kopf in den Nacken gelegt blickte er nach oben zu dem Balkon im dritten Stock. Sechs Katzen, der Junge und Madame Valladon taten es ihm nach. Was sah er dort nur?

Es war ein Haus, wie es viele andere in der Straße gab. An der Fassade befand sich auf jedem Stock ein Balkon mit schmiedeeisernem Gitter, wie es typisch war für das Haussmann'sche Paris. Pittoresk, verschnörkelt und ein wenig vernachlässigt. Das musste Madame Valladon zugeben. Es fehlte eben der Mann im Haus. Besonders im obersten Stockwerk bröckelte es. Ebenso auf dem Balkon, auf dem seit über sechzig Jahren niemand mehr gestanden hatte. Nicht, seitdem von dort ein Kind beinahe in den Tod gestürzt wäre, gehalten von ihrem Vater Marcel, bis helfende Arme sich ausstreckten, es aufzufangen. Nicht mehr, seitdem derselbe Marcel, damals noch ein junger Mann, dort blutüberströmt gesessen und gewartet hatte, dass ihn die Polizei abholte, um ihn für die Mittäterschaft an zwei Morden zu bestrafen. Das Blut auf dem Geländer hatte sich mit dem Rost ins Eisen gefressen. Weder die Familie von Madame Valladon noch sie selbst hatten je auch nur erwogen, die Wohnung, in der die Bluttat geschehen war, noch einmal zu vermieten oder selbst zu bewohnen.

Und zu dieser Wohnung im Obergeschoss nun blickte der Maler, als könne er die Geister der Vergangenheit mit eigenen Augen sehen. Madame Valladon bekam eine Gänsehaut.

»Was haben Sie?«, hörte sie sich fragen. Ihre Stimme klang seltsam in ihren eigenen Ohren. Er war doch nicht von hier, er konnte die traurige Geschichte doch gar nicht kennen. War das die Sensibilität der Künstler, von der Monsieur Martis manchmal sprach. »Was ist denn dort?«

In diesem Moment kam der schwarze Kater, dieser Teufel, und hieb dem alten Maler die Krallen ins Bein.

»Herrjeh!«, rief Madame Valladon, aufgeschreckt aus ihren unguten Gefühlen. »Das tut mir aber leid, ksch, ksch!«

Immerhin schien der Mann dank der rüden Behandlung aus seinem Tagtraum erwacht zu sein. Die Gespenster der Vergangenheit verschwanden, eins nach dem anderen. Madame Valladon fand sich wieder in der Gegenwart, dieser warmen Sommernacht, mit dem Mann an ihrer Seite, der von ihren Gedanken in der ganzen letzten Woche so sehnsüchtig umkreist worden war – und einem Haufen Arbeit.

»Ich …«, hörte sie den Maler sagen. »Ich kenne das Haus.«

»Was haben Sie gesagt? Sie lächelte ihn freundlich an. »Ich kann kein Deutsch, wissen Sie?«

»… ich glaube … oh Gott, nein …«, entfuhr es ihm. Er schlug die Hände vor das Gesicht. »Ich will das nicht«, brüllte er. »Woher kommen diese Laute?«

Madame Valladon, die kein Wort verstand, schob sanft den Jungen in den Eingang ihres Hauses und wandte sich dann dem alten Mann zu. Sie holte tief Luft. »Ich weiß es nicht«, sagte sie sanft. »Aber wir werden es herausfinden.

Vielleicht haben Sie früher einmal Deutsch gelernt«, bot sie an, als sie seinen angstvollen, fast bettelnden Blick sah. »Als sie ein Kind waren? Oder es ist sogar Ihre Muttersprache?«

Sie hatte es noch nicht begriffen. Sie hatte nicht verstanden, dass sie ihrer eigenen Geschichte begegnet war.

Tatsächlich wusste niemand auf dem Montmartre, was damals mit dem Jungen geschehen war, der als Einziger den Angriff auf seine Familie überlebt hatte. Er hatte gerettet werden können, so weit, so gut, so rührend. Weiter hatte sich niemand Gedanken gemacht. Aber war er danach zu Verwandten gekommen oder in ein Heim? Nach Deutschland oder nach Paris? Man wusste es nicht. Es war nicht mehr Teil der Geschichten, die die Nachbarschaft sich seit sechzig Jahren zuraunte und über die Madame auf dem Friedhof nachzudenken pflegte.

Unsichtbar stand er zwischen ihnen.

Madame Valladon konnte nicht wahrnehmen, was Dégas und Bonnard an dem Maler gerochen hatten. Ihre Nase war nicht fein genug, das Eisenoxid der Bahngleise zu wittern, das Fehlen der Kopfnote eines festen Ortes, der sich über die Jahre in der Haut des Mannes festgesetzt hätte. Fast jeder hat so etwas, seinen Nestgeruch, den Dunst seines Baus, seines Heims, den er mit sich herumschleppte und der noch lang in Kleidern und Haaren hing, ja, in allen Poren. Selbst Menschen konnten ihn wahrnehmen, wenn sie eine fremde Wohnung betraten. Jede hatte ihren eigenen spezifischen Geruch. Dem Maler fehlte er. Der Alte hatte kein Nest. Riechen konnte Madame das nicht, aber spüren konnte sie es wohl. Selbst so behütet aufgewachsen im Haus der Großeltern, geboren in dem Haus, in dem sie auch sterben würde, mit einem guten mütterlichen Instinkt ausgestattet, wenn er auch brachgelegen hatte all die Jahre, erkannte sie doch Heimatlosigkeit sofort, wenn sie sie sah. Sie hatte es bei dem Jungen gefühlt, und auch bei dem Mann. Es war da, und es war mächtig, und es trieb sie dazu, beide in ihre Arme nehmen und vor der Welt beschützen zu wollen.

Der Maler war bei den Worten von Madame Valladon zusammengezuckt. »Nein, nein, nein«, stammelte er. »Muttersprache ist doch etwas Gutes. Aber das hier … es ist … es ist zu schlimm. Es muss … etwas Böses sein.«

Madame Valladon lächelte traurig. »In meinem Haus wird sicher nichts Böses auf Sie warten.«

Er sah sie an: »Habe *ich* etwas Böses getan?«, fragte er, naiv wie ein Kind.

Madame Valladon schüttelte den Kopf. »Ihnen wurde vermutlich etwas Böses angetan«, sagte sie und streckte die Hände aus. »Kommen Sie herein. Ich werde Ihnen eine Geschichte erzählen.«

Als er zögerte, nahm sie seine Hände fest in die ihren. »Sie haben nichts getan, hören Sie?«, sagte sie, wie man einem Kind eine Lektion vorsagt.

Der Maler lächelte traurig. »Warum wissen Sie das besser als ich?«

21
Dégas

Hatte der Mann etwas Böses getan? Hatte er sein eigenes Trauma weitergetragen und das Mädchen auf dem Friedhof getötet? Gute Frage, dachte Dégas. Tatsächlich war es die Frage aller Fragen. Etwas gefiel ihm nicht an diesem Mann, auch jetzt nicht, da er wusste, wer er war. Heimatlos, gut und schön. Auch Dégas war an keinem bestimmten Ort zu Hause. Aber er wusste doch, dass er auf den Montmartre gehörte. Er erinnerte sich. Er kannte sich selbst, mehr noch: Er kannte die Geschichte dieses Hügels und seiner Spezies darauf. Er war, wenn man so wollte, der Geist dieses Ortes. Aber gehörte dieser Mann hierher?

Gern hätte er Bonnard weiter dazu befragt. Der große Rote kannte doch alles, was auf dem Friedhof kreuchte und fleuchte. Es wäre geradezu ein Wunder, wenn der alte Maler sich ihm nicht anvertraut hätte. Bonnard allerdings tat wieder einmal ägyptisch. Er betrachtete alle mit seinen großen, grünen Augen, die alles zu wissen und alles zu belächeln schienen. Und schwieg.

Dégas wandte sich Suzanne zu. »Du findest das am Ende romantisch«, sagte er. »Aber ich warne dich …«

Sie hörte ihm jedoch schon gar nicht mehr zu. Der Junge war mitsamt seiner Decke vor Müdigkeit auf der Schwelle des Hauses zusammengesunken. Der Maler half Madame Valladon, ihn ins Haus zu tragen. Pablo und Miró drängten hinterher. Und Suzanne hatte nichts Eiligeres zu tun, als allen nachzueilen. Natürlich! Über die Folgen machte sich keiner von ihnen Gedanken.

»He!«, hörte er Matisse rufen, der ebenfalls hinterdrein wollte. »Das ist mein Mensch! Ich habe ihn eben erst vor den Néons gerettet.«

Dégas stoppte ihn. »Da warst du also, als ich dich gebraucht hätte.«

Erschrocken legte Matisse eine Vollbremsung hin. Er drehte seine Ohren in eine Position, die einem Erröten gleichkam. »Entschuldige«, schnurrte er. Doch dann platzte es aus ihm heraus: »Ich hab den Kleinen zuerst entdeckt, in Madames Rosengarten. Samt seinem Gedichtbuch. Du weißt das, du bist mein Zeuge.« Matisse war ganz aufgeregt. »Und dann hab ich ihn vor den Illegalen beschützt. Unter Einsatz meines Lebens. Er sollte zu mir kommen.«

»Weil Monsieur Martis ja so eine Vaterfigur ist?«, spottete Dégas. Er mochte den Andenkenhändler nicht. Die Bilder, die dieser in seinem Hinterzimmer malte, waren nicht nach Dégas' Geschmack. Und er kannte sich aus, er hatte bei den Großen des Faches gelernt, bei den Künstlern des Bateau Lavoir. Monsieur Martis war einer, der malen können wollte. Aber wenn Kunst von Wollen käme, dachte Dégas hämisch, dann hieße sie Wulst. Er fauchte gebieterisch.

Matisse verstummte. »Wegen Grisette«, begann er dann erneut, jetzt auf der Hut. »Also das erledige ich gleich, sofort, wenn du willst.« Dabei schielte er schon wieder in Richtung der Pâtisserie.

»Wolltest du nicht nach Hause zu deinem eigenen Menschen? Zu Monsieur Martis?«

»Ach der, der malt nur in seiner Klause, in die er keinen reinlässt. Malt Kinder und Zeugs. Nie tut er was Interessantes.«

»Nichtsnutziger Streuner!« Der große Schwarze schickte ihm einen glühenden Blick.

»Alles muss man selber machen, nicht wahr?« Es war Bonnard, der sich in ihr Gespräch einmischte.

Matisse nutze die kurze Ablenkung, um im Haus von Madame Valladon zu verschwinden, ehe die Tür ins Schloß fiel.

Dégas knurrte nur. »Und? Wie lange weißt du es schon?«, fragte er. »Dass der Maler das Kind der ermordeten deutschen Familie ist?«

Bonnard setzte seine Tatzen um. »Ich bin so überrascht wie du von der Entwicklung«, sagte er.

»Mich überrascht nur eines.« Dégas hatte Mühe, seine schlechte Laune zu verbergen. »Dass euch alle diese Menschenangelegenheiten mehr zu interessieren scheinen als das Schicksal von Grisette.«

Bonnard drehte den Kopf nach links wie eine Eule, ohne Dégas aus den Augen zu lassen. »Dafür interessiert es dich umso mehr«, stellte er fest.

Dégas suchte nach einer Antwort, die würdevoll klang und seine Autorität wahrte. Er fand keine. Unwillkürlich drehte er sich zur Seite und zeigte die volle Fläche seiner imponierenden Gestalt. Seine zottelige Halsmähne blähte sich, als er das Fell sträubte. Der Schweif bebte warnend und dick.

Doch statt anzugreifen oder auch nur zu warten, bis Bonnard eine angemessene Geste der Unterwerfung zeigte, verschwand er mit einem Satz in der Nacht, als wäre er niemals da gewesen.

Es war nicht weit zum Sacré-Cœur. Nur wenige Gassen, dann in die Rue Norvins, bis zum Platz der Maler, danach links oder rechts um St. Pierre herum bis zum Vorplatz der Kirche mit ihren Reiterstatuen, dorthin, wo Matisse sein Hauptquartier hatte. Hier wollte Dégas die Arbeit erledigen, die sein Kollege vernachlässigt hatte und nach Spuren von Grisette suchen. Wütend und traurig, wie er war, hatte er Lust, die ganze Nacht dort herumzustreifen, wenn es sein musste. Bis ans Ende seiner Kräfte wollte er die Keller durchwühlen, noch im letzten Hinterhof suchen. Vielleicht war sie in einer Garage eingeschlossen? Wie lange hielt sie das durch bei diesem Wetter? Ohne Wasser! Dégas versuchte, schneller als seine Sorgen zu laufen.

Die Metallgitter vor den Ladenfassaden waren heruntergelassen. Und in manchen stillen Seitengassen hatten sich bereits die Clochards auf ihren Pappen eingerichtet. In den Cafébars und Lokalen dagegen tobte das Nachtleben. Dégas legte die Ohren an, wenn eine Tür sich öffnete, um Musik und Lärm in die Nacht zu entlassen. In vielen Hauseingängen hockten die Bewohner und unterhielten sich laut über die Straße hinweg oder zu den Balkonen hoch. Französisch und Arabisch erklang. Es roch nach Essen, Abgasen und Urin. Immer wieder versuchte sich ein Auto durch die viel zu engen Gassen zu zwängen. Noch immer war es warm.

Die Katzen hielten sich zurück. Dégas spürte seine Gefährten, aber er sah keinen einzigen. Sie warteten auf die Tiefe der Nacht, wenn es ruhig geworden war und niemand mehr die Ratten störte, die in den Abfällen der überquellenden Müllkörbe herumstöberten. Hier und da empfing er eine Nachricht, ein Zeichen, und blieb stehen. Man tauschte die Duftmarken, berührte Nase und After. Von Grisette, sagten die Boten, keine Spur. Keine verdächtigen Fremden, keine Lieferwagen. Kein Lebenszeichen von ihr.

Dégas forderte keine Erklärungen. So war es den ganzen Tag schon gegangen.

Als der zottige Schwarze den Place du Tertre erreicht hatte, suchte er sich eine unauffällige Ecke, um die Stille der Nacht abzuwarten. Er entschied sich für ein Mäuerchen in der Nähe des südlich sich anschließenden Place du Calvaire. Hier war es ruhiger, trotz der atemberaubenden Aussicht auf Paris gab es ein paar Bäume. Er würde besser warten, bis das Gebalge und Gebalze der Menschen sich gelegt hatte. Jede Nacht dieselbe Unruhe, das war der Nachteil, wenn man ganzjährig rollig war. Katzen erledigten diese Dinge zweimal im Jahr jeweils in einer gepflegten Woche. Und schon dafür zeigten die Menschen wenig Verständnis. Es ging ungerecht zu auf der Welt.

Mit einem inneren Seufzer ließ Dégas sich auf der Mauer nieder, die wie durch ein Wunder nicht bis zum letzten Zentimeter besetzt war von picknickenden Jugendlichen und Drogenhändlern. Vielleicht lag sie zu sehr im Schatten. Vielleicht war der Ausblick von hier in die Rue Poulbot nicht interessant genug. Wäre es Tag gewesen, hätte man von hier aus vielleicht einem der Künstler zusehen können, wie er an seinem Stand saß und malte, immer in der Hoffnung, der nächste Picasso zu werden. Dégas kannte sie, die Studenten, die sich heute in den Ateliers des Bateau Lavoir drängten und hofften, an dem mythischen Ort einen Hauch der vergangenen Größe auch für sich selbst zu erhaschen. Er spazierte gelegentlich durch ihre Träume. Der Strom ihrer Ideen, die überbordende Lust ihres Schaffens brachten seine Schnurrhaare zum Vibrieren. Er liebte ihre Gegenwart, durch sie fühlte er sich lebendig in seiner Einsamkeit. Sonst brachte niemand das fertig. Nur Grisette. Grisette! Mit einem Schlag riss der träge Fluß seiner Gedanken wieder ab.

Im nächsten Moment wurde Dégas klar, dass er auf den Standplatz des mysteriösen Alten starrte, der gerade bei Madame Valladon zu Hause hockte. Unwillkürlich sträubten sich seine Nackenhaare vor Unwillen. Und gleich darauf spürte er noch etwas anderes: Panik. Entsetzen. Hier, wo er jetzt saß, hatte jemand um sein Leben gefürchtet. Hier hatte jemand verzweifelt gekämpft. Und es war nicht irgendjemand gewesen. Dégas hätte den Duft unter Tausenden erkannt: Es war der Duft seiner Grisette!

Die Läufe des großen Schwarzen zitterten. Grisette war hier gewesen. Er war sich ganz sicher. Die kleine silbergraue Katze hatte hier gesessen. Noch immer konnte er es fühlen, wie sie sich wand und um sich schlug mit der ganzen Kraft ihres zähen kleinen Katzenkörpers. Jemand hatte sie gefangen und fortgebracht, ohne eine weitere Spur von ihr. Wie war das möglich? Doch gab es ringsum auf dem Boden kein weiteres Zeichen ihrer Anwesenheit mehr. Dégas überprüfte das sofort. In welche Richtung er auch ging, es war, als hätte Grisette sich von der Mauer aus in Luft aufgelöst.

Dégas flehmte. Tief ließ er die Moleküle der Nachtluft in seinen Körper. Da: Er roch feuchtes Gewebe. Ein Sack hatte den Stein berührt! Grisette war in einen Sack gestopft worden! Deshalb hatte sie nicht fliehen können. Sie hatte festgehangen wie ein Fisch im Netz. Und deshalb hatte sie auch keine weitere Fährte hinterlassen. Sie war buchstäblich in die Luft gehoben und fortgetragen worden.

Noch einmal aktivierte Dégas sein Jacob'sches Organ, sog jedes Partikel an, analysierte jede Schwingung der Elemente. Er versuchte, das Gewebe dieses Sackes wahrzunehmen an der Stelle, an der er den Stein gestreift hatte, den Staub, den er hinterlassen hatte, denn er war alt und gebraucht. Endlich spürte er das zarte Aroma von Steinstaub und Kalk. Auch frisches Holz war dabei. Wie auf einer Baustelle.

Dégas erstarrte. Baustellen! Sofort fiel ihm das letzte Gespräch ein, das er mit Grisette geführt hatte. Es gab nur einen Grund für eine Katze, auf eine Baustelle gebracht zu werden: um dort zu sterben. War nicht er derjenige, der alles über dieses Martyrium wusste?

Verzweifelt öffnete Dégas seine Nüstern, um noch mehr zu empfangen. Da war noch etwas, eine Spur von Schweiß. Ein Hauch von Mensch, der an dem Gewebe haftete. Natürlich. Es war ein Aroma, das er vage kannte, er kam nur nicht darauf, woher. Es war nicht vertraut. Oder doch? Wo nur, wo hatte er das schon einmal gerochen?

22
Madame Valladon

Madame Valladon sang. Sie war an diesem Morgen schon früh auf gewesen, um in ihren Garten zu gehen und Rosen zu pflücken. Gerade kochte sie die roten, stark duftenden Blätter in Zuckersirup ein. Es sollte Gelée geben, Rosengelée, eine unverzichtbare Zutat für ihre Tarte aux Pommes, die Madame selbst am liebsten aß. Überall lagen Blütenknoten, Blätter und Stengel, und Madame hörte auch nicht auf zu summen, wenn sie sich an den Dornen stach. Auf dem Weg zwischen Kühlschrank und Herd legte sie den ein oder anderen Tanzschritt ein. Ihre Füße waren immer noch schmutzig von gestern, aber das störte sie seltsamerweise nicht. Was bedeuteten schon dreckige Füße: Poésie lag in sauberen Laken und schlief, als hätte er so etwas seit Jahren nicht mehr getan. Der Maler trug frische Kleider ihres verstorbenen Vaters und hatte versprochen wiederzukommen. Den Morgen wollte er an seinem Verkaufsstand verbringen wie immer. Es war das Einzige, was er besaß, und Madame Valladon verstand, dass er nicht auf einmal alles loslassen und all seine Gewohnheiten aufgeben konnte, nur weil sie ihn zu einem Kaffee eingeladen hatte. Ja, sie verstand das. Aber sie schielte doch immer wieder nach seinem Seesack und seiner Wäsche auf ihrer Leine, die ihr beide versprachen, dass er wirklich zurückkehren würde. Auch heute trug sie das Blumenkleid.

Zum Glück hatte sie keine Zeit, sich Sorgen zu machen, sie hatte zu tun, musste backen, waschen und sich um den Jungen kümmern, der ihr vor dem Einschlafen nur noch gesagt hatte, dass er Navid hieß, nach dem Lieblingsdichter seines Vaters. Madame schüttelte den Kopf. Was war das nur für ein Vater, der sein Kind nach einem Poeten nannte und es dann alleine in die Welt schickte?

Oh ja, es gab viel zu tun. Die Marmeladengläser waren ausgekocht, das dampfende Gelée eingefüllt und auf den Kopf gestellt worden. Zart rosa und leuchtend wartete alles auf dem Bord darauf abzukühlen. Was so ein Junge wohl frühstückte? War er zu jung für Kaffee? Ach, dass sie so gar keine Übung in diesen Dingen hatte. Sie würde nachher mit Madame Chauchat darüber sprechen. Die hatte immerhin Kinder aufgezogen. Und wenn sie auch nicht wie das bürgerliche Idealbild einer Mutter wirkte, so war ihr doch jedes Mal das Herz gebrochen, wenn eine ihrer Töchter das Heim verlassen hatte, um dieselben Fehler wie ihre Mutter zu begehen.

Aß man in Afrika auch Croissants zum Frühstück? Oder hätte er wohl mehr Freude an einem Käsebrot? Sicherheitshalber stellte Madame beides auf den Tisch. Dazu Marmelade, ein paar rosafarben, blaue und grüne Macarons, Kakao, Milch, Zimt, falls er die orientalischen Aromen liebte, Cornflakes, die sie in einer Ecke ihres Küchenschrankes fand, Bananen und Aprikosen.

Zu ihrer Freude aß Navid, als er kam, von allem, was sie aufgetischt hatte. Sie war so glücklich, dass sie ihm Kaffee nachschenkte, ohne weiter darüber nachzudenken, ob das Koffein ihm guttat.

»Kind«, sagte sie, während sie neben ihm saß und seinen Appetit bestaunte. »Wo kommst du her?«

Er sah sie nicht an. »Abidjan«, sagte er. »Von der Cocody-Universität. Papa hat dort ein Büro, in dem haben wir auch geschlafen. Das darf aber keiner wissen. Papa hat gesagt, wenn jemand fragt, soll ich sagen: aus dem Kongo. Da bekommt man leichter Asyl.«

»Ich weiß nicht«, sagte Madame Valladon. Das Wort Kongo klang für sie so fern wie das Wort Asyl. Langsam wurde ihr klar, dass ganz neue Probleme auf sie zukamen. Immigration, Asylrecht. Adoption. Es war wohl nicht damit getan, den Jungen einfach unter ihre Fittiche zu nehmen und ihm ein Nest zu bauen. Es würde nicht genügen, für ihn zu kochen und ihm eine Zahnbürste hinzustellen. Ihre ganze Fürsorge wäre nicht genug. Jugendamt, Schulamt, Einwanderungsbehörde und vielleicht sogar die Justiz würden da ein Wort mitsprechen wollen. Weiß Gott, was da losgetreten würde.

Und nicht nur bei Navid. Bei dem Maler könnte es ganz genauso sein. Sie selbst war von seiner Unschuld überzeugt. Aber würde die Welt das genauso sehen? Wenn sich erst einmal herumsprechen würde, dass er auf dem Friedhof gewesen und die Ermordete dort noch lebend gesehen hatte. Er hatte es ihr gestern gestanden, als sie zusammensaßen. Wer außer ihr würde ihm glauben, dass er sich einfach an nichts erinnern konnte. Dass er nicht einfach der Täter war. Dieser Commissaire, dieser Bonenfant, schlich ja schon überall herum.

Madame Valladon schaute auf und blickte in die ruhigen, bernsteinfarbenen Augen von Suzanne, die auf dem dritten Stuhl am Tisch saß. Erst jetzt wurde ihr bewusst, dass auf dem vierten Stuhl noch ein weiterer Gast saß, der sie ebenso aufmerksam musterte.

»Was machst du denn hier, du Streuner?«, fragte sie Matisse.

Der Kater antwortete mit einem halben Maunzen, rührte sich aber nicht.

Und Navid, noch immer tief über die Cornflakesschale geneigt, sagte: »Er hat mich gerettet, gestern Morgen, als die Männer mich entführt haben.«

»Aber Navid, entführt? Was sind das für Geschichten?«

Der Junge zuckte mit den Schultern. »Sie kontrollieren die Geschäfte rund um Sacré-Cœur. Sie wollen, dass ich für sie Drogen verkaufe wie die anderen Kinder. Der Kater hat mich gerettet.«

»Der Kater? Drogen?« Madame Valladon war verwirrt. Sie strich Navid über den Kopf. Was der Junge sich alles einfallen ließ. Sie hatte ganz vergessen, wie stark die Kraft der kindlichen Fantasie war. Ein Kater als Ritter in schimmernder Rüstung, der gegen die Bösen vom Drogenkartell kämpfte!

Navid spürte ihren Unglauben. »Doch! Er ist direkt unter dem Arm der bösen Hexe mit dem Messer hindurch. Und dann hat er zu mir gesagt: Komm.« Zufrieden griff er nach der Cornflakesschachtel und ließ noch eine Portion in die Milch rieseln.

Madame Valladon musste lächeln. »Sicher hat er das, unser Matisse.« Aber bei sich dachte sie: Der Arme, er muss Schlimmes erlebt haben auf seiner Reise. Sie überlegte. »Wo ist eigentlich dein Vater?«

»Auf Facebook«, kam die rasche Antwort.

»Auf Facebook?« Der Ofenwecker klingelte, Madame stand auf, um die Tartes herauszunehmen. Für einen Moment hüllte ein betäubender Duft nach warmen Äpfeln und Butter alles ein.

»Ja, er hat dort ein Video eingestellt, damit ich ihn immer sehen kann, wenn ich in ein Internet-Café gehe.«

»Aha. Verflixt.« Madame blies sich auf den verbrannten Daumenballen. Routiniert schob sie die restlichen Kuchenformen auf die Ablage zum Auskühlen und hängte das Handtuch zurück. »Und außerhalb von Facebook, wo ist er da?«

Navid blickte nicht auf. »Im Himmel, sagt Papa. Aber ich weiß, dass er begraben wurde.«

»Ach, mein Gott.« Mit einem schweren Seufzer ließ Madame sich wieder auf ihren Stuhl fallen. »Mein Gott, Kind.«

»Schon gut, er hatte Malaria, so wie ich auch. Dann ist das so, sagte er. Man kann nichts tun.«

»Oh doch, das kann man.« In Madame kam Leben bei der Aussicht, etwas Konkretes unternehmen zu können. »Wir müssen zum Arzt mit dir, Navid. Gegen Malaria gibt es Medikamente.«

»Tabletten, ich weiß.« Er hatte aufgehört zu essen und sah nun zu, wie Matisse, der auf seinen Schoß geklettert war, den Kopf in die Schüssel steckte, um die Reste auszuschlecken. »Papa hat immer alle, die wir bekommen konnten, mir gegeben. Er sagte, er selber verträgt sie nicht.«

Madame Valladon war viel zu beschäftigt mit dem, was sie hörte, um den Kater zur Ordnung zu rufen. Langsam bekam sie ein Bild von diesem fernen Vater, der für sein Kind getan hatte, was er konnte. »Na was für ein Glück, dass *du* sie vertragen hast«, sagte sie leise und konnte nicht anders: Sie strich wieder und wieder über Navids Kopf. Der Junge drückte sein Gesicht in das Fell des Katers.

Madame stand auf. Keine Zeit für Traurigkeit. Es gab viel zu tun. Sie musste mit den anderen reden. Der Laden wollte versorgt werden. Sie brauchte eine Aushilfe – vielleicht Emile – die sich für sie in den Laden stellte. Sie musste Kinderkleidung kaufen. Schulsachen. Einen Arzttermin ausmachen. So viel zu tun. Und wohin mit Navid solange? Sie hatte absolut nichts im Haus, womit man ein Kind beschäftigen könnte. Das Buch, das er mitgebracht hatte, war das Einzige in der ganzen Wohnung, abgesehen von ihren Kochbüchern und einem Kreuzworträtsel-Lexikon. Sie hatte keine Stofftiere, kein Lego, gar nichts. In Gedanken ging sie jeden Schrank, jede Schublade durch. Fernseher besaß sie keinen, ein Smartphone ebenso wenig. Und sie gehörte nicht der Generation an, die Computer als Spielgeräte nutzte. Ihr alter PC mit seiner schwachen Grafikkarte war ohnehin nur in der Lage, ein paar Emails zu versenden. Ob der Facebook überhaupt kannte? Dann fiel ihr etwas ein.

»Komm mal mit«, sagte sie und ging in den Flur. Der Schlüssel, der dort am Bord hing, war lange nicht mehr benutzt worden. Aber es war ein außergewöhnlicher Moment, und der erforderte außergewöhnliche Maßnahmen. Gefolgt von Navid stieg sie die Treppe hinauf. Sie hatte die kleine Wohnung dort oben erst zweimal betreten. Einmal mit ihrem Großvater, der ihr zeigen wollte, was sie eines

Tages alles erben würde. Dann noch einmal alleine nach dem Tod ihres Vaters. Sie hatte herausfinden wollen, ob der Ort nun, nach dem Tod des Täters, seinen Frieden gefunden hatte. Daher wusste sie, dass nichts Furchterregendes auf sie wartete.

Es war eine kleine Drei-Zimmer-Wohnung. Nachdem die Polizei die Räume freigegeben hatte, war gründlich geputzt und aufgeräumt worden. Kein Blut, keine Scherben und Trümmer deuteten mehr auf den Kampf hin, der dort stattgefunden hatte. Man hatte alles sorgfältig gereinigt. Darüber hinaus war alles an seinem Platz geblieben. Niemand hatte es über sich gebracht, irgendetwas von den Besitztümern der Toten wegzuwerfen. Es wäre ihnen wie ein zweiter Mord erschienen. Da sich die Erben nie gemeldet hatten, hingen sogar die Kleider der Toten noch in den Schränken. Ihre Bilder schmückten die Wände. Das Geschirr wartete auf dem Küchenbord darauf, benutzt zu werden. Madame selbst hatte seinerzeit eine Tasse mit eingetrockneten Teeresten, die sie gefunden hatte, gespült und zu den anderen gestellt. Alles stand wieder auf Anfang, als wartete es darauf, dass die Verstorbenen zurückkämen und alles noch einmal von vorne beginnen könnte, anders, besser. Seither fiel der Staub.

»Warte«, sagte Madame, als sie den Schlüssel herumgedreht hatte und die Tür sich öffnete. Vorsichtig spähte sie hinein, wie um sicherzugehen, dass die Geister nicht doch ihr Unwesen trieben. Doch alles war so friedlich, wie sie es in Erinnerung hatte. Durch die Vorhänge vor dem Balkon fiel die Morgensonne auf einen runden Tisch. Bunte Kissen lagen auf den drei Stühlen. Das Sofa an der Wand unter den vielen Drucken nach Bildern Henri Rousseaus war so durchgesessen und gemütlich wie eh und je. Matisse erkor es mit einem Satz zu seinem Stützpunkt. »Der Urwald«, rief Navid, als er die Bilder sah.

Madame lächelte. Suzanne blieb an der Schwelle stehen.

»Wo ist denn nun … ich habe doch …« Madame zog einige der Schubladen auf, in die man seinerzeit all die herumliegenden Besitztümer der Toten gestopft hatte, nachdem sie sorgsam von Blut befreit worden waren. Jemand, vielleicht ihr Großvater, hatte sich dabei eine penible Ordnung ausgedacht, die nicht die ursprüngliche gewesen sein mochte, aber eine Art Respekt vor den Toten ausdrückte. »Ach, hier«, rief sie triumphierend, als sie den alten Malkasten und die Buntstifte fand. Darunter lag auch noch ein Malblock. Sie zog ihn ans Licht. Das Papier war ein wenig gelb geworden, aber dick und schwer, eine gute Qualität, besser als das, was es heute in den Supermärkten zu kaufen gab.

Einen Moment musste sie innehalten, als sie daran dachte, dass mit diesen Stiften ein anderer Junge hier am Tisch gesessen und vor sich hingekritzelt hatte. Dass er Waise und später heimatlos sein würde, wäre ihm sicher nicht im Traum eingefallen. Für einen Moment schnürte es Madame Valladon die Kehle zu. Sie musste die Tränen abwehren und auch den Gedanken, dass ihr Vater schuld an alldem war. Zum Glück war sie eine praktische Frau. Praktisch und resolut.

»Die Bilder sind toll«, sagte Navid, der gerade Matisse mit der Kordel eines Kissens ärgerte.

»Willst du selber welche malen?«, fragte Madame Valladon. Ihr Herz ging auf, als der Junge nach den Stiften griff. »Nein, nicht hier«, widersprach sie, da er sich gleich daranmachte, sich an den runden Tisch zu setzen. »Nicht hier. Wir gehen wieder runter.«

Sie ging noch einmal zurück, um die Schublade zu schließen. Da entdeckte sie eine Pappmappe und zog sie heraus. Ihre Hände zitterten. Doch die Mappe enthielt keine Kinderzeichnungen, wie sie gehofft – oder gefürchtet – hatte. Darin lagen sorgsam gestapelt Seiten eines dünnen, halbdurchsichtigen Papiers, wie man es früher als Durchschlag in Schreibmaschinen benutzt hatte. Schlagartig wurde ihr klar, wie lange das alles her war und wie alt sie selbst geworden war. Sie strich über das Papier. Die Schrift darauf war altmodisch uneben, die Buchstaben blau vom Farbband der Maschine. Und wo die Typen hart aufgeschlagen waren, hatte das Papier kleine Löcher; sie konnte sie unter ihren Fingern spüren. Winzige Buchstaben waren es, die mit altmodischen Serifenfüßen über das Papier wuselten. »Roman« stand unter dem Titel auf der ersten Seite. Richtig, der Deutsche war Schriftsteller gewesen. In diesem Moment hörte sie die Schritte hinter sich.

Als sie sich umwandte, stand der Maler hinter ihr. »Ich wollte nur …«, setzte er an. »Ich habe gerufen.« Dann verstummte er. Seine Blicke glitten über den Raum, die Möbel, die Bilder. Er machte keinen Schritt hinein, blieb, wo er war. Aber er begann zu zittern.

»Was ist?«, wollte Madame Valladon fragen. »Was haben Sie?« Im selben Moment fiel ihr ein, dass er ihr seinen Namen noch nicht genannt hatte. Dann flatterten alle ihre Gedanken gleichzeitig auf wie ein Schwarm Tauben. Es war verstörend, beängstigend. Sie kreisten und schrien, und Madame brauchte all ihre Kraft, damit Navid nichts merkte, der bereits ganz versunken war in das Zeichnen. Sie ermahnte ihn nicht mehr. Sie sagte kein Wort. Als die Gedankenvögel sich wieder niederließen, bildeten sie ein klares Muster. Wie hatte sie es nicht sehen können!

Auch der Maler schwieg. Dann, statt hereinzukommen, löste er sich ruckartig vom Türrahmen und trat hinaus in den Flur. Sie folgte ihm.

Die Sonne schien durch das Treppenhausfenster. Die bunten Vierecke seines Glases malten Muster auf den alten Holzfußboden und färbten den Staub, der darauf lag. Hier grün, dort gelb. Es war auf jedem Stock dasselbe Schauspiel. Madame Valladon hatte es als Kind geliebt, auf dem warmen Holz zu sitzen, ihre Hand in das Licht zu schieben und zu sehen, wie ihre Haut die bunte Farbe annahm.

Der Maler setzte sich auf den Boden, als hätte er ihre Gedanken gelesen. Rasch neigte er sich vor, schob einen kleinen Teppich beiseite. Ein Loch im Holz wurde sichtbar, schon alt, verursacht durch Wurmfraß und Abnutzung. »Direkt unter der Lampe«, murmelte er.

Madame Valladon hob den Blick und sah, dass es stimmte. Das Loch lag direkt unter der Glühbirne der alten Flurlampe.

Der Maler machte mit den Fingern eine schnippende Bewegung. Dann neigte er sich vor, jetzt krabbelte er fast, bis er das Loch erreichte. »Direkt unter der Lampe«, murmelte er. »Deshalb hatte ich keine Angst hineinzufassen.« Er tat es, steckte die Finger in die Lücke im Dielenboden, tastete herum und zog seine Hand schließlich zurück. Er hielt eine Murmel hoch und betrachtete sie. Sie war staubig, doch noch immer klar. Die roten Ringe in ihrem durchsichtigen Inneren waren gut zu erkennen. Es schnürte Madame das Herz zu, als er sich umwandte, um ihr seinen Schatz zu zeigen. »Die roten mochte ich am liebsten«, sagte er.

Madame schluckte, was sollte sie antworten?

Navid kam ihnen nach, sah die Murmel und lachte. »Darf ich sie haben?«, bettelte er. »Bitte, bitte.« Sofort ließ er sich neben dem alten Mann nieder und begann versiert, die Glaskugel in Richtung des Loches zu schubsen. Auch er begriff die Anordnung des Spieles sofort. »Treffer! Seht ihr?«, rief er glückstrahlend. »Noch mal!«

Madame musste sich am Türrahmen festhalten. Der grüne Lichtfleck war nicht weit von ihrem Fuß entfernt. Schon wieder war sie barfuß. Barfuß in Strümpfen. Sie hätte weinen können.

Als sie aufschaute, begegnete sie dem Blick des Malers. »Ich muss Ihnen etwas erklären«, begann sie. Ihr war, als hätte sie Jahre nicht gesprochen. Und gerne hätte sie weiter geschwiegen. Wie gerne. Ihn einfach nur mit nach unten genommen, Kaffee getrunken, die Tarte serviert. Doch so einfach war es nicht.

»Ja«, sagte der Maler. Dann lächelte er.

Nein, dachte sie, als sie ihn mit wachsendem Erstaunen betrachtete. Es war kein Lächeln, nichts, was seinen Mund verformt hätte. Kein Zwinkern in den Augen. Es war ein sanftes Strahlen, das von seinem ganzen Gesicht ausging. Sie wollte etwas sagen, sie wollte etwas fragen. Aber sie brachte kein Wort heraus.

»Ja«, wiederholte er. »Ich glaube, Sie sind diejenige, die das kann, nicht wahr?«

Er sah so glücklich aus! Madame Valladon konnte es kaum fassen. Ein Laut entfuhr ihr, sie wusste nicht, was es war. Rasch schlug sie sich die Hand vor den Mund.

»Treffer!«, jubelte Navid zwischen ihren Beinen. «Schon wieder!«

Madame Valladon stieß sich vom Türrahmen ab. Ihre Hände, merkte sie jetzt, waren ineinander verkrampft. Sie löste sie, strich sich über das Kleid, wusste nicht, wohin und hob sie dann, als wollte sie Madame Chauchat die Zukunft darin lesen lassen. Dabei war es die Vergangenheit, um die es ging.

»Darf ich Sie«, wiederholte sie ihre Einladung von gestern, »vielleicht auf einen Kaffee einladen?«

Eine Stunde später kam Emile, wurde mit Küssen auf die Wangen begrüßt und eingewiesen.

»Kein Problem«, sagte er. »Die im Sexshop haben mich ohnehin rausgeworfen. Wirklich.« Er wehrte Madames Beileids- und Dankesbekundungen ab, zwinkerte dem Jungen zu und stellte sich hinter die Theke. Wenn er sich wunderte, Navid oder Matisse hier zu sehen, dann zeigte er es nicht. Auch die Anwesenheit des Malers schien ihn nicht zu irritieren. Er war ganz mit sich selbst beschäftigt. »Haben Sie gehört, Madame, dass Monsieur Martis meine Skulpturen ausstellen will?« Seine Augen strahlten, während er sich die Schürze falsch herum umband. »Er baut dafür extra eines seiner Hinterzimmer um. Heute Morgen hat Monsieur Denis damit angefangen.«

»Das ist schön«, sagte Madame Valladon. Und sie meinte, was sie sagte – und noch so vieles mehr, was sie nicht zu sagen vermochte. Gottseidank kam der erste Kunde, dem Emile prompt von seinem neuen Glück erzählen konnte. Mit einem Blick zurück und einem Seufzer sah Madame, wie Emile das Baguette in die falsche Sorte Papier einwickelte und den Preis für Pain au chocolat in die Kasse eingab, während er redete wie ein Wasserfall. Sie schob Navid aus der Tür. »Hast du dir auch die Hände gewaschen? Wir wollen einen guten Eindruck machen.«

Stumm, nur mit den Augen, grüßte sie den Mann, der an ihrem Tisch saß. Diesen Mann, der, auf gewisse Weise, schon immer zu ihrem Leben gehört hatte. Es fiel ihr schwer, sich von ihm zu trennen, auch nur für eine Stunde, doch es musste sein. Die Gegenwart machte keine Pausen.

»Warum?«, fragte Navid und spreizte alle zehn Finger in die Luft, an denen noch die Wasserfarbe hing. »Warum müssen wir einen guten Eindruck machen?

Madame zog ein Taschentuch heraus. »Weil wir einen Fälscher brauchen.«

23
Madame Valladon

»Einen Fälscher?«, fragte Madame Chauchat und zündete sich eine ihrer Nelkenzigarillos an, obwohl das während der Arbeitszeit eigentlich tabu war. Durch die Rauchwolken hindurch betrachtete sie mit zusammengekniffenen Augen Navid.

»Du kennst doch noch diesen einen von früher. Lolo hieß er, glaube ich. Er hing immer im ›Le Bison‹ herum.«

»Das war in den Siebzigern, ma chère. Der Typ ist längst tot. Ist an einer Überdosis gestorben. Irgendwo in Marokko, heißt es.« Noch immer betrachtete sie Navid, während sie mit der Sicherheit eines Automaten die von den Kunden verlangten Zeitschriften mit und das Wechselgeld herausgab. »Zeig mir mal deine Hand«, befahl sie.

Navid reichte neugierig seine Finger über den Verkaufsstand. Sie nahm sie, drehte den hellen Handteller nach oben und strich mehrfach über die Innenfläche. Navid hielt die Luft an. »Hmm«, sagte Madame Chauchat und zog an ihrer Zigarillo.

»Einmal *Le Monde*, sagte ich«, ertönte eine ungeduldige Männerstimme hinter Madame Valladon. »Ich habe es verdammt nochmal eilig.«

Die Chauchat schnippte Asche in seine Richtung. »Verpiss dich.«

Der Fremde, denn es musste ein Fremder sein, dass er es

wagte, Madame beim Wahrsagen zu stören, machte, dass er davonkam.

»Also«, setzte sie an. »Ein langes Leben steht dir bevor, mein Junge. Gott steh dir bei. Eine längere Lebenslinie habe ich nur bei mir selbst gesehen. Ein langes, ereignisreiches Leben. Und es wird dich weit herumführen.« Über den Kopf des Kleinen nickte sie Madame Valladon zu. »Das hier ist nicht seine letzte Etappe, das sage ich dir.«

Die Pâtissière lächelte schmerzlich. »Jetzt ist er aber erst einmal hier«, wagte sie einzuwerfen.

Unwirsch zog die Chauchat an der Kinderhand. Dann hielt sie inne. Ein Lächeln zeigte sich auf ihrem faltigen Gesicht, auf dem das Make-up schon wieder verlief. Sie verzog den Mund mit dem viel zu roten Lippenstift. »Und ein sehnsuchtsvolles Herz, ach Gott, Kind.« Sie ließ die Hand los, nahm Navids Kopf und drückte unerwartet einen Kuss auf seine kurzen Locken. »Das ist nicht nur ein Segen, glaub mir, Kind.« Wieder galt ihr Blick der alten Freundin. »Es kann ein Fluch sein, so geliebt werden zu wollen.«

»Noch einmal wegen des Fälschers«, versuchte Madame Valladon die emotionale Flutwelle abzuwenden.

Madame Chauchat griff nach dem Gitter des Kiosks und zog es mit einem Ruck herunter, sodass ihre Besucher erschrocken zurückwichen. Eine Minute später kam sie durch die Seitentür heraus. »Wir gehen zu Martis«, sagte sie.

Im Laden des Andenkenhändlers war es laut. Sägen jaulten, Holzstaub flog. Es dauerte eine Weile, bis Martis und der alte Denis, beide in Arbeitskleidung, das Klopfen an der Tür vernahmen. »Wen haben wir denn da? Bonjour«, sagte Martis, nachdem er die Damen mit Küssen begrüßt hatte und neigte sich Navid zu. Sanft strich er ihm über das Haupt. »Was für eine wunderbare Kopfform. Wie eine Schale.«

»Nun werden Sie nicht albern, Jacques. Der Junge braucht einen Fälscher.«

»Denis!« Monsieur Martis rief und pfiff nach dem Schreiner.

Der kam und rieb sich den Schmutz von den Händen. »Hm«, machte er in seiner üblich wortkargen Weise. Die Damen nahmen es als Begrüßung.

Monsieur Martis legte ihm das Anliegen dar. »Ich nehme an«, sagte er, »es geht um unseren jungen Freund hier, ja? Das wären dann also Geburtsurkunde, Pass und Adoptionsbescheinigung, richtig?«

Madame Chauchat nickte wie ein Feldwebel. »Ich habe sie nicht überschätzt, mein Lieber.«

Madame Valladon wurde von einer Welle der Dankbarkeit ergriffen. »Ja«, sagte sie, »ja, genau. Ich hätte es nur nicht so gut ausdrücken können.«

Monsieur Martis zwinkerte ihr zu. Monsieur Denis räusperte sich und spuckte in einen Haufen Sägespäne. »Du denkst an Shwartzmann«, sagte er.

»Der Tierarzt?«, fragte Madame Chauchat erstaunt. Auch sie besuchte mit Grisette den alten Veterinär neben dem Kaufhaus Tardi.

»Seinen Vater.« Erstaunlicherweise brachte Monsieur Denis doch den Mund auf. »Er hat mit meinem damals in der Résistance zusammengearbeitet. Ein Künstler, meine

Damen. Ein Handwerker von Gottes Gnaden. Was der für Marschbefehle herstellen konnte. Und erst die Visen!« Monsieur Denis geriet ins Schwärmen.

»Aber lebt der denn noch?« Madame Chauchat zweifelte. Selbst Doktor Shwartzmann ging auf die sechzig zu.

»Ein rüstiger Neunzigjähriger.« Monsieur Denis klang so stolz, als hätte er selbst das Kunststück vollbracht, so alt zu werden. »Sechsundneunzig, um genau zu sein. Sein Sohn ist ein wenig aus der Art geschlagen. Aber der Enkel hat einen Copyshop am Boulevard Magenta.« Als er die verständnislosen Blicke seiner Zuhörerinnen sah, fügte er hinzu: »Nur die Fassade. Er arbeitet im Hinterzimmer. Hat von seinem Großvater alles gelernt.«

»Aber das ist ja großartig«, entfuhr es Madame Valladon. »Können wir ihn anrufen?«

Die beiden Männer schauten einander kurz an. Monsieur Martis ging in ein Hinterzimmer zum Telefon.

»Wir treffen uns bei Moulin«, sagte er, als er wiederkam.

Der erweiterte Tross machte sich auf den Weg in das Lokal.

Monsieur Moulin, von dem Anliegen in Kenntnis gesetzt, schenkte allen erst einmal eine Runde Rosé ein. Monsieur Martis bekam seinen Roten und Navid eine Tasse Kakao, die der Wirt ihm zu seinem großen Vergnügen am Katzentisch servierte.

»Ist das nicht rassistisch?«, fragte die Chauchat.

»Madame, ich bitte Sie, er ist ein Kind, er braucht seinen Spaß!« Monsiseur Moulin rang weiträumig die Hände. Eine Weile sahen alle zu, wie Navid mit Pablo und Miró spielte.

Letzterer, neugierig geworden durch die Buntstifte, die Navid mitgenommen hatte und nun auspackte, versuchte, bei jeder Bewegung des Stiftes über das Papier nach diesem zu schlagen. Navid lachte. Die Damen waren beruhigt.

»Kinder und Katzen«, sagte Monsieur Martis, »dieselbe unschuldige Schönheit.«

»Nun aber zum Geschäftlichen«, mahnte Madame Chauchat ihn.

»Ja«, fiel Madame Valladon ein und umklammerte unwillkürlich ihre Handtasche mit der Börse. »Was wird das alles kosten?«

Monsieur Denis wiegte den Kopf. »Ariel ist bei uns in der Partei«, sagte er. »Wie schon sein Großvater. Er ist ein Idealist. Aber wir alle müssen leben.«

Alle nickten. Doch eine Summe hatte der alte Denis nicht genannt.

Monsieur Moulin lachte. »Ich hab mich immer schon gefragt, wie deine Alte das hinnimmt, Denis, all die Genossen. Wo sie doch so streng katholisch ist.«

Der alte Denis grinste. »Sie hasst die Kommunisten wie die Pest«, gab er zu. »Mich voran. Aber Ariel hat ihr mal das Gutachten für eine Reliquie gefälscht. Für so einen Zahn unter Glas, der in ihrer Familie seit über hundert Jahren vererbt wird. Scheußliches Ding. Auf Samt, mit Kunstblumen und allem. Aber Ariel hat eine Herkunftsbescheinigung gezaubert, als wäre sie vom Vatikan persönlich.« Er nahm einen langen Schluck vom Rosé »Ah. Hat eine Menge Geld gebracht, das Ding. Jetzt ist meine Alte im Besitz einer Nussbaum-Anrichte. Und ich bekomme jeden Mittwochabend frei für die Genossen.«

»Klingt, als wäre dieser Ariel ein Genie.« Madame Chauchat wirkte zufrieden.

»Ja, aber umsonst wird es auch nicht sein, nicht wahr?« Madame Valladon blieb unruhig. Niemand antwortete ihr. Nur das Lachen von Navid drang zu ihrem Tisch herüber.

Es war der Moment, in dem Commissaire Bonenfant das Lokal betrat.

Sofort verstummte auch Navid.

»Und Ihre Grisette, Madame?«, schnitt Monsieur Moulin rasch ein neues Thema an. »Haben die Plakate denn irgendetwas gebracht?«

Madame Chauchat schüttelte den Kopf und seufzte. Es war Zeit für die nächste Zigarillo. Bonenfant gab ihr Feuer.

Sie nickte. »So hat jeder seine Sorgen«, stellte sie fest. »Wir die kleinen, und Sie, Monsieur le Commissaire, die Großen. Wie steht es denn mit Ihrer Suche?«

»Gut, gut«, erwiderte der Kriminaler. »Madeleine hat in einer kleinen Pension in der Rue des Abbesses gewohnt, und sie ist in der Rue Steinkerque an einem Imbiss gesehen worden. Wir kommen dem Zeitpunkt ihres Todes immer näher.«

Madame Valladon schüttelte den Kopf. »So nah. Schade dass sie nicht in meine Pâtisserie gekommen ist.« In ihrer Großherzigkeit stellte sie sich vor, auch dieses verirrte Kind unter ihre Fittiche zu nehmen.

»Aber wie hätten sie denn merken sollen, was ihr fehlt?«, warf Madame Chauchat ein. »Zu mir hätte sie kommen müssen, dass ich ihr aus der Hand lese.«

»Ich weiß nicht, ob dem Mädchen etwas gefehlt hat«, gab der Commissaire zu bedenken.

»Jetzt fehlt ihr jedenfalls das Leben«, warf der alte Denis grob ein. Er bemerkte nicht, wie die anderen zusammenzuckten.

»Oh, ich denke, uns allen fehlt etwas, und wir suchen«, sagte Monsieur Martis in seiner typischen, gepflegten Art. »Ist es nicht das, was auch Sie, Madame« – und er neigte sich höflich der Chauchat zu – »immer wieder bei Ihren Handlesungen festzustellen pflegen? Ich bin sicher, auch die kleine Madeleine hat etwas gesucht. Und wenn man wüsste, was es ist …«

»Ich bin mir inzwischen ziemlich sicher, dass ich weiß, was das war.« Die Stimme Bonenfants war weit trockener als die des Kunsthändlers. »Sie suchte die Erinnerung an ihre Familie. Ich denke, das ist offensichtlich. Darum ging sie zu ihrem Grab. Aber dass sie deshalb sterben musste …«

»Sie glauben, es hat etwas mit ihrer Vergangenheit zu tun?«, erkundigte sich Monsieur Moulin. Mit einer Geste bot er dem Commissaire einen Wein an, der mit einem Nicken annahm und sich setzte. Die Runde rückte beiseite, um ihm Platz zu machen.

»Nein«, erklärte Bonenfant, das Weinglas endlich in der Hand, seinen Standpunkt. »Ich glaube nicht, dass es mit ihrer Vergangenheit zu tun hat. Die ist offensichtlich, sie liegt lückenlos vor uns. Und so traurig sie ist, sie bietet keine losen Enden. Nicht immer hat alles mit der Vergangenheit zu tun.« Er sah auf.

Madame Valladon hatte unwillkürlich einen Laut von sich gegeben.

»Sie sind nicht meiner Ansicht, Madame?«, fragte er höflich.

Sie zögerte. »Alles hat mit der Vergangenheit zu tun, immer«, brachte sie dann ihre Überzeugung auf den Punkt. Hatte sie es nicht eben selbst erfahren?

»Wenn Sie gestatten, ich kenne die Ihre«, erwiderte Bonenfant zu ihrer Überraschung. Sie umklammerte ihre Handtasche fester. »Oder besser, die ihres Vaters. An der sie vielleicht ein wenig zu sehr festhalten, wenn Sie mir gestatten, das zu sagen.«

»Hört, hört!« Monsieur Moulin, der sich ebenfalls gesetzt hatte, klopfte mit der Faust auf den Tisch wie ein Student, der Beifall bekunden wollte. »Da hören Sie es, meine Liebe. Ich sage Ihnen ja schon immer: Brechen Sie mit dem, was war. Blicken Sie nach vorne.«

»Moulin, Sie sind ein Idiot!« Madame Chauchat schnaubte.

»Ich möchte Ihnen keine billigen Ratschläge geben«, fuhr der Polizist ungerührt fort. »Ich weiß nur, wovon ich rede.« Alle verstummten, als warteten sie auf eine Fortsetzung des Bekenntnisses. Doch es kam nichts.

Madame Valladon wurde heiß und kalt. Zu viele Geheimnisse galt es zu bewahren. Und dazu musste sie noch gegen den plötzlichen Drang ankämpfen, sich diesem Mann anzuvertrauen, dessen rundes, freundliches Gesicht ihr sagte, dass er es gut meinte. Und noch etwas lag unter dieser offensichtlichen Gutmütigkeit. Etwas, das ihr sagte, dass Bonenfant wirklich wusste, wovon er sprach. »Ich«, sagte sie und warf einen hilfesuchenden Blick zu ihrer Freundin. »Ich bin in der Tat zufällig gerade dabei, neue Wege zu beschreiten. Ich …«

»Geht es um ihn?«, warf der Commissaire schnell ein

und nickte zu Navid hinüber. »Verzeihung, ich konnte nicht umhin, sie auf der Straße zu bemerken.«

»Oh, das ist … François, der Sohn unserer alten Bonne. Er ist die Ferien über hier.« Madame Valladon sprach leise und hoffte, Navid würde nicht etwa zuhören und auf die Idee kommen, die Lüge zu berichtigen.

»François«, wiederholte der Polizist und ließ seinen Blick weiter auf dem Jungen ruhen, der völlig versonnen vor sich hin zu malen schien. Nur ein geübter Beobachter konnte seine Anspannung bemerken. Und Madame Valladon spürte sie, weil sie um ihn fürchtete.

»Gut, gut«, sagte Bonenfant plötzlich und leerte sein Glas mit einem Schluck. Sein Blick ging einmal über die Runde. »Was bin ich Ihnen schuldig?«

»Ich bitte Sie«, erwiderte Moulin eifrig. »Das geht natürlich aufs Haus.«

Der Commissaire schüttelte den Kopf. »Solche Zuwendungen dürfen wir nicht annehmen.«

»Dann seien Sie mein Gast«, warf Monsieur Martis ein. »Ich habe keinen Vorteil davon.«

Bonenfant sah ihn lange an und überlegte. Dann nickte er. »Danke.«

»Aber erlauben Sie eine Frage: Wenn der Mord an der armen Madeleine nichts mit der Vergangenheit zu tun hat. Womit dann?«

»Ach, Martis, Sie alter Romantiker.« Die Chauchat war schlecht gelaunt. »Weshalb werden Frauen schon ermordet: Lust, Macht, Eifersucht. Oder das bisschen Geld, das sie sich verdient hat. Das wissen wir doch alle. Es ist immer dieselbe Geschichte.«

Bonenfant suchte nach Worten. »Nun«, sagte er. »Sie, Monsieur, sollen einmal gesagt haben, dass die Schönheit die Welt rettet.«

Erstaunt blickten alle ihn an.

»Die Schönheit kann aber auch tödlich sein. Guten Tag, die Herrschaften.«

Die Runde blickte ihm lange nach.

»Was hat er gemeint?«, fragte Moulin endlich.

Verdrossen lehnte die Chauchat sich zurück. »Dasselbe wie ich. Nur in schöneren Worten.«

Martis sah nachdenklich aus.

Der alte Denis lief ans Fenster. »Er ist weg, Gottseidank. Ariel wird jeden Augenblick hier sein.«

»François?«, sagte Moulin, schon wieder ein wenig fröhlicher. Er ging hinüber an den Katzentisch und legte Navid die Hand auf die Schulter, während er seine Bilder betrachtete. »Dann wissen wir wenigstens schon, was Ariel in den Pass schreiben soll.«

24
Dégas

»Ein Bauopfer?« Bonnard wiegte den pelzigen Kopf. »Davon hat seit über hundert Jahren niemand mehr gehört. Schon gar nicht in der Großstadt.«

Dégas ließ sich nicht beirren. »Ich weiß, was ich gerochen habe. Deshalb müssen wir wissen, wo hier auf dem Montmartre gebaut wird.«

»Hier? Aber das würde doch keiner unserer Menschen tun.« Suzanne war nicht überzeugt. Ohnehin hatte sie sich nur ungern freigemacht, um auf den Friedhof zu kommen. Madame machte ihr Sorgen. Sie hatte dem Maler an diesem Abend einen Stapel Papier gegeben und ihm erklärt, das sei ein Roman, den sein Vater begonnen habe. Der Alte hatte sich daraufhin mit dem Manuskript eingeschlossen. Madame Valladon lief vor der Tür auf und ab wie eine Katze in den Wehen. Nirgendwo blieb sie lange sitzen. Vom Wohnzimmer lief sie in die Küche, von dort in die Backstube, in den leeren Laden, wieder hinauf und ins Bad. Und Navids Augen waren ihr gefolgt, wohin sie ihr folgen konnten. Es war nicht auszuhalten. Wirklich, sie hatte nicht vor, sich mit irgendwelchem Unsinn zu befassen.

»Was willst du denn, Maman? Immerhin heißt Bauopfer, dass es nicht der Maler von Madame ist.«

Obwohl das eine für Pablos Verhältnis ungewöhnlich

kluge Bemerkung war, bekam er dafür eines mit der Pfote übergezogen.

»Nennt mir die Baustellen. Ihr lebt näher an den Menschen als ich.« Dégas war nicht willig, sich auf das übliche Chaos einzulassen.

Bereitwillig bemerkte Bonnard, dass am Ostchor der Basilika Sacré-Cœur renoviert wurde. In einer Kirche erschien ihm ein Bauopfer noch immer am plausibelsten.

Pablo und Miró wussten aus den Gesprächen im Lokal, dass der Sohn des alten Denis an einem Restaurant baute. Jeder wusste das im Grunde. Die Baustelle in der Rue des Trois Frères war recht prominent. Sogar die Zeitung hatte schon davon berichtet.

»Monsieur Martis baut um für Emile!«, verkündete Matisse. Auch den anderen fiel noch die eine oder andere Arbeit ein. In Montmartre wurde immer irgendetwas renoviert oder umgebaut.

Dégas schloss nur die Kanalisationsarbeiten aus. Er überlegte, wie er vorgehen sollte. Schnell, das war die einzige Antwort, die ihm einfiel. Auf eine große Versammlung wollte er sich nicht noch einmal einlassen. Er bekam die Wirkung nicht mehr aus dem Kopf, den die Erinnerungsspur von Grisette auf der Mauer hinterlassen hatte. Sie war wie ein beständiger Hilferuf. Und der große Schwarze hatte Mühe, die Unruhe in seinem Inneren zu unterdrücken. Wie durch eine Glaswand hörte er der Debatte der anderen zu, ohne weiter teilzunehmen. Er musste handeln, das war das Einzige, woran er denken konnte. Ohne ein Wort des Abschieds machte er sich davon. Bonnard war der Einzige, der es bemerkte. Aber er sagte nichts.

Dégas wollte zur Sacré-Cœur. Er dachte an den Hall der Gebete, den Weihrauch, das Licht in der Kuppel. Ja, das war der Ort, an dem der Glaube an Opfer gedieh. Dort hing der gekreuzigte Mann, und all die Toten lagen unter dem Boden. Lag dort auch Grisette? Es war seine größte Chance, und er machte sich auf den Weg, auch wenn er nicht die geringste Idee hatte, was er tun wollte, um seine Liebste unter diesen Massen von Stein zu finden.

Als er an dem Laden von Monsieur Martis vorbeikam, hielt er inne. Er dachte an die Bemerkung von Matisse. Und richtig, die Eingangstür stand offen. Drinnen lagen Planen auf dem Boden und über einigen Vitrinen zum Schutz vor dem Staub der Arbeiten. Vorsichtig schlich Dégas sich näher heran. Doch es waren keine Besucher da; vermutlich hatte der Anblick des vielen Plastiks sie abgeschreckt. Aus den Hinterräumen drang Kreischen und Pfeifen. Natürlich war es Unfug, Grisette hier zu vermuten, sagte Dégas sich, während er sich lautlos durch die Gänge zwischen den Regalen tastete. Der Umbau hatte erst später begonnen, zwar nur einen Tag nach Grisettes Verschwinden, aber soweit er wusste, war die Idee dazu sehr plötzlich aufgekommen; Niemand, Monsieur Martis eingerechnet, hatte etwas in der Art geplant, Und was noch mehr zählte: Dégas kannte den Geruch von Monsieur Martis. Und es war nicht seine Hand gewesen, die diesen Sack getragen hatte.

Katzen werden nicht auf Vorrat geraubt, sagte Dégas sich und wollte schon weiterlaufen. Da öffnete sich die Tür zu den rückwärtigen Räumen. Für einen Moment wurde der Krach ohrenbetäubend. Dann setzte er aus. »Salut«, rief die Frau, die heraustrat. Es war die alte Madame Denis, die ihrem Mann die Brotzeit vorbeigebracht hatte. »Vergiss nicht, dass der Junge dich um drei erwartet.«

Ein unverständliches Grummeln antwortete ihr. Danach wurde es wieder laut. Sie verzog das Gesicht und schloss die Tür. Sie wandte sich zum Gehen, da fiel ihr Blick auf Dégas, und sie schrie auf.

Der Kater war so erstaunt über ihre Reaktion, dass er einfach stehen blieb. Er duckte sich lediglich, starrte sie an und legte feindselig die Ohren an.

Madame Denis bekreuzigte sich. »Leibhaftiger«, flüsterte sie. »Schwarz wie die Hölle, und dann noch von rechts.« Sie trat nach ihm, Dégas fauchte und wich aus. Er kroch unter die Theke. Damit hielt er die Sache für erledigt. Er würde sich hier herausschlängeln. Es gab Wichtigeres zu tun. Zu seiner Überraschung war die Alte mit drei Schritten an der Tür und schloss sie. Nun waren sie beide im Verkaufsraum eingesperrt. Madame Denis suchte mit den Augen und fand: ein altes Rohr. Sie nahm es in die Hand. »Dir drehe ich jetzt den Hals um«, verkündete sie.

Du kannst es ja versuchen, dachte Dégas. Er hatte nicht vor, aus seinem Versteck zu kommen. Da fuhr schon das Rohr unter die Theke und scheuchte ihn auf. Er maunzte überrascht, wartete einen Moment, sauste dann los und wählte ein Regal einen Gang weiter. Von oben funkelte er auf die Frau hinunter.

Die fackelte nicht lange. Wieder setzte sie das Rohr ein wie eine Lanze. Und sie war nicht zimperlich dabei. Dégas wurde empfindlich im Bauch getroffen. Er stellte das Fauchen ein und kämpfte stumm weiter. Das hier war ernst. Das Rohr fest im Blick, plante er zugleich den nächsten

Sprung. Er musste über den Kopf der Alten gelangen, auf das Regal gegenüber. Dann könnte er, ehe sie sich umdrehte, hinunter und zum Fenster hinter der Kasse gelangen. Es war nur gekippt. Aber wenn er sich beeilte …

Dégas zog sich zusammen und sprang. Das Rohr fuhr durch die Luft. Er konnte es selbst nicht glauben, als er schwer an der Hüfte getroffen wurde. Die Alte musste der Teufel sein! Ein Schrei entfuhr ihm, und er fiel beim Aufkommen mit den Hinterbeinen platt auf den Boden. Nichts gebrochen, durchfuhr es seine Gedanken, nichts gebrochen, nur Schmerz. Wie ein Wurm zog er sich unter die nächste Vitrine. Unerbittlich kam das Rohr ihm nach. Er schlug danach. Als er beinahe aus seinem Versteck geschoben wurde, ging er zum Angriff über und stürzte sich auf die Hand, die die Waffe hielt. Dégas biss zu. Jetzt schrie auch die Frau. Trotzdem packte sie mit der Linken zu und hatte ihn am Genick. Er wand sich wie ein Lachs, schlug um sich, kratzte und biss, was er erreichte. Sie versuchte, ihn in den Griff zu bekommen. Ihre Hände waren hart und trocken, die Haut rissig. Unerbittlich hielt sie ihn fest. Sie wusste, wie man das machen musste, das Miststück. Dégas begann zu ahnen, dass er seinen Gegner unterschätzt hatte. Und in diese Überlegung hinein nagte sich, wie ein Wurm, eine Erinnerung. Was war es nur?

»Was ist denn hier los?« Es war Monsieur Martis, der gerade aus den Hinterzimmern kam. Sein sonst so gepflegter Anzug war voller Staub. Seine dunklen Augen aber leuchteten. Die Arbeit machte ihm sichtlich Spaß. Vielleicht amüsierte ihn auch, was er sah. »Was treiben Sie denn da, Madame? Versuchen Sie sich als Dompteuse?«

»Das Vieh wollte hier reinkacken«, verkündete Madame Denis resolut. »Außerdem hat er Flöhe. Sehen Sie sich die Zotteln nur an. Wer weiß, was der für Krankheiten überträgt.« Sie hielt Dégas, der für den Moment den Widerstand aufgegeben hatte, weit von sich. »Ersäuft gehört so was.«

»Aber, aber.« Monsieur wirkte noch immer eher belustigt. »Geben Sie ihn mir.«

»Ist das etwa Ihrer?« Madame Denis wirkte nicht überzeugt. Sie trat einen Schritt zurück.

Dégas nutzte die Gelegenheit, um sich mit einer schnellen Bewegung loszureißen. Kaum auf dem Boden, schoss er zwischen den Beinen der beiden Menschen hindurch in die rückwärtigen Räume, zu denen Monsieur Martis die Tür hatte offenstehen lassen.

»Wissen Sie nicht, dass die Unglück bringen?«, hörte er die Alte noch rufen. Dann setzte wieder die Säge ein. Da, dort stand ein Fenster offen. Dégas sprang auf den Tisch, auf das Fensterbrett und hinaus. Eine Sekunde später stand er im Hinterhof, in der nächsten wieder vorne auf der Straße. Monsieur Martis und die Alte standen immer noch im Laden. Er konnte sie durch die Scheibe gut sehen, selbst sicher versteckt zwischen den Blumenkübeln, die den Außenbereich eines Cafés abgrenzten.

»Hexe«, murmelte er und meinte es so. Ihr Geruch hing in seinen Krallen und an seinem Fell, dass es ihm übel wurde. Dieser Geruch nach trockenem Schweiß, nach Bitterkeit und leerem Alter. Der Geruch, den kannte. Und zwar von der Mauer in der Rue St. Rustique. Er war sich sicher: Niemand anderes hatte Grisette in diesen Sack gesteckt als Madame Denis, die Frau des Schreiners.

25
Matisse

Es war gar nicht so übel, in einer Pâtisserie zu wohnen, fand Matisse. Es roch viel besser als in einer Kunstgalerie, es war wärmer, und es gab natürlich jede Menge Leckerbissen. Außerdem war Poésie, wie er Navid hartnäckig weiter nannte, ein unermüdlicher Spielkamerad. Herrlich, was der Junge alles mit einem Wollknäuel anfangen konnte. Ein Glück für Katzen, dass Menschen so verspielt waren; auf diese Weise kam er zu seinem dringend benötigten Jagdtraining. Poésie ging dieser Aufgabe gewissenhaft nach. Nur wenn der Junge zu seinen Buntstiften oder dem Malkasten griff, war Matisse außen vor.

Dann wurde es still in der Wohnung, und man bemerkte auch wieder die unruhigen Schritte von Madame Valladon. Der Maler war mit dem Manuskript noch immer in seinem Zimmer eingeschlossen. Er las nicht laut wie Poésie. Trotzdem war seine schweigende Abwesenheit unüberhörbar.

»Euch geht das natürlich an euren kleinen pelzigen Ärschen vorbei«, sagte Madame Valladon einmal in einer für sie ganz ungewohnten Sprache, als sie die Augen ihrer beiden vierbeinigen Mitbewohner auf sich ruhen fühlte. Suzanne maunzte empört, aber was Matisse anging, so lag Madame völlig richtig. Die Unruhe störte ihn nicht weiter, solange niemand ihn dabei störte, wie er die Kuchenformen ausleckte. Gerne wäre er auch nach draußen gegangen, aber Madame Valladon hütete Navid wie ihren Augapfel. Nur von der Existenz der Néons war sie nicht völlig überzeugt. Das war typisch für Menschen, fand Matisse. Nie erkannten sie das Offensichtliche. Emile beispielsweise hatte sogar in der Wohnung der Männer gestanden und nicht begriffen, wem er gegenüberstand. Navid hatte er scheinbar nicht einmal wiedererkannt. Er lebte ganz in den Bildern aus seinem Kopf.

Und Madame Valladon? Die lebte von den Schreckensbildern in ihren Gedanken: bösen Polizisten und Sozialarbeitern, denen Navid über den Weg laufen könnte, ehe er seine neuen Papiere hatte.

Dieser Ariel war da gewesen. Matisse hatte kurz an ihm geschnuppert; er roch nach Papier und Abenteuer, was ein interessanter Widerspruch war. Er hatte Fotos von Navid gemacht. Auf zweien davon war Matisse' Schwanz zu sehen gewesen, bis man ihn aus dem Wohnzimmer verbannt hatte. Als er ging, hatte Madame eine Weile gesungen. Emile hatte Gläser eingeschenkt mit der durchsichtigen Flüssigkeit, die so verdorben stank und die es sonst meist bei Moulin gab. Diese hier sprudelte auch noch etwas. Matisse hatte einige übelriechende Tropfen in die Nase bekommen, als er am Glasrand geschnuppert hatte. »Auf François Valladon«, hatten die Menschen gerufen. Und das war ja nun der größte Unfug von allen gewesen. Aber es schien ihnen Spaß zu machen.

Mittlerweile war Suzanne eingeschlafen. Navid hatte zu seinem Buch gegriffen und las murmelnd vor sich hin.

Madame, angesteckt von der Ruhe, begann, sich ebenfalls wieder ihrer Arbeit zu widmen. Sie holte Mehl, Eier, Butter und eine Schüssel und stellte sie auf denselben Tisch, an dem Poésie saß. Matisse, in der Hoffnung auf ein wenig Futter, gesellte sich dazu.

»Was ist das für eine Schrift?«, fragte Madame mit einem neugierigen Seitenblick auf Navids Buch.

»Arabisch.« Er sah auf. »Papa hat mir das geschenkt. Er sagt, da wären die schönsten Gedichte drin, die er kennt. Er hat das studiert.«

Madame Valladon war beeindruckt. »Ich lese fast nur Zeitung«, bekannte sie. Sie hatte begonnen, ihren Teig mit den Händen zu kneten. Da ihre Finger verklebt waren, schob sie ihm mit dem Ellbogen ihre Ausgabe von *Le Parisien* zu. »Du könntest mir ein wenig vorlesen.«

Du könntest mich ein wenig füttern, dachte Matisse und streckt den Hals in Richtung des gelben Blocks Butter.

La Poésie starrte eine Weile auf die Seiten, dann wischte er sie heftig vom Tisch. Er stützte das Kinn in die Hände und starrte vor sich hin.

»Was ist?«, fragte Madame. Dann begriff sie. »Du kannst das nicht lesen?« Sie überlegte. »Aber das komplizierte Zeug in deinem Buch …«

»Ich kann es auswendig.« Die Antwort kam mürrisch. »Papa hat es immer vorgelesen. Jeden Abend. Sonst hatte er nicht so viel Zeit.«

Und deine Mutter?, wollte Madame Valladon schon fragen. Aber sie verkniff es sich. Die Antwort konnte nur traurig sein. Traurige Männer hatte sie schon genug um sich. Sie schaute Matisse in die Augen. »Vergiss es«, sagte sie. Dann dachte sie weiter nach. Sie sah auf ihre Hände, ließ den Teig abtropfen. Nahm ihn, rollte eine Kugel, formte daraus eine Schnur und legte auf dem Tisch ein A.

Matisse schnupperte. Navid guckte weg. Madame Valladon formte ein N und legte es vor das A. »Das heißt ›na‹«, sagte sie. »Na? Und wer heißt so ähnlich?«

Navid, dachte Matisse, das war leicht. Kriege ich jetzt die Butter?

Madame gab ihm einen Klaps auf die Schnauze. Matisse musste niesen. Poésie schaute auf und lachte. Madame stimmte ein. Sie legte Navids ganzen Namen. »Schreib das mal auf«, sagte sie. »Wenn du es auf Papier hast, dann darfst du es essen.«

Das ließ der Junge sich nicht zweimal sagen. Matisse streckte sich, um auf seinen Schoß zu kommen. Tatsächlich bekam er ein Stück Teig ab.

»Na, Navid. Was willst du als Nächstes essen?«

Der Junge überlegte. »Matisse«, sagte er. Matisse war empört. Er wollte schon wegspringen, da legte Madame eine duftende Reihe von Teigschlangen auf den Tisch. »Uff«, sagte sie. »Wenn du das alles isst, kriegst du Bauchschmerzen.«

»Ich male es erst.« Und das tat Navid. »Matisse hat auch ein A«, stellte er fest. »Das kann ich schon. Das bleibt.«

»Kennst du noch einen Buchstaben?«

»Das I!« Auch das Teig-I wanderte auf die Bleiben-Seite.

»Lass auch das M, du kriegst sonst wirklich Bauchschmerzen.«

Gehorsam aß Navid auch das M nicht. Sie legten MAI und MIA. Bis Matisse mit der Pfote danach angelte. Er erwischte das A und zerriss es. Es wurde eingezogen.

»Mi«, sagte Madame nachdenklich.

Wie Milch, dachte Matisse, ist doch klar. Oder Milz meinetwegen, aber gedünstet.

»Militär«, sagte Navid. Sein Gesicht verdüsterte sich.

Beherzt griff Madame zu und bog das I zum O. »Mo.« Sie überlegte. »Morgen. Mode.« Da fiel ein drittes Wort ihr ein, und sie schwieg abrupt.

»Monster!«, rief Navid. Er suchte in den Resten von Matisse Namen und fand eines der S, das T, das E.

»Wie das N geht, weißt du noch, oder?« Madame schob ihm einen Teigbrocken hin, damit er ein N daraus machte und formte selbst ein R. Gemeinsam betrachteten sie ihr Werk.

»Monster sind grün«, stellte Madame schließlich fest und holte die Tube mit der grünen Lebensmittelfarbe. Das M bekam grüne Füße und Zotteln, das N wurde eine Schlange mit furchterregenden Zähnen. Matisse' Nase wurde grün, als er am Balken des T schnupperte, das zu einem furchterregenden Auge umgebaut worden war. Navid lachte laut.

Suzanne wachte auf und gähnte.

»So, und jetzt lässt du mich backen und malst das ab«, kommandierte Madame.

»Ich male Monster«, verkündete Navid, schrieb aber oben auf sein nächstes Blatt das Wort mit ungelenken Buchstaben. »Lass das, ich schreibe«, sagte er, als Matisse seine Hand mit dem Kopf stieß.

Madame lächelte in sich hinein.

Da ging die Tür des Malerzimmers auf. Die Feier war zu Ende.

»Ich will nach oben«, sagte der Maler, ganz blass.

Matisse fand die Idee gut, zu essen gab es offenbar ohnehin nichts mehr. Und das Sofa in der Wohnung oben war weit gemütlicher als die Möbel von Madame mit ihren fest gepolsterten Flächen und den affektiert geschwungenen Beinen. Sofort war er auf den Pfoten und an der Tür. Erwartungsvoll drehte er sich um. Was war? Madame hatte Bedenken. Ob er soweit sei. Ob es für ihn gut sei. Matisse verstand das nicht. Wenn ein Kater etwas wollte, dann war das natürlich gut für ihn. Kater pflegten sich nicht den Magen zu verderben, sie wussten, was sie brauchten. Und es wäre nicht die richtige Zeit, wenn sie es nicht wollen würden. Also, was sollte das? Der einzige Grund, nicht dort hinaufzugehen, wäre, dass die Tür klemmte. Er überprüfte das sofort mit seinem berühmten Parabelsprung auf die Klinke. Die Wohnzimmertür ging anstandslos auf.

Froh spazierte Matisse hindurch, nur um zu erleben, wie sie ihm vor der Nase von Madame Valladon zugeschlagen wurde. Also das war nicht fair. Er maunzte empört und wollte wieder auf die Klinke hüpfen, aber Madame hatte sich von innen gegen die Tür gelehnt. Sie argumentierte lautstark. Der Maler widersprach; sogar Emile fiel schüchtern ein. Die Stimmen der Menschen übertönten Matisse' Protest. Es war eine Sauerei. Schließlich sagte Madame: »Ich werde nicht zulassen, dass du dich dem alleine aussetzt. Ich komme mit.« Na endlich wurde sie vernünftig.

Die Tür ging auf. Emile erklärte umständlich, dass er – »äh« – noch dringend zu Monsieur Martis müsse. Die Pâtissière bat ihn, Poésie mitzunehmen. Weil das nichts für ein Kind sei. Matisse verstand die Welt nicht mehr. Heute Morgen hatte sie den Jungen noch extra nach oben geschleppt. Hatte ihm Malsachen von dort gegeben, die sie ihm jetzt auch wieder in die Hand drückte. Und jetzt schob sie ihn ab? Was war bloß auf einmal gegen die kleine Wohnung einzuwenden? Jetzt stand er vor der schweren Entscheidung: Sofa oder Poésie. Der Maler war schon auf dem Weg nach oben. Madame Valladon hinterher und dicht auf ihren Fersen – natürlich – Suzanne. Matisse schnaubte. Sollten sie ihren Spaß mit dem Sofa alleine haben und all den noch unbekannten Gerüchen, die es oben zu erforschen galt. Er würde bei dem Jungen bleiben. Man konnte ihn unmöglich schutzlos einem Trottel wie Emile überlassen. Nein, er musste das in die Hand nehmen. Sie wären dann drei Männer unter sich. Unterwegs irgendwohin, wo es cool war. Vielleicht rannte Poésie ja wieder einfach los, um für etwas Aufregung zu sorgen. Oder er konnte den ahnungslosen Emile noch einmal irgendwohin locken. Mal sehen, dachte Matisse.

Zu sehen gab es dann aber doch nur den wohlbekannten Laden von Monsieur Martis samt der nervigen Baustelle, die jetzt am Abend zwar still war, aber das gewohnte Zuhause von Matisse doch unstatthaft durcheinanderbrachte. Sogar sein Plätzchen hinter der Theke war verlegt worden. Je näher sie der Tür kamen, umso langsamer wurde Matisse. Monsieur würdigte ihn zudem keines Blickes. Er war ganz über Poésie geneigt und benahm sich schon beinahe wie Suzanne. Wie hatte Monsieur früher am Tag zu dem Jungen gesagt: eine Stirn wie eine Schale, oder so ähnlich. Und was war mit *seiner* Kopfform? Seine Silhouette war doch nun wirklich nicht so zu verachten. Anmutig wie eine Schlange! Jedenfalls besser als die von Emile, der dürr wie ein Kaminbesteck war. Ganz zu schweigen von Monsieur selber: eher ein Milchkännchen als eine Schale, würde Matisse da mal sagen. Reichlich gewölbt in der Mitte unter den guten Kleidern. Nicht dass er als Kater etwas gegen Milchkannen hatte.

Aber Monsieur Martis hatte kein Wort der Begrüßung für ihn übrig. Wollte er wirklich dort mit hinein?

Matisse zögerte noch, als ihm ein wohlbekannter Geruch alle Haarspitzen elektrisierte. Plötzlich sprangen acht Kilo ihn von der Seite an und nahmen seinen Kopf in den Schwitzkasten.

»Ich hab dich schon gesehen«, keuchte Matisse. Er brachte es nur mit Mühe heraus, während er versuchte, sich aus der Umklammerung durch Dégas' Pfoten zu befreien. Es war ein Spiel, sonst hätte er jetzt wohl ein Ohr weniger. »Schon gut, schon gut.« Matisse maunzte.

Der große Schwarze ließ ihn los.

Matisse plusterte sich auf und stolzierte seitwärts einmal halb um seinen Gegner herum, ehe er sich dafür entschied, sich, statt anzugreifen, lieber auf seinen Hintern plumpsen zu lassen und seine Wunden zu lecken, die zum Glück nur in ausgerupftem Fell bestanden.

»Ich brauche dich«, sagte Dégas.

Matisse war so erstaunt, dass er nicht nur vergaß, sich zu lecken, sondern auch die Zunge wieder einzufahren.

»Wir müssen zu dem neuen Lokal, dem von Denis' Sohn.«

»Glaubst du immer noch, Grisette ist dort irgendwo eingemauert?« Matisse bemühte sich um einen betont lässigen Ton, er hatte den Überfall noch nicht ganz verdaut.

»Ich weiß es«, sagte Dégas. Und er berichtete von seiner heftigen Begegnung mit der alten Madame Denis.

»Und jetzt meinst du, sie hat Grisette auf die Baustelle geschleppt?« Noch immer war Matisse nicht überzeugt.

»Sie hat Grisette in einen Sack gesteckt. Sie ist abergläubisch. Und sie hasst Katzen. Was denkst du?«

»Ja, aber was hat sie mit dem Lokal zu tun?«

»Sie hat ihren Mann ermahnt, dort pünktlich zur Arbeit zu erscheinen. Sie selber ist von hieraus direkt dorthin. Es liegt ihr am Herzen, was aus dem Projekt ihres Sohnes wird.«

»Bist du ihr gefolgt?«

»Bis zum Lokal. Der Sohn hat sie hinausgeworfen, weil sie ihn nervt, hat er gesagt. Ich kam nicht an ihm vorbei. Aber jetzt wird es Abend.«

»Jetzt wird es ruhig sein«, stimmte Matisse zu. Langsam zündete in ihm der Funke des Abenteuers. Er und Dégas, Seite an Seite, wie sie in diesen Bau eindrangen, Grisette suchten, natürlich fanden, sie retteten. Stets im Kampf mit bösen Hausfrauen und Handwerkern. Matisse konnte beide nicht leiden. Die einen machten Ordnung, die anderen Krach. »Worauf warten wir?«, fragte er und sprang auf.

Als sie gemeinsam, Seite an Seite, zu ihrer Mission aufbrachen, musterte er Dégas von der Seite. An dem Schwarzen war wirklich kein einziges weißes Haar. »Sag mal«, sagte er. »Stimmt es eigentlich wirklich, dass du Unglück bringst?«

26
Dégas

Dégas hatte nur mit einem Knurren auf Matisse' Frage geantwortet, im Stillen aber gab er sich eine Antwort. Nur mir selber, sagte er sich. Das war immer schon mein Talent. Dann riss er sich zusammen. Grisette musste er nun Glück bringen. Er musste einfach. Er durfte sich in seinen Überlegungen nicht geirrt haben, sonst lief ihm die Zeit davon, und die Chance, sie noch lebend zu finden, schwand. Sie musste dort sein, wo er sie suchte. Musste sich bemerkbar machen, ihn rufen. Er musste sie befreien. So und nicht anders. Es gab keine Alternative. Nicht eine Sekunde würde er sich erlauben, auch nur darüber nachzudenken.

Der Weg zur Baustelle des Lokals war steil, aber nicht weit. Zwischen all den anderen, vornehmen Häusern war der Bau schon recht weit gediehen. Die nachgeahmte hölzerne Haube der Mühle erhob sich bereits zwischen den Dächern, es fehlten aber noch die Flügel. Bemalt wie ein Puppenhaus sah sie frisch und bunt aus. Die meisten Gerüste waren bereits abgebaut und gaben die Front mit den vielen Sprossenfenstern frei. Obwohl es erst August war, klebten auf allen Scheiben schon die Plakate des Traditionsvereins, der die traditionelle Ernte auf dem Weinberg von Montmartre ankündigte. Bald würde es wieder den historischen Wein geben. »Die Plörre«, wie Monsieur Moulin sie nannte. »Aber für einen guten Zweck«, wie Madame Valladon jedes Mal geduldig hinzusetzte.

Die Plakate kündigten ein Spezialmenü mit Verkostung an. Voranmeldung ab jetzt. Der junge Denis ließ nichts anbrennen. Durch die Scheiben, an die die beiden Kater ihre Schnauzen drückten, sahen sie eine dunkelbraune Holztheke mit viel Messing und eine Rückwand aus Natursteinen. Tische und Stühle fehlten noch. Leitern standen herum, Papiersäcke voller Gips und diverse Eimer.

»Da kommen wir nicht rein«, stellte Matisse fest. Alle Fenster und die Tür waren geschlossen.

»Der Weg führt über das Dach«, erwiderte Dégas. »Komm!«

Sie wanderten an der Fassade entlang zu der Treppe, die hinauf zur Rue Berthe führte. Von dort ging es zurück auf den Balkon über dem Laden und von da auf das niedrigere Mühlendach. Die Holzschindeln waren frisch und glatt. Es roch gut nach Harz, aber sie mussten ihre Krallen höllisch stark einhaken, um nicht auszurutschen. Mehr als eine zersplitterte, während Dégas sich die Schräge hinauf vorkämpfte. Matisse verlor den Halt. Dégas sah, wie er platt wie ein überfahrener Frosch nach unten rutschte und hörte noch das grelle Quietschen der Krallen auf der Oberfläche, das dem eines Nagels auf einer Schiefertafel gleichkam. Sein Fell stellte sich auf, nicht nur, weil der Abgrund näherkam. Matisse fing sich in der nagelneuen Kupferregenrinne. Dégas atmete auf.

»Also ich weiß nicht …«, hörte er den kleinen Kater klagen. Doch dann entdeckte er, dass er nicht mehr weit von dem Ort entfernt war, zu dem er wollte: das haubenförmige

Türmchen, auf dem die Windmühlenflügel befestigt werden sollten, hatte dort, wo bald die Nabe des Windrades eingesetzt werden würde, eine Öffnung, ein rundes Loch. Und dieses Loch war nicht vernagelt, sondern nur mit einer Plastikplane verhängt. Sie waren am Ziel.

»Du kannst klettern, hoffe ich«, sagte Dégas, der auf halber Strecke hing. Er zog sich zusammen, eine Kugel aus Muskeln, und schnellte. Er schloss die Augen, fand Halt, er wusste nicht wo, schnellte weiter, kaum dass er den Grund berührte. Es war wie das Klettern auf Luft. Pure Willenskraft. Zu seiner Genugtuung hörte er, wie Matisse hinter ihm es ihm gleichtat.

Wenig später landeten acht Pfoten sicher auf dem Boden eines nagelneuen Speichers.

Matisse war außer Atem. Trotzdem brachte er noch hervor: »Die Python kann alles.«

»Es riecht nach Farbe«, stellte Dégas statt einer Antwort fest. Die starken Ausdünstungen kitzelten in seiner Nase und hinderten ihn daran, mehr zu riechen. Er musste niesen. »Sie ist nicht hier«, meinte er trotzdem nach einer Weile.

»Hinter dem Holz würden wir sie hören«, stimmte Matisse ihm zu. »Oder?«

Dégas würdigte ihn keiner Erklärung. »Gehen wir runter.« Lautlos wie Geister glitten sie die Treppen hinunter, tauchten unter die Leitern, mieden Löcher, drangen durch Vorhänge aus Vlies und Kunststoff, die ihnen ohne zu rascheln den Weg freigaben. Hinterließen kaum Spuren im weißen Gips. Es roch neu, es war still. Es war leer. Wie ausgestorben. Am Ende hockten sie auf der nagelneuen Theke, auf der der messingfarbene Zapfhahn blinkte. Unter ihren Pfoten Edelholz und der Duft von Wald.

»Ich weiß nicht…«, hörte Dégas seinen Begleiter sagen. Er selbst öffnete das Maul und stieß einen Schrei aus: Wut, Hoffnung, eine Kampfansage an alle Steine von Paris lag darin.

Unwillkürlich zuckte Matisse zusammen und sprang auf den Boden. Er polterte gegen eine Leiter, die mit Getöse umfiel. Staub wirbelte auf, Matisse kreischte und ruderte, warf eine Werkzeugkiste um, zog eine Plane mit. Als wieder Ruhe einkehrte, hockte er schwer atmend unter der künftigen Garderobe und blickte auf das Schlachtfeld, über dem sich langsam der weiße Nebel senkte.

Dégas hatte das Desaster keines Blickes gewürdigt. Noch immer schrie er, aus tiefsten Eingeweiden heraus, all seinen Kummer. Es klang dunkler und lauter und tiefer, als man sich vorstellen konnte. Jeder Muskel seines Körpers war beteiligt. Es war, als wolle er seine Seele aus sich herauspressen. Und dann schraubte es sich hinauf, hoch und höher, riss ab mit einem Kreischen, das im Nachbarhaus die Gläser zerspringen ließ.

Matisse schloss die Augen. Er erwartete Reißzähne und Hiebe von Klauen, die ihn zerfetzten. Voller Verzweiflung duckte er sich. Wer solche Laute hörte, dem stand keine Gnade bevor, das wusste er mit der Sicherheit des Instinktes, der ihm angeboren war. Mit aller Kraft widerstand er dem Impuls, sich auf den Rücken zu werfen und seine Kehle darzubieten. Sie würde zerrissen werden.

Dann wurde es still.

Matisse bemerkte es kaum. Er öffnete die Augen erst

wieder, als eine Vibration seinen Körper zu erfassen begann. Was war das? Hatte er noch was kaputt gemacht? Brach jetzt das ganze Haus zusammen? Er spürte die Bewegung bis in seine Pfoten, die feuchte Abdrücke auf dem mit Gips und Farbstaub gepuderten Boden hinterließen. Er schwitzte vor Angst. Doch er kam nicht dazu, es peinlich zu finden.

Das Haus stand noch. Langsam begriff er. Alle Flächen blieben, wo sie waren, keine Balken fielen. Keine Wände neigten sich.

Da war nur Dégas, der mit geschlossenen Augen einen Ton hervorbrachte, wie Matisse ihn noch nie gehört hatte. Genau genommen hörte er ihn auch nicht. Er spürte ihn vielmehr mit all seinen Fasern. Der Ton packte ihn, durchdrang ihn und nahm ihm jedes Gefühl dafür, wo er selbst aufhörte und die Umwelt begann. Alles war Schwingung, alles war eins. Zugleich fühlte es sich an, als fiele einem das Fleisch von den Knochen. Doch Matisse begriff: Es durchdrang selbst Stein. Wenn Grisette hier irgendwo war, eingemauert, eingesperrt, dann würde sie diesen Ton hören, selbst hinter der dicksten Wand. Aber wie brachte Dégas diesen Klang nur zustande? Und wie schaffte er es, dass ihm dabei nicht die Knochen zu Staub zerfielen? Ängstlich kroch Matisse tiefer in sein Versteck und drückte den Hintern an die Wand. Am liebsten hätte er seinen Schädel in ein Eck gepresst und sich die Pfoten über die Ohren gelegt. Trotzdem wagte er es nicht, den großen Schwarzen aus den Augen zu lassen, dessen Umrisse vor seinen Augen langsam verschwammen.

27
Bonnard

Die meisten Menschen fürchten sich davor, nachts auf einen Friedhof zu gehen. Sie glauben, dort könnten sie den Geistern der Toten begegnen. Recht haben sie. Aber die Geister sind nicht das, wovor man sich fürchten muss. Sie sind den Lebenden sehr ähnlich. Nur milder. Sie haben nicht mehr einen so starken Willen. Sie haben sich an die Zuschauerrolle gewöhnt. Die meisten bleiben aus freien Stücken nicht lange. Und wenn man nicht selbst bereit ist, sie wahrzunehmen, so kann man sie ganz und gar übersehen. Um ehrlich zu sein, sind sie alles in allem ziemlich langweilig.

Nein, die einzige Gefahr auf nächtlichen Friedhöfen sind die Lebenden.

Der Commissaire weiß das auch, deshalb ist er hier. Er wartet nicht auf weißen Nebel und einen Hauch aus der Gruft. Auf einen handfesten Zeitgenossen wartet er.

Aber er wartet mit Verstand, das muss ich sagen. Setzt sich neben mich, begrüßt mich. Ein angenehmer Mensch, dieser Bonenfant, wenn sein Name auch täuscht. Er ist ganz und gar kein gutes Kind. Er war im Gegenteil ein böser Junge, die meiste Zeit seiner Kindheit und auch danach. Er hat viele Dummheiten gemacht – ein Wunder, dass die Polizei ihn genommen hat –, und er ist am Ende alleine geblieben. Keine ungewöhnliche Geschichte, die seine Hand mir erzählt, während er über mein Fell fährt. Er braucht gar nicht zu reden.

Die Frau ist endgültig weg, das weiß er selber. Und dass er sich von der Arbeit so hat einnehmen lassen, dass ihm keine Zeit blieb, die Kinder regelmäßig zu sehen, das ist ebenfalls seine Schuld. Auch das ist ihm klar. Jetzt sitzt er da mit seiner Sportzeitung und den Wetten und dem verbissenen Glauben, dass sich das alles gelohnt haben muss und er verpflichtet ist, nun zumindest die Bösen auch zu überführen, wenn er schon bei der Jagd auf sie sein eigenes Leben an die Wand gefahren hat.

Trotzdem ist etwas anders an diesem Bonenfant. Er mag dem Leben lange seine Forderungen entgegengebrüllt und mit den Fäusten gefuchtelt haben. Jetzt hört er zu. Nicht viele Menschenhände finden so selbstverständlich unter meinem Fell die Punkte, die wohltun, fügen sich so meinen Muskeln und dem Netz meiner Nerven ein. Ganz von selbst kann er das. Es bereitet ihm gar keine Mühe mehr. Er sieht und spürt, was es zu sehen und zu spüren gibt, dieser Monsieur Bonenfant.

Ich erwäge sogar kurz, ihn zu dem Buch der ermordeten kleinen Deutschen zu führen, das noch immer unentdeckt in der Nachbargruft schlummert. Nehme nur davon Abstand, weil ich sicher bin, dass er schon weiß, was sie hier wollte. Und er hat recht: Ihr Tod hat nichts mit ihrer Vergangenheit zu tun. Er war nicht, was sie suchte. Er ist etwas, das sie nur aufgrund von Zufällen ereilt hat. Der Mörder hat nicht auf sie gewartet. Nur auf etwas wie sie: so jung. So schön. So schutzlos.

Irgendjemand ist ihr auf dem Montmartre begegnet, hat

sie beobachtet und verfolgt und in einem günstigen Moment getötet. Der Commissaire stellt es sich interessanterweise vor wie eine Art umgekehrten, oder sagen wir: inversen Liebesakt des Mörders. Das Mädchen wurde sein. Er hat ihr eine Locke geraubt. Das wusste ich nicht, es ist aber interessant. Und es überzeugt mich, dass Bonenfant recht hat. Die abgeschnittene Locke ist ein Liebespfand.

Bonenfant seufzt. Er hofft, dass dieser Mörder nicht leicht liebt. Aber es ist, wie es ist: Wir wissen es beide: Die Liebe findet uns nicht nur einmal im Leben. Bei den meisten von uns ist es jedenfalls so.

Vielleicht sind wir beiden eine Ausnahme, Monsieur Bonenfant und ich. Aber über mich sprechen wir hier nicht. Und er? Er ist leider zu klug, um von sich auf andere zu schließen. Er macht sich Sorgen, der Commissaire. Und je länger ich dem Streicheln seiner Hand lausche, umso besorgter werde auch ich. An wen denkt er, dieser Mensch?

Ich strecke mich, ich entspanne, ich lausche. Äußerlich sind wir ein Bild des Friedens. Ein nicht mehr junger Mann und ein nicht mehr junger Kater, Seite an Seite auf einer Bank. Aber im Inneren fechten wir ein Duell aus. Einer lauscht dem anderen seine Geheimnisse ab. Am Ende schließen wir ein Bündnis. Und da öffnet er mir die Kammer seiner Sorge. Ich höre den Namen. Ich sehe das Gesicht. Und da hilft keine Entspanntheit, weder die glückliche Gegenwart noch die Erinnerung an sämtliche Pyramiden würden mich dazu bringen, weiter ruhig an meinem Platz zu bleiben. Meditation ist Meditation und Dienst ist Dienst. Ich stelle das Schnurren ein und springe auf.

Der überraschte Monsieur Bonenfant tut das Gleiche. Ich weiß, dass er enttäuscht ist, ich kann es spüren. Tut mir leid, Monsieur le Commissaire. Morgen werde ich mich dafür schämen. Heute habe ich zu tun. Das hier kann nicht warten.

28
Suzanne

Suzanne ist enttäuscht. Mehr als das: Sie ist besorgt. Nicht etwa, weil Madame ihr die Tür zu der kleinen Wohnung im dritten Stock vor der Nase zugeschlagen hat. Suzanne hätte sie ohnehin nur sehr ungern betreten. Es roch nicht gut darin. Einem unkonzentrierten Rumtreiber wie Matisse mochte es entgehen. Und die Menschen mochten glauben, dass sie alles Blut, das dort geflossen war, aufgewischt hätten. Suzanne wusste es besser. Und nicht nur das Blut, auch die Angst hatte das Holz dort drinnen durchdrungen. Es würde noch lange dauern, bis eine Katze, die etwas auf sich hielt, sich dort wieder niederlassen würde.

Nein, nicht die Tatsache, dass man ihr den Zutritt verwehrte, machte Suzanne unsicher. Sondern dass Madame, als sie die Tür still und nachdrücklich zudrückte, dabei gemurmelt hatte: »Es ist besser so für dich, meine Süße.« Wenn es für Suzanne nicht gut war, dort drin zu sein, schloss die resolute Dreifarbige daraus mit sicherem Instinkt, dann konnte es für ihre Herrin auch nicht gesund sein. Oh, sie musste Madame Valladon dort herausholen. Sie sollte wieder in die Pâtisserie kommen, ihr Blumenkleid mit der Schürze tauschen und Religieuses backen, damit ihr Herz nicht mehr in diesem ungesunden, aufgeregten Rhythmus schlug.

Suzanne hatte Madame Valladon Nachwuchs gewünscht,

weil die das Leben auf den Kopf stellten. Man hegte sie Tag und Nacht, mit aller Kraft, liebte sie heiß und innig. Und man ließ es zu, dass diese Liebe einen zu einem anderen Wesen machte. Aber es war eine ruhige Liebe, still, gelassen, fröhlich. Mit nur kurzen Momenten der Müdigkeit. Und ohne jeden Zweifel. Sie hob nicht die Welt aus den Angeln, und man setzte dabei nicht all seine Überzeugungen aufs Spiel. Oder gar sein Leben. Suzanne dachte an den süßen Schauder, den der griechische Kater in ihr ausgelöst hatte. Das war ähnlich gewesen. Aber sie war nicht mit auf sein Schiff gegangen. Sie hatte nicht alles auf eine Karte gesetzt und war fremden Horizonten entgegengesegelt an der Seite von jemandem, von dem sie nichts wusste. Warum sollte man jemandem sein Leben anvertrauen, von dem man nicht einmal wusste, ob man ihn mit seinem Milchnapf alleine lassen konnte? Das war nicht vernünftig. Und Suzanne war ein überaus vernünftig denkendes Wesen. Bisher hatte sie gedacht, Madame Valladon wäre das auch.

Suzanne stemmte sich mit den Vorderpfoten an der Tür hoch, kratzte und maunzte kläglich. Da hörte sie vertraute Schritte hinter sich: Bonnard!

Der große Rote hatte den Friedhof verlassen. Ja, waren denn heute alle verrückt geworden? Suzanne schüttelte den Kopf. Aber sie hatte keine Zeit, sich darüber auch noch zu wundern. Drinnen hörte man leise Schritte, eine Tür wurde geöffnet. Danach sank jemand zu Boden.

»Hörst du das?«, fragte sie alarmiert. »Sie weint.«

»Das ist er«, erwiderte Bonnard. Der Kater schob sich zwischen Suzanne und die Tür. »Er erinnert sich daran, wie es war, ein kleines Kätzchen zu sein.«

»Warum muss er da heulen?« Sie war nicht zu beruhigen.

»Ein Kätzchen, das in einen Sack gesteckt wurde und ertränkt werden sollte«, fügte er als Erklärung hinzu. »Das es aber überlebt hat.«

Suzanne nickte. »So einen kannte ich mal, er war aus der Rue des Abbesses. Ist sein Leben lang schreckhaft gewesen, der arme Kerl. Und im Alter bösartig geworden.« Neue Sorge überflutete sie.

Eilig stupste Bonnard sie an. »Madame geht es gut«, sagte er. »Es ist Poésie, um den ich mir Sorgen mache. Wo ist er?«

»Der Junge?« Suzanne fiel von einem Schrecken in den anderen. »Madame Valladon hat Emile gebeten, auf ihn aufzupassen.«

Als sie Bonnards besorgtes Gesicht sah, fügte sie hinzu. »Ja, ich weiß, er ist ein Trottel, aber ein Lieber. Außerdem sind sie zu Monsieur Martis gegangen. Da kann ihnen gar nichts passieren.« Der Antiquitätenhändler mit seiner gesetzten Art und dem feinen Humor war für Suzanne der Inbegriff der Gediegenheit. Er hatte einen gut gehenden Laden und er lebte allein. Wenn sie einen Mann für Madame hätte aussuchen sollen, dann ganz gewiss Monsieur Martis.

Aber Bonnard hatte die Augen weit aufgerissen. Seine Pupillen zuckten. Erschrocken wartete Suzanne auf eine Erklärung.

Bonnard jedoch wandte sich schon zum Gehen. »Wir müssen uns beeilen«, sagte er. »Komm!«

»Aber …« Noch einmal blickte Suzanne auf die Tür. Das Weinen dahinter war leiser geworden. Man hörte jetzt die warme Stimme von Madame flüstern. Dann brach auch das ab und beunruhigende Stille breitete sich aus. War das gut? War das schlecht? Was sollte sie tun? Suzanne musste sich entscheiden.

Bonnard wandte sich um und stupste ihr den Kopf in die Flanke. »Komm, sag ich.« Er drängte sie so lange Richtung Treppe, bis sie endlich nachgab. Als sie erst einmal in Bewegung war, liefen ihre Beine plötzlich wie von allein. Poésie! Ihr Kleiner! Die zweite Sorge hatte die erste verdrängt und trieb sie nun an. Mit jedem Schritt, den sie sich von der Pâtisserie entfernte, wurde Suzanne schneller. Was war das nur, was sie so antrieb?

Bonnard vor ihr lief so schnell, dass Suzanne Mühe hatte, Schritt zu halten. Mehr als einmal verlor sie seine schmalen Hüften aus den Augen. Der Rote lief in tiefer Gangart, geduckt und flink. Er hielt nicht inne für Wegmarken und scherte sich nicht um Reviergrenzen. Mehr als einmal bemerkte Suzanne glühende Augen unter einem parkenden Wagen oder im Dunkeln eines Kellerfensters. Auch sie machte sich nicht die Mühe nachzusehen, ob es sich um Marder, Ratten oder die legitimen Bewohner dieses Straßenstreifens handelte. Im atemberaubenden Tempo und unter Vernachlässigung aller sozialen Riten und Gebräuche kamen sie vor der Galerie in der Rue Norvins an.

»Matisse ist nicht da.« Das war das erste, was sie feststellten. Seltsam, der Kleine trieb sich sonst nachts immer hier in dieser Gegend herum.

»Schade, aber wir werden ohne ihn zurechtkommen müssen.« Bonnard ließ sich nicht ablenken.

»Wieso kennst du dich hier eigentlich so gut aus?«, fragte sie, während sie sich auf ihren Hintern hockte, um unauffällig ein wenig zu Atem zu kommen. Sie beobachtete, wie Bonnard nach einem Eingang suchte. »Ich dachte, du lebst nur auf dem Friedhof?«

»Denken ist die eine Sache.« Bonnard war fündig geworden. Mit zufriedenem Schnurren lief er auf die Katzenklappe zu, die Monsieur Martis für Matisse in eines der Kellerfenster eingebaut hatte. Er hieb sacht mit der Pfote darauf: Sie schwang durch. Wenigstens keines von diesen modernen Dingern mit Chipsteuerung. »Kommst du da durch?«

Würdevoll erhob Suzanne sich. »Wofür hältst du mich? So dick bin ich auch wieder nicht.« Ohne zu zögern machte sie sich lang und schob sich durch die Öffnung. Es gelang ihr ausreichend elegant. Unauffällig begann sie wieder zu atmen.

Er zwinkerte ihr zu. »Und ich dachte, du kommst nie aus deiner Pâtisserie raus.«

Suzanne verzichtete auf die offensichtliche Entgegnung. »Ich nehme an, das andere ist Instinkt«, sagte sie, als sie dem Roten über die Treppe nach oben folgte. »Oder?« Sie standen jetzt im Laden, in dem von unbeleuchteten Regalen Reihe um Reihe seltsame Objekte auf sie hinabstarrten, deren Zweck Suzanne nie begriffen hatte.

»Wie?« Bonnard war abgelenkt. Witternd hielt er die Schnauze in die Luft.

»Ich sagte: Denken ist das eine, das andere ist Instinkt, nehme ich an«, wiederholte Suzanne ungeduldig. »Sie sind übrigens da hinten. Unter der Tür ist Licht.«

Bonnard ließ das unkommentiert. Gemeinsam schlichen sie zu der Tür, die zu Monsieur Martis' heiligen rückwärtigen Räumlichkeiten führte. Ein Teil davon wurde gerade umgebaut für die Werke von Emile. Der ganze Montmartre hatte davon gehört. Das Licht drang jedoch nicht aus diesem Teil. Die Tapetentische, Leitern und Gerätschaften, die herumstanden, lagen im Dunkeln. Einige von Emiles Kunstwerken waren schon da. Die Katzen konnten ihre Umrisse durch eine dicke Schicht von Luftblasenfolie erkennen. Flüchtig erinnerte sich Suzanne daran, dass Pablo es als Kleinkind eine Weile geliebt hatte, auf genau diese Art Folie zu urinieren. Es war keine leichte Zeit gewesen.

»Es riecht sogar schon nach Emile«, stellte sie gleichzeitig fest.

»Stimmt. Weil er hier ist.« Bonnard war weiter auf die zweite Tür zugegangen, unter der der Lichtstrahl hervordrang, den sie schon vom Laden aus bemerkt hatten. Dabei war ihm ein langer Gegenstand aufgefallen, den jemand dick in Folie eingewickelt und an die Wand geschoben hatte. Das Plastik überdeckte vieles. Doch es handelte sich eindeutig um Emile.

Suzanne und Bonnard fetzten mit ihren Krallen die Folie von seinem Gesicht. Er lebte. Doch er war geknebelt und gefesselt und überdies ohnmächtig. Seine Haare rochen nach Blut.

»Was ist das nur? Was ist das nur?«, jammerte Suzanne, die ganz durcheinander war. Vor lauter Aufregung hatte sie sich gesetzt und begonnen, mit unnötigem Eifer die Plastikfetzen zwischen ihren Krallen zu entfernen. Alle paar

Sekunden gab sie das Unterfangen auf, um Emile über das Gesicht zu lecken. »Was soll das alles? Bonnard?«

»Wissen«, sagte der rote Kater. »Das andere, neben dem Denken, ist Wissen.« Oh ja, er wusste, was hier los war. Er wünschte, er wüsste es nicht. Aber die Bedenken von Monsieur Bonenfant hatten ihm alles verraten. Der Polizist hatte die Vorleben aller Nachbarn durchforstet. Was er über Monsieur Martis erfahren hatte, hatte Bonnard erschüttert. Keiner von ihnen hatte gewusst, dass Monsieur Martis schon einmal im Gefängnis gesessen hatte. Nicht das kleinste Gerücht war jemals im Umlauf gewesen. Und das hier auf dem Berg. Wo jeder die Geschichte von Madame Valladon kannte. Und jeder wusste, dass die Chauchat keine Witwe war.

Er war damals sehr jung gewesen, Martis. Es war lange her. Aber wenn man an die Bemerkung von Matisse dachte, dass Monsieur Martis in seinen Räumen Bilder malte. Von Kindern. Bilder, die er offenbar niemandem zeigte. Ja, da hätte man schon misstrauisch werden müssen.

Dass er diese Bilder niemandem zeigte, hätte auch nur Bescheidenheit sein können. Oder eben doch aus denselben Gründen und Neigungen geschehen können, aus denen er damals verhaftet worden war. Er fühlte sich zu Kindern hingezogen und tat Dinge mit ihnen, die man nicht tun sollte. Er musste eine harte Zeit gehabt haben hinter Gittern. Kinderschändern ging es dort nicht gut. Was aber hatte er danach getan?

Das war es, was Monsieur Bonenfant durch den Kopf gegangen war. Bonnard und der Commissaire waren in der Nähe gewesen, als Monsieur Martis am Stand des alten

Malers intensiv das Bild eines traurigen Kindes betrachtet hatte. Er hatte dieses Bild nicht gekauft. Das wusste Bonenfant. Bonnard dagegen wusste, dass Martis gegenüber Madame Valladon immer behauptet hatte, er hätte sich die Bilder des Alten nie angesehen. Sein Wissen und das des Commissaires zusammen ergaben eine beunruhigende Einheit. Und jetzt hatte der Andenkenhändler Emile niedergeschlagen und achtlos beiseitegeräumt. Vielleicht hatte er ihn nur nicht getötet, weil er den Künstler in ihm ehrte.

»Was meinst du?«, hörte er Suzanne fragen. Doch er kam nicht dazu, der molligen Katzendame irgendetwas zu erklären. Hinter der Tür erklang eine Stimme. Es war die von Navid. Er las aus seinem Buch. Ergriffen lauschten die beiden Katzen.

Doch auch jemand anderes hatte zugehört. »Das ist schön«, sagte Monsieur Martis. Seine Stimme klang so tief und weich wie immer. Nur ein kleiner, neuer Klang war darin. Kein Mensch hätte ihn bemerkt. »Weißt du eigentlich, wie schön das ist?«

Man konnte hören, dass er sich bewegte. Seine Stimme erklang jetzt näher. Näher an der von Navid. »Weißt du eigentlich, wie schön du bist?«

29
Grisette

Ich war doch schon tot. Es war gar nicht schlimm. Ich war müde. Ich schlief. Maman war da, die Prinzessin. Sie lebte auf dem Schoss von Louis XIV. und wurde immer mit Lachspralinés gefüttert. Die Springbrunnen sprudelten und Madame Chauchats Zigarillos malten tanzende Bajaderen aus Rauch in die Luft. Alles war schön, satt und warm.

Der Tod leckte mich mit seiner Zunge und biss mir sanft in den Hals. Er hob mich an, um mich davonzutragen. Und ließ mich fallen wie ein Kätzchen. Ein kleines Kätzchen bin ich, geborgen in Mamans Griff. Maman-Tod schnurrt ganz fein. Der Ton hüllt mich ein, füllt mich aus, rüttelt mich, schüttelt mich … was ist los? Wo bin ich? Und woher kommt dieser Laut? Er dringt aus dem Stein in mich ein und trennt uns. Hier ist die Wand, da bin ich. Dort draußen … es gibt ein Draußen, und es ist kalt … Dort draußen ist Lärm. Ich habe Ohren! Ich habe Augen, die in die Dunkelheit starren. Pfoten, unter denen der Staub knirscht.

Ich bin Grisette! Ich bin hier! Ich bin auf den Beinen und schreie! Schreie! Ich habe vergessen, dass ich müde bin. Dass ich durstig bin und dies meine letzte Kraft ist, die allerletzte. Ich schreie, bis der Stein zerspringt oder ich.

»Miau!«

Das ist Dégas. Ich halte inne. Aber ich träume nicht. Ich weiß jetzt wieder, wer ich bin, wo ich bin. Ich bin klein und verdreckt und dehydriert und außer Atem. Aber dort draußen ist Dégas. Er hat mich tatsächlich gefunden. Ich bin nicht mehr in der ewigen Finsternis. Ich bin dort, wo er mich hören, er mich sehen kann. Und was ist das?

»Boah, wie hast du das gemacht?«

Das kann nur Matisse sein. Der kleine Mistkerl. Soll ich lachen oder weinen? »Dégas!« Ich maunze, so laut ich kann. Dann endlich das Geräusch, nach dem ich mich schon seit Stunden sehne. Oder sind es Tage gewesen? Oder Jahre? Das Kratzen von Katzenkrallen. Er hat starke Pfoten, mein Dégas. Unter seinem Zottelfell verbergen sich Muskeln. Er hat ein Gebiss, mit dem er Holz zersplittern lassen könnte. Das hier ist Granit.

Ich höre sie kratzen, alle beide. Sie schaben und scharren. Sie haken ihre Krallen in die Ritzen. Ich höre, wie Putz fliegt. Mörtelbröckchen regnen zu Boden. Vielleicht bilde ich es mir auch nur ein. So muss es sein. Er versucht alles, bestimmt. Aber kein Lichtstrahl.

Und jetzt ist es wieder still. So still. Oh, ich weiß es. Ich fühle es. Der Mensch, der mich geraubt hat, ist zurück.

30
Madame Valladon

»Weißt du…«, sagte der Maler. Er saß auf dem Boden, den Rücken an die Wand gelehnt. Madame Valladon stand am Fenster und sah hinaus. Wenigstens ihr Blick wollte dem Zimmer entfliehen. »Das Letzte, woran ich mich erinnern kann, ist eine Hand, die mich fortstößt. Dann falle ich. Ich dachte immer, es wäre die Hand meiner Mutter gewesen, die mich furchtbar bestraft.« Er sah sie an. »Wie sollte ich nicht glauben, ich wäre böse?«

»Du warst vier«, sagte sie tonlos. »Es ist ein Wunder, dass du dich überhaupt an etwas erinnerst.« Sie dachte an ihre eigene Kindheit zurück. Da war eine Mauer aus Bruchsteinen. Sie balancierte darauf. Und eine Hand, die sie stützte. War es die Hand ihrer Mutter gewesen? Madame Valladon rieb sich die Finger. »Das Erste, was ich sicher weiß, ist, dass der Ganter aus dem Nachbarsgarten mich immer in die Waden gezwickt hat, wenn ich auf dem Weg zur Schule vorbeigegangen bin. Er hat mir eine Höllenangst gemacht.

»Angst«, er griff ihre letzten Worte auf.

Madame Valladon hätte sich ohrfeigen können. Wie lange starrte er jetzt schon auf das Kissen in seinen Händen. Ein quadratisches Ding mit einem Bezug aus orangefarbenem Brokat. Es hatte auf dem Zustellbett im Schlafzimmer gelegen. Seinem Bett, als er ein Kind war. Es musste sein Kissen gewesen sein, damals. Oder der Großvater hatte es irgendwo in der Wohnung gefunden und dorthin gelegt. Keiner von ihnen konnte es mit Sicherheit sagen.

Sie ging in die Knie, um mit ihm auf Augenhöhe zu sein. Damit er sie ansah. »Natürlich hattest du Angst«, sagte sie. »Du warst so klein. Und du hast deine Familie verloren. Aber die Hand, die dich hielt, hat dich erst losgelassen, als sicher war, dass du unten aufgefangen wurdest.«

»Die Hand des Mörders.« Er sagte es sachlich.

»Ja«, gab Madame Valladon zu. »Die Hand meines Vaters.« Was sollte sie sagen. Müde richtete sie sich auf und stellte sich wieder ans Fenster. Irgendwann sagte sie: »Er hat es sehr bereut.«

Der Maler antwortete nicht. Nach einer Weile sagte er: »Meine erste Station war ein Waisenhaus. Das muss hier in der Stadt gewesen sein. Es gab Schlafsäle mit Stockbetten. Kratzige Decken. Einen Morgenappell. Danach wurde ich meistens bestraft. Vermutlich hatte ich ins Bett gemacht, ich weiß es nicht mehr. Danach hieß es stehen, in der Dusche. Man wurde kalt gewaschen und musste dann so nackt stehenbleiben.«

Madame Valladon rieb sich über die Arme. Was war die Reue ihres Vaters dagegen? Was ihre Stunden am Grab? Sie wusste es nicht. Aber sie wünschte, er würde sie nur einmal so ansehen, als würde er sie wirklich wahrnehmen.

»Irgendwann bin ich weggelaufen. Da muss ich sechs gewesen sein oder sieben, ich weiß es nicht mehr. Aber es gab auf der Straße mehr Kinder in meinem Alter, als man glauben sollte.«

»Du bist zweiundsechzig«, sagte sie. Um irgendetwas zu sagen.

Er sah auf. »Danke.«

Sie wusste nicht, ob es ironisch gemeint war oder nicht.

»Du hast mir«, sie zögerte, »du hast mir nie gesagt, wie du heißt.«

Er lachte, dann schüttelte er den Kopf, rieb sich heftig die Augen und verbarg anschließend sein Gesicht in den Händen. »Ich bin nicht sicher«, sagte er durch die Finger hindurch. »Ich glaube, es hat ein paar Mal gewechselt.« Als er den Kopf hob, war sein Gesicht offen und fragend. »Irgendwann ist Michel hängen geblieben.«

»Michel«, sie sprach das Wort langsam, als würde sie seine Aussprache üben, sah Teigbuchstaben vor sich, das M ein kleines Monster. Sie schüttelte das Bild ab. »Wir könnten das herausfinden, weißt du. Auf einem Amt. Oder im Zeitungsarchiv, wenn dir das zu offiziell ist. Wir könnten ...«

»Wozu?«, schnitt er ihr das Wort ab. »Michel hat sich bewährt.«

Dennoch sah er sich in der Wohnung um, mit erhobenem Kopf, als lausche er auf die längst verhallten Wörter, die hier einmal gesprochen worden waren und von denen eines sein Name war.

»Ich heiße Florence.« Sie war sich bewusst, wie unpassend das klang.

»Ein schöner Name.«

Sie winkte ab.

»Nein, wirklich. Florence.« Er rappelte sich hoch.

»Nein, nein!« Abwehrend hob sie die Hände. Wie hatte sie nur je glauben können, dass er bleiben würde? Dies hier war keine romantische Geschichte. Es war eine schreckliche. Und es wollte ihr einfach nichts einfallen, was sie dagegen tun konnte. »Bitte«, brachte sie nur heraus. Sie hatte Angst, dass er etwas sagen könnte, das so banal klang, dass es einfach nur weh tat.

»Danke«, sagte der Maler. »Für das Hemd«, fügte er nach einer Weile hinzu. Er zupfte an dem Stoff, den einst ihr Großvater getragen hatte. »Und alles.« Er machte eine vage Geste. Sie schloss sie beide ein und die verdammte Wohnung.

»Es war nur alles nichts wirklich Gutes, nicht wahr.« Das war keine Frage. Sie wollte keine Fragen mehr stellen. Madame Valladon schloss die Augen. Sie wusste, wenn sie sie wieder öffnete, würde er fort sein.

31
Matisse

Im Nachhinein war Matisse stolz darauf, es als Erster gehört zu haben. Das Knirschen an der Tür. Und die Schritte. Im Moment allerdings war es nur beunruhigend. Vor allem, weil Dégas sich einfach weigerte, ihn und seine Warnung zur Kenntnis zu nehmen. Die Gefahr näherte sich, aber der große Schwarze blieb, wo er war, und kratzte erneut an der Wand. Sein Brummen war zu einem kläglich klingenden, obsessiven Gewinsel geworden. Er sah und hörte nichts.

»Dégas, he, pst! Mensch im Anmarsch!« Matisse sprang zu Boden und machte, dass er ein Versteck fand. Auf der Theke zu hocken als Katze, das wusste er aus dem Lokal von Monsieur Moulin, das kam nicht gut.

»Was ist denn hier los?«

Dégas blieb, wo er war. Aber er hielt inne. Wandte sich um und sah den Commissaire. In seiner linken Hand leuchtete eine Taschenlampe. Mit der rechten steckte er einen Dietrich weg. »Also doch Einbrecher«, sagte Bonenfant. Aber seine Stimme klang amüsiert. Und auch ein wenig erleichtert. »Habt ihr diesen Lärm gemacht? Ihr habt die Nachbarn verstört.«

Als er das hörte, sprang auch Matisse wieder auf die Thekenplatte.

»Gleich zwei von der Sorte. Das scheint heute mein Katzentag zu sein.« Bonenfant trat näher.

Matisse war nicht abgeneigt, sich ein wenig kraulen zu lassen. Dégas allerdings blieb ungerührt. Er schenkte Bonenfant nicht einmal ein Blinzeln seiner grünen Augen, sondern wandte sich ab, um weiter seiner Kratzarbeit nachzugehen. Von dieser Coolness muss ich mir eine Scheibe abschneiden, dachte Matisse und zog den Kopf zurück. Bonenfants Hand blieb in der Luft hängen.

»Ich sehe schon, ihr seid beschäftigt. Aber womit?«

Der Commissaire inspizierte die Stelle. Die Wand sah mitgenommen aus. Aus der Fuge rund um den Stein, den Dégas so intensiv bearbeitete, war fast der ganze Mörtel gekratzt. Das Holz der Theke war bedeckt mit den Krümeln und verkratzt. Matisse bemerkte es, als die Hand des Polizisten prüfend darüberfuhr. Na, da würde der Tischler noch einmal kommen müssen. »Was zum Teufel… autsch!«

Bonenfant hatte versucht, Dégas von der Wand wegzuschieben, und sich einen satten Hieb eingefangen. Kurz, scharf, blutig, dachte Matisse. Wie aus dem Schulbuch. Danke und tschüss, das war's dann wohl.

Der Commissaire inspizierte die roten Kratzer. Dann wieder die Wand. »Sei doch mal still«, sagte er.

Und zu Matisse grenzenloser Verwunderung hielt Dégas tatsächlich inne.

»Da maunzt doch was.«

Ach, dachte Matisse, ist dir das auch schon aufgefallen? Was glaubte dieser Idiot, was sie hier machten?

Aber zu Matisse erneuter und diesmal endgültiger Verwunderung begriff Bonenfant sehr schnell. Und nicht nur das: Er half tatkräftig mit. Erst hieb er mit dem hinteren

Teil seiner Taschenlampe – so ein richtiges Polizistending – seinerseits auf den Stein ein. Und als das nichts half, trat er zurück und sah sich suchend um. »Wir müssen ihn rausziehen«, verkündete er.

Wenn Matisse es nicht besser gewusst hätte, hätte er gedacht, der Mann redete mit ihnen.

Diesmal war es Dégas, der zuerst reagierte. Gemeinsam mit Bonenfant, immer so dicht zwischen seinen Füßen wie ein Tangotänzer bei einer Drehfigur zwischen denen seiner Partnerin, ging er mit dem Mann den Raum ab und suchte nach einem passenden Werkzeug.

Matisse blieb, wo er war, legte seinen Schwanz anmutig über die Pfoten und beschloss, sich aus dem Folgenden rauszuhalten. Die beiden waren ja ein Dreamteam. Bitte, wenn sie glaubten, ohne die Python auszukommen.

Dégas und Bonenfant kehrten mit einer Feile und einer Zange zurück. Die Erstere schob der Commissaire so lange in die von den Katern freigekratzten Ritzen und hebelte und zog, bis er es tatsächlich geschafft hatte, den Stein zu lockern und ein wenig nach außen zu ruckeln. Danach kam die Zange zum Einsatz. Sie wollte nicht greifen. Also noch einmal die Feile. Eine Brechstange. Erneut die Feile. Dégas kratzte an der herausragenden Kante des Steines. Bonenfant brach sich die Fingernägel daran ab.

»Drück doch, Grisette«, rief Matisse.

Bonenfant sah auf. »Nur die Ruhe«, sagte er.

Aber Grisette schien Matisse' Ruf gehört zu haben. Mit einem Mal, wie von Geisterhand, bewegte sich der Stein. Sein Reiben klang dumpf. Als würde ein tiefer Brunnenschacht geöffnet werden. Viel bewegte er sich nicht, aber es reichte, um endlich die Zange anzusetzen. Das Reiben von Stein auf Stein erklang erneut, wurde höher, brach ab. Krachend fiel der Stein herunter.

»Man wird eine neue Theke brauchen«, meinte Bonenfant.

Erzähl mir was Neues, dachte Matisse und sprang vor. Aber Dégas war schon da. Er drängte sich zu der kleinen Öffnung, die entstanden war, kam aber nicht weit, da offenbar irgendetwas sie von innen verstopfte. Matisse hörte das dumpfe Atmen des großen Schwarzen. Als Bonenfant ihn diesmal beiseiteschob, ließ er es zu.

Der Polizist blickte dem in die Augen, während er seinen Hemdsärmel aufkrempelte. »Du meinst also, ich kann da reinfassen?«, fragte er und tat es im nächsten Moment.

Seine Hand verschwand, tastete, dann sein Unterarm. Er zuckte. Dann packte er zu. »Ganz vorsichtig«, murmelte er zu sich selbst, als er den Arm zurückzog. Die geschlossene Faust war größer, als die offene Hand es gewesen war, und barg etwas. Es war nicht einfach, sie zusammen mit dieser Last durch die Öffnung zu ziehen. Endlich kam seine Beute zum Vorschein: ein graues, verschmutztes Bündel Fell, das ohne Spannung in seinen Fingern hing. Grisette!

Sie sah nicht mehr schön aus. Ihr Fell wirkte stumpf, ihre Augen klein und entzündet. Von ihrer Haltung, ihrer Seidigkeit war nichts übrig. Kraftlos und verschrumpelt wie eine Rosine lag sie da. Matisse mochte nicht näher kommen.

Der Commissaire legte sie auf die staubige Theke. Er ging zu dem Wasserhahn über dem fertigen Spülbecken einen Meter weiter und öffnete ihn. Neugierig hüpfte

Matisse mit und reckte den Kopf vor. Doch es kam kein Tropfen heraus. Das Wasser war wohl noch nicht angeschlossen.

Dégas hingegen hatte sich über Grisette geneigt und leckte kräftig ihre Schnauze, ihre Ohren. Sie öffnete die Augen. Brachte einen Laut zustande. Ein Maunzen war es nicht. Dégas leckte ihre Lefzen.

»Sie braucht Wasser.«

Da widersprechen wir nicht, oder?, dachte Matisse, sah aber sicherheitshalber zu Dégas hinüber. Wie würde der große Schwarze, an dem kein weißes Haar war, reagieren, wenn ein Mensch seine Liebste hochnahm wie eine sandgefüllte Socke und sie sich in die Jackettasche steckte?

Zum dritten Mal in dieser Nacht wurde Matisse überrascht. Dégas ging zu Bonenfant, stupste mit dem Kopf zuerst die Tasche, die nun von Grisettes warmem Körper ausgebeult wurde, dann die große Hand des Mannes und hielt still, als diese ihn kurz hinter den Ohren kraulte.

Bonenfant zog ein Taschentuch heraus und wischte sich die Finger, während er zur Tür ging. »Ich weiß schon«, sagte er, als Dégas hinterherhechtete, um ihm vorauszulaufen. »Ich kenne die Plakate auch. Zu Madame Chauchat. Es stand in den Akten, wo sie wohnt. Keine Sorge.«

Im Gegensatz dazu fand Matisse allerdings, dass sehr wohl Grund zur Sorge bestand. Oder wie sollte man reagieren, wenn Dégas, der alte Gladiator, der große Streuner, der unabhängige, nur die Kunst liebende Kater des Bateau Lavoir, vor einem dahergelaufenen Polizisten herumschwänzelte wie irgendein Kätzchen? Wie eilfertig er dahintrippelte, um dem Mann den Weg zu weisen. Wie er den Kopf hob und maunzte und freundlich tat mit den Schienbeinen dieses Menschen. Wenn ich es nicht mit eigenen Augen sehen würde, dachte Matisse, ich würde es nicht glauben. Der Alte benahm sich ja schon fast wie Suzanne. Eine Schande war das. Jetzt ging er mit zu Madame Chauchat, um dort in deren stickiger Wohnung mit den Seidenblumen und den Spitzendeckchen zu hocken und Grisette anzuhimmeln. Am Ende würde er jeden Tag neben ihr am Kiosk hocken. Jede Wette, dass er über kurz oder lang ein Strasshalsband tragen würde? Wenn er das Suzanne erzählte!

Suzanne! Wo steckte sie überhaupt? Und Pablo und Miró und die anderen? Die würden sich wundern.

32
Pablo und Miró

Sie begriffen es nicht, nein, sie begriffen es ganz und gar nicht. Erst war bei Madame Valladon alles dunkel, obwohl sie doch daheim war. Dann schlappte der Maler alleine über die Straße davon. Dabei war er doch eben erst gekommen. Sie verfolgten ihn, bis sie auf etwas noch Bemerkenswerteres stießen: Die Katzenklappe bei Monsieur Martis roch nach Maman – und nach Bonnard, wenn man schon dabei war. Beides äußerst ungewöhnlich, denn Suzanne verließ praktisch nie die Pâtisserie und Bonnard den Friedhof nicht einmal theoretisch. Um das Maß der Absurditäten voll zu machen, ließ Grisette sich von einem Polizisten durch die Straßen tragen und war gar nicht mehr verschwunden, während Dégas, der große Einsame, vorneweg lief wie ein eifriges Hündchen.

»Was ist denn hier los?«, fragte Pablo. Da sogar ihm klar war, dass er hier auf der Straße keine Antwort erhalten würde, ganz sicher nicht von seinem Bruder, tauchte er durch die ominös riechende Klappe in Monsieur Martis Kellerfenster. Dass plötzlich auch Matisse hinter seinem Bruder auftauchte, war das kleinste Problem dabei. Der wohnte ja immerhin hier. Allerdings wusste auch er nicht, was all diese Dinge zu bedeuten hatten.

»Hab ich was verpasst?«, fragte Miró, als alle drei endlich seine Mutter und den Friedhofskater sichteten, die in einem der hinteren Räume vor einer verschlossenen Tür saßen.

Das Telefon klingelte. Wenn Miró so darüber nachdachte, dann klingelte es schon eine Weile.

»Das ist Madame«, sagte Suzanne. »Sie will Emile fragen, wo Navid bleibt.«

Die beiden Katerchen wagten es nicht zu bezweifeln. In solchen Dingen kannte ihre Mutter sich aus.

»Und wieso geht dann keiner ran?«

»Monsieur ist dort drin.« Die Stimme von Bonnard klang ernst. Aber hey, er war ein Friedhofskater.

»Mit Navid.« Suzanne dagegen klang besorgt. Das beruhigte Pablo und Miró. So klang sie immer. Was sie allerdings nicht wussten: »Wer ist Navid?«

»Poésie. Der Junge«, antwortete Matisse. Er setzte hinzu: »Wo wart ihr bloß die letzten Stunden?«

Die beiden grinsten. »Frag Apollinaire«, sagten sie. Pablo fauchte begeistert. »Oder frag ihn besser nicht.« Er blinzelte Matisse zu. Zu seiner Enttäuschung interessierte die Python sich allerdings kein bisschen für seine neueste Heldentat, in der Räucherlachs und ein offenes Fenster des Feinkostladens von Apollinaires Herr eine zentrale Rolle spielten.

Matisse hörte einfach nicht zu. Stattdessen fragte er nach Emile.

»Der liegt hier«, rief Miró aus einer Ecke, die er zu erforschen begonnen hatte. »Ist knockout.«

»Echt? Witzig!« Pablo sprang dazu und schnüffelte an Emiles Locken. »Komisch, betrunken ist er nicht.« Mit den Schnapsleichen vom Place Pigalle kannten die beiden sich aus.

»Das war Monsieur Martis, stellt euch vor«, rief Suzanne. »Er hat den Armen niedergeschlagen.« Mittlerweile klang sie wirklich besorgt. Also, besorgter als normal. So besorgt, dass sogar ihre Söhne einen Moment aufsahen.

»He«, sagte Pablo. Er klang, als würde er einen Witz erzählen: »Was machst du, wenn dein Lieblingsmensch deinen zweitliebsten Menschen auf den Kopf haut?«

»So blöd gucken wie Matisse«, antwortete Miró. »Bingo!« Die beiden stupsten einander mit den Köpfen.

Als Nächstes kreischten sie auf. Matisse war Pablo in den Nacken gesprungen, biss ihn schmerzhaft in die Ohren und bearbeitete seinen ungeschützten Unterleib mit kräftigen Tritten seiner Hinterbeine. Als Miró dazwischengehen wollte, hielt Bonnard ihn zurück. Sachte, aber nachdrücklich stellte er sich ihm in den Weg. Nur leicht seitlich, ohne gesträubten Schwanz. Aber auch so war deutlich, wer von ihnen mehr auf die Waage brachte. Miró verstand die Botschaft und hielt still, bis sein Bruder die Abreibung kassiert hatte und jammernd zu ihm zurückflüchtete. »He«, flüsterte er mitleidig. »Ist noch was übrig für die Kastration?«

»Pass bloß auf«, erwiderte Pablo. Ab da zogen es die Brüder vor, sich voll Anstand zu putzen. Gleichzeitig verfolgten sie jedes Wort, mit dem Bonnard und Suzanne Matisse über die Ereignisse ins Bild setzten.

Der junge Kater war sichtlich entgeistert. »Aber was will Monsieur Martis denn von Poésie?«, fragte er.

»Ihm wehtun.« Bonnard sprach es unverblümt aus.

Suzanne wählte eine weichere Form: »Wenn wir nichts dagegen unternehmen, wird er ihm etwas antun, das seine junge Seele für immer verkrüppelt.«

Matisse schüttelte den Kopf, als müsste er Milben loswerden. Unruhig setzte er sich und sprang wieder auf. »Nein. Nein, das kann nicht sein. Doch nicht mein Monsieur.«

»Hatte er nie Besuch von Kindern?«, hakte Bonnard nach.

Matisse bleckte die Zähne. »Im Leben nicht«, sagte er.

»Das wären dann also die letzten beiden Jahre.« Bonnard wandte sich an Suzanne. »Laut Bonenfants Erinnerungen ist Martis seit zwanzig Jahren aus dem Gefängnis raus.«

»Es wäre doch möglich, dass es ihm ging wie Madame Valladons Vater«, wagte Suzanne einzuwerfen. »Es wäre doch möglich, dass er geläutert wurde.«

»Gerettet, gerettet!«, echoten die Katzenbrüder, indem sie den Valladon'schen Stoßseufzer nachahmten.

»Klappe!«, fauchte Matisse sie an. Gehorsam klappten sie die Mäuler wieder zu.

»Ist es möglich, dass ein Täter so lange aussetzt?«, grübelte Bonnard. Er wünschte, er wäre Monsieur Martis jemals auf dem Friedhof begegnet. Aber als Einziger der Bewohner von Montmartre ging der Andenkenhändler nie dorthin. Er schien sich der Vergangenheit nicht gerne zu erinnern. Es war, als hätte er keine.

»Hector hat seit zehn Jahren keine Maus mehr gefressen.« Das war Pablo.

»Hector hat keine Zähne«, erwiderte Miró.

»Warum gehen wir nicht einfach rein und klären das?«, fragte Matisse in die Beratung hinein. Ihm war unwohl, und mit jedem Satz, den seine Freunde äußerten, wurde ihm unbehaglicher.

»Bist du blind?«, fragte Pablo. »Die Tür ist zu.«

Matisse dehnte sich, schlug die Krallen in den Teppich und zog sich dann zu einem Buckel zusammen. »Achtung!« Parabelsprung. Er traf die Klinke perfekt. Nichts geschah.

»Mit dem Schlüssel versperrt«, ergänzte Miró.

»Sag das doch gleich.« Sofort setzte Matisse sich ordentlich hin wie ein Schulkind in die Bank, hob nur einmal kurz die Pfote, um sacht an der Tür zu kratzen und ließ ein melodisches »Miau« ertönen.

Da ertönte drinnen Navids Stimme: »Das ist Matisse. Ich lasse ihn rein.«

Angespannt hörten die Katzen, wie ein Stuhl zurückgezogen wurde, dann die schnellen Schritte des Jungen in Richtung der Tür. Andere, schwerere Schritte kamen hinzu. Die Klinke über ihren Köpfen bewegte sich.

»Es ist abgesperrt.« Das war wieder Navid. Er klang erstaunt.

»Ja«, sagte eine zweite Stimme. Es war die von Monsieur Martis, aber gar nicht mehr tief und samtig und voll leichtfüßiger Ironie, wie sie ihn kannten. Sondern so, dass sich jeder der fünf Katzen, selbst Pablo und Miró, die Haare aufstellten.

33
Monsieur Martis

Monsieur Martis schloss die Augen und schien auf etwas zu lauschen, das nur er hören konnte. Endlich, und es fiel ihm unendlich schwer, öffnete er die Augen wieder. Sein Entschluss stand fest. »Dann werden wir ihm wohl aufmachen müssen.«

Der Schlüssel widersetzte sich dem Schloss, die Klinke schien nicht nachgeben zu wollen. Widerwillig senkte sie sich. Dann ging sie einen kleinen Spaltbreit auf.

Fünf Katzen starrten Monsieur Martis an. »Ich verstehe«, sagte er.

Matisse, sein Matisse, sprang dem Jungen in die Arme und stieß ihm schnurrend immer wieder den Kopf gegen die Nase. Die Dreifarbige von Madame Valladon setzte sich auf Navids Füße, diese schönen Füße, und starrte ihn an, als wüsste sie etwas. Monsieur Martis wandte sich ab.

»Treten Sie ein, meine Herrschaften.« Er machte eine galante Geste, als lüde er illustre Gäste in seine Räume.

Monsieur Martis ging zurück zu dem Platz, an dem er die letzte Zeit verbracht hatte: einen Drehstuhl vor einer Staffelei. Darauf stand ein Bild, das ein junges Mädchen zeigte. Sie trug ein weißes Kleid und einen Pferdeschwanz und sah aus, als würde sie nach Keksen und Vanille duften. Gut eingefangen, dachte Monsieur Martis. Ihre Frische, ihre Unschuld, es ist alles da. Dieses Bild ist mir wahrhaftig gelungen. Aber der Preis dafür war wohl zu hoch. Wenn es ihm nicht schon bewusst gewesen wäre, hätte er es nun in den Augen der Katzen lesen können.

Monsieur Martis griff nach der Strähne blonden Haars, die er oben an der Staffelei befestigt hatte zur Erinnerung, zur Inspiration, zur Feier seiner Liebe. Haare, die Monsieur Martis seinem Opfer abgeschnitten hatte und die jetzt mit einer Satinschleife sorgsam zusammengebunden waren.

Traurig sah er zur Ecke, wo eine weiße, noch unberührte Leinwand wartete. Unwillkürlich wanderte sein Blick zu Navid, der, mit Matisse auf dem Arm und Suzanne an seinen Waden, zu dem kleinen Tisch hinübergestolpert war, den Monsieur Martis ihm freigeräumt hatte, damit er dort selber ein wenig malen konnte. Der Junge war ahnungslos. Er hatte keine Angst. Er war offen und frei und mochte ihn. Noch einmal überflutete Monsieur Martis eine Woge der Zärtlichkeit und des Verlangens. Hinein mischte sich das Bedauern. Nie mehr würde er Navid berühren, nie mehr ein Kunstwerk schaffen dürfen, das den Namen verdiente.

Monsieur Martis bemerkte die Blicke des roten Katers vom Friedhof. Er erwiderte sie. »Ja«, sagte er.

Der Kater hielt dem Blick stand.

Es ist eine seltsame Sache, von einer Katze angesehen zu werden, dachte Monsieur Martis. So ruhig und wild und tief. Als wäre nun alles enthüllt und alles müsste sich ändern. Dichter haben darüber geschrieben. Möglicherweise ist an dem Ganzen gar nichts dran, und die Katzen kennen die Wahrheit nicht, wissen nichts über die Vergangenheit, über die Gegenwart, nichts über den Himmel oder die Hölle. Aber verdammt: Es blieb eine seltsame Sache. Zu schade, dass es ihm nicht gegeben war, diesem Geheimnis mit seinem Pinsel nachzuspüren. Die Welt wäre besser gewesen.

»Weißt du …«, setzte Monsieur Martis an. Dann verstummte er wieder. »Warum solltest du auch«, murmelte er. Noch einmal betrachtete er das Bild, das er gemalt hatte. Er seufzte, streckte die Hand aus, um die blonden Haare zu berühren, stand auf.

Pablo und Miró wuselten um seine Beine, als er zu der Flasche mit dem Cognac ging, aus der er sich schon seit einer Weile bediente. Das leere Glas stand neben der Staffelei. Monsieur Martis hob gerade die Flasche hoch, als draußen ein Rascheln zu hören war. Emile erwachte. Der arme, ahnungslose Emile. Er stöhnte und wühlte sich aus der Folie. Es dauerte eine Weile, bis er taumelnd auf die Füße kam, blickte sich suchend um und wusste offenbar nicht sofort, wo er war. »Was zum …«, brachte er heraus, als er in der Tür erschien.

Monsieur Martis schenkte ein frisches Glas ein und hielt es dem jungen Mann hin, der verwirrt in den Raum gestolpert kam und sich den Kopf hielt.

»Ich bitte um Vergebung für die Unannehmlichkeit«, sagte der Antiquitätenhändler. »Es tut mir aufrichtig leid.«.

Verwirrt nahm Emile das Glas und starrte seinen Gastgeber an. Wenn er undeutliche Erinnerungen an das hatte, was zwischen ihnen geschehen war, so wollte er ihnen offenbar nicht glauben. Monsieur Martis konnte förmlich sehen, wie Emile sich einzureden versuchte, dass es eine Täuschung, eine Halluzination gewesen sein musste. Wie sonst wäre es auch vorstellbar, dachte er ironisch, dass ich,

Monsieur Martis, sein neuer Freund und Wohltäter, der Kunstkenner und Feingeist, ihn plötzlich von hinten niedergeschlagen hätte. Für Emile waren die Menschen gut oder schlecht. Er kannte keine Abgründe. Ein Wunder, dass er solche Werke schaffen konnte. Musste man dazu nicht sein wie er selbst?

»Vergebung, ja«, wiederholte Martis, während er sich selbst einschenkte. Er starrte in das Glas.

An der Ladentür klingelte es.

»Miau!«, rief Suzanne. Sie sprang von Navids Schoß und lief mit ihren Söhnen hinaus.

»Dann soll es wohl so sein«, sagte Monsieur Martis, als hätte dieses letzte Ereignis die Sache besiegelt. Er setzte das Glas an die Lippen und leerte es in einem Zug.

»P … p … prost«, stotterte Emile und tat es ihm gleich, indem er an seinem eigenen Glas nippte. Er verzog das Gesicht. Monsieur Martis schmeckte dieses Mal nichts von dem guten Cognac. Dennoch trank er ihn bis auf den letzten Tropfen und leckte noch den Glasrand ab. Niemand hatte das kleine Fläschchen gesehen, dessen Inhalt er kurz zuvor noch rasch hineingeschüttet hatte. Vielleicht der große Rote, der ihn noch immer anstarrte. Doch der blieb stumm.

Sei gegrüßt, dachte Monsieur Martis. Wir sehen uns auf dem Friedhof wieder.

Als Madame Valladon hereinstürmte, drei Katzen im Gefolge, setzte Monsieur Martis sich wieder auf den Hocker vor seiner Leinwand. Er nahm einen Pinsel in die Hand und versank in den Anblick des Bildes von Madeleine, als gäbe es im Moment nichts Wichtigeres auf der

Welt. Oder überhaupt irgendetwas. »So schön«, murmelte er.

Er hörte kaum, wie Madame Valladon, die Navid entdeckt hatte, zu dem Jungen hinüberlief und ihn umarmte, zweifellos so fest, dass er fast erstickte. Er würdigte weder sie noch Emile, der sich mit zitternden Beinen auf einen freien Stuhl gesetzt hatte, eines letzten Blickes. Als sie sich endlich überzeugt hatte, dass ihrem Schützling nichts fehlte und sie sich umwandte, um ihn streng zu fragen, warum er weder ans Telefon noch zur Tür gegangen war und wie er sie derart im Ungewissen hatte lassen können, schwieg er. Er wandte nicht einmal den Kopf.

»Monsieur?«, fragte Madame Valladon. »Monsieur Martis?«

Der Pinsel fiel aus seiner erhobenen Hand. Pablo und Miró stoben auseinander.

»Geht es Ihnen gut?« In ihrer Stimme hatte die Besorgnis endgültig den Ärger besiegt.

Monsieur Martis sackte zur Seite.

»Mein Gott, Martis!«

Jetzt war sogar Emile auf den Beinen, wenn auch wackelig. Gemeinsam mit Madame Valladon lief er zu dem Andenkenhändler, der mit geschlossenen Augen auf dem Boden lag. »Hallo? Können Sie mich hören?«

Monsieur Martis hörte nichts. Er sah auch nichts.

»Was ist nur los mit ihm?« Madame Valladon tätschelte ihm die Wangen und rüttelte an seinen Schultern. Doch Monsieur Martis wurde nicht wach. Madame Valladon bemühte sich, sein Hemd aufzuknöpfen und seinem Herzschlag zu lauschen. »Ich höre etwas. Schnell! Einen Notarzt!«

Als der Arzt schließlich kam und mit der Wiederbelebung begann, hatte Madame sich zum Tisch zurückgezogen, hielt Navid auf ihrem Schoß, und er hielt sie. So saßen sie eng umschlungen, während sich vor ihren Augen ein Durcheinander abspielte, das sie nicht begriffen.

Monsieur Martis wurde gebettet und herumgerollt, an Infusionen angeschlossen und mit Nadeln gestochen. Man leuchtete in seine Augen und drückte auf seinen Brustkorb. Jemand rief Kommandos, jemand anderes riss Plastikverpackungen auf. Alles wirkte schnell, effektiv und gewaltsam. Von Monsieur Martis kam kein Laut.

Die Katzen hatten sich unter den Tisch verzogen und starrten geduckt und misstrauisch aus der Dunkelheit hervor. Jetzt waren sie nur noch Raubtiere in der Gegenwart eines Fressfeindes. Nur Pablo und Miró versuchten, mit den Kabeln des Defibrillators zu spielen, bis jemand sie hinausjagte.

»Wissen Sie, was er genommen hat?«, rief einer der Sanitäter über die Schulter. Madame und Emile schüttelten hilflos den Kopf. Doch alle Rettungsversuche halfen nichts. Schließlich gaben die Sanitäter auf. Monsieur Martis war tot. Bonnard wandte sich ab und trabte, ohne Abschied von den anderen zu nehmen, aus dem Zimmer, aus dem Haus, aus der Straße, zurück auf seinen Friedhof.

34
Dégas

Dégas saß bei Grisette. Ihn kümmerte der Nelkengeruch nicht, der sich über seinem Kopf immer weiter verdichtete. Ihm war es egal, dass mehrfach das Telefon klingelte und schließlich die Türglocke. Dass laut geredet wurde und auch geschrien.

Herein kam Doktor Shwartzmann. Dégas kannte ihn nicht, er hatte nie einem Menschen gehört, der sich um ihn kümmerte, wie die anderen. Er war niemals einem Tierarzt vorgestellt worden. Doch ein Blick auf die gebeugte Gestalt genügte ihm. Dieser Mann war kein Denis, auch kein Moulin oder eine aufgeregte Madame. Er war ein Künstler und kannte das Leben. Seine altersfleckigen Hände waren schlank und stark und seine Augen voll müder Vergebung. Doch nicht ohne Humor. Es war ein Funkeln darin, das Dégas ermutigte, sogar ein wenig zur Seite zu rücken. Aber nur ein wenig.

Ungerührt sah er zu, wie der Arzt einen Infusionsbeutel aus seiner Tasche kramte und Grisettes Pfote nahm, um nach einer Vene für den Zugang zu suchen. »Sie sollte sich jetzt nicht bewegen«, sagte Dr. Shwartzmann.

»Nicht zucken, Liebste«, sagte Dégas.

Und Grisette zuckte nicht. Sie hielt nur unverwandt den Blick auf Dégas gerichtet.

Er hörte, dass sie zu schnurren versuchte, doch sofort

unterband er es, indem er ihre Nase leckte. »Du musst dich schonen.«

»Du bist ja heiser.« Sie konnte selber nur flüstern. Aber in ihrer Stimme lag ein wenig der alten Amüsiertheit. Schon wollte Dégas sich zurückziehen. Da fügte sie hinzu: »Liebster.«

Dégas blieb, wo er war. Alles kam ihm unwirklich vor. Langsam legte er sich hin. Seine Pfote berührte sacht die von Grisette. Seine Flanke lag an ihrer. Beinahe glaubte er, die belebende, kraftspendende Frische der Salzlösung, die in ihre Adern zu fließen begann, auch in seinem Körper zu spüren. Sein Herz klopfte so stark wie noch nie.

Doktor Shwartzmann schob seine runde Metallbrille auf die Nasenspitze und betrachtete ihn. »Kennen wir uns?«

Dégas schloss einmal langsam die Augen.

Shwartzmann wandte sich an Madame Chauchat. »Sie sollten ihn impfen lassen, wenn Sie ihn behalten wollen.«

Madame machte eine ungeduldige Geste mit ihrer Zigarettenhand, die einen weiteren Rauchkringel verursachte und ihr Goldarmband klirren ließ.

Dégas schloss die Augen, als die Spritze ihren Weg durch seine Haut fand. Das geschah für Grisette. Nur für sie.

Als ob sie es spürte, drückte sie ihren Kopf in seine Kehle. Leise begann er zu schnurren, trotz seiner wunden Kehle. Er hätte gar nicht anders gekonnt. Seine Pfoten öffneten und schlossen sich genussvoll.

Selbst Bonenfant war so taktvoll, beiseitezusehen und das Paar sich selbst zu überlassen. Wie im Traum hörte Dégas ihn erzählen. Der Commissaire beantwortete die ungeduldigen Fragen der Frau ruhig und sachlich.

Auch der Arzt hörte zu. Er hatte den angebotenen Sessel ebenso angenommen wie das Glas Bordeaux. Dégas roch das schwere Aroma des Weines. Der Geruch machte ihn müde. Doch er lauschte.

»Dieser Denis! Krepieren soll er! Ich könnte ihn ...« Madame war bei Weitem die Aufgeregteste im Zimmer. Dégas fühlte ihre Wut. Aber er dachte nur: Sie liebt Grisette. Genau wie ich.

»Keine Rache, Madame.« Das war der Arzt, der den Wein durch das geschliffene Glas betrachtete.

»Und das von einem Juden!«, empörte die Chauchat sich. Sie hatte sich umgedreht, die Hände in die Hüften gestemmt.

Shwartzmann erhob sein Glas. Er lächelte müde. »Wenn das keine Empfehlung ist.«

Erschrocken verzog sie das Gesicht. Schnell legte sie ihre Rechte auf seinen Arm. »Entschuldige, Aaron. Du weißt, wie ich es meine.«

»Ich weiß, wie du es meinst.« Dann wandte er sich an Bonenfant: «Seit vierzig Jahren weiß ich, wie diese Schickse es meint. Und was versteht sie? Ich frage Sie, Monsieur?«

Unter normalen Umständen hätte Dégas sich gewundert über das krause Gerede. Oder gar nicht hingehört. Jetzt dachte er nur: Liebe. Alles war Liebe. Grisette drückte ihre rosafarbene Nase an sein Ohr. Er hörte ihren Atem, der langsam in die Ruhe des Schlafes überging. Er wünschte, er könnte durch ihre Träume wandern, Seite an Seite mit ihr. Auch Dégas war müde. Nach all dem war er zu Tode erschöpft. Aber wäre er eingeschlafen, dann wäre er bewusstlos gewesen, dann hätte er nicht mehr gewusst, dass er neben ihr lag. Hätte sie nicht mehr gespürt, gerochen, gehört. Hätte nicht mehr gefühlt, dass sie zusammengehörten. Nein, er konnte sie nicht loslassen, weder sein geschundener Körper noch sein Geist konnten es. Deshalb blieb er wach und trieb unter der Oberfläche des Menschengespräches dahin.

Aha, Madame Chauchat hieß also Melanie. Dégas war es gleichgültig, doch er sah wohl, dass es dem Arzt feuchte Augen verursachte.

Bonenfant hieß Jules. Alle stießen an. Für einen kurzen Moment wurde Dégas noch einmal aufmerksam, als der Name von Denis fiel. Bonenfant war dafür, keine Anzeige zu erstatten, so viel begriff er. Der Commissaire schlug vielmehr vor, einen Gefallen einzufordern. Was die Chauchat dazu veranlasste zu behaupten, er rede wie ein kleiner Gauner aus einer der Banden am Montmartre. Worauf wiederum der Commissaire antwortete … aber da begann der Schlaf, seine Finger nach Dégas auszustrecken. Er spürte, wie sie sanft über sein Fell strichen. Sie rochen nach Madame Chauchat. Sie fühlten sich gut an. Dégas streckte sich. Er fand Grisettes Ohr und flüsterte: »Sag noch einmal …«

Doch da war auch er eingeschlafen.

Epilog
Bonnard

Vermutlich erwarten Sie jetzt von mir, dass ich den ganzen Schlamassel auflöse? Nun ja, sehen Sie: Navid lebt bei Madame Valladon, wie Sie sich sicher schon dachten. Er hat fast echte Papiere, in denen sein echter Name steht. Nächstes Jahr wird er auf die Schule gehen. Dieses Jahr noch nicht, das Schreiben will Madame ihm selbst beibringen. Aber Schule wird ohnehin überschätzt, denken Sie nicht? Ich bin sicher, dass er bis dahin mit Madame, Suzanne und Matisse sehr gut über die Runden kommt. Die Python wird ihm schon beibringen, was man über den Montmartre wissen muss.

Der arme Matisse, ihm ging es lange nicht gut. Er hatte sich in der Galerie von Monsieur Martis verkrochen und wartete wohl auf dessen Rückkehr. Wie man eben manchmal auf jemanden wartet, obwohl man weiß, dass er gestorben ist. Oder dass es ihn so, wie man ihn zu kennen glaubte, nie gegeben hat. Navid war es schließlich, der unter den polizeilichen Absperrbändern hindurchkroch und Matisse herausholte. Die ersten Tage sah er nicht besser aus als Grisette damals, dünn und farblos. Allerdings hatte er einen Kummer, der von keinem Dégas gemildert wurde. Moulin bot an, ihn zu nehmen. Er hatte sogar extra ein Tagesgedicht für ihn ausgesucht. Etwas von einem deutschen Dichter namens Erich Kästner. Eigentlich war es ein Brief Kästners an dessen Kater Mingus, aber Moulin ersetzte das Mingus großzügig durch Matisse:

»Einen Gruß an dich, Matisse, und alles, was schön ist und rätselhaft, überflüssig und geschwungen, unergründlich und einsam und ewig getrennt von uns; also an die Katzen und an das Feuer und das Wasser und die Frauen.«

Es lag viel guter Wille darin. In der Geste wie in dem Text. Allerdings fand er keine Gnade vor den Augen der Damen, die anmerkten, dass auch nur ein Deutscher auf die Idee kommen könne, die Frauen zu den überflüssigen Erscheinungen zu zählen. Für das Fortbestehen der Menschheit seien sie das Wichtigste überhaupt. Woraufhin Emile schüchtern anmerkte, dass gälte doch noch mehr für das Wasser. Woraufhin man lange diskutierte.

Zum Glück wollte Navid sich nicht von Matisse trennen, und so ließ Madame Valladon sich erweichen. Ein Maul mehr, sagte sie. Und dass es nicht darauf ankäme. Aber für Matisse kam es wohl darauf an. Ich glaube, Navid war der Einzige, der ihm die Lebensfreude wiedergeben konnte. Erstaunlich, nicht wahr, dass auch ein Streuner so an jemandem hängen kann.

Denis hat sein Restaurant eröffnet, ohne Widerstand der Nachbarn. Seltsam war nur, dass am Eröffnungstag eine Katzenbande in den Laden eindrang und ohne Rücksicht über Tische und Stühle sprang. Einer war Schwarzweiß und sah aus wie ein Clown, einem anderen schien man ins Gesicht geschissen zu haben, wie Hector es ausgedrückt hätte. Die meisten allerdings waren rotweiß, dünn und rochen stark nach Schmieröl und Benzin. Tatsächlich ging der Geruch nie mehr ganz aus der Tischwäsche.

Im Nebenzimmer des Restaurants hat Emile eine Ausstellung bekommen. Mitsamt Plakaten und Eröffnungsgala, für die Denis den Sekt spendierte. Bonenfant war auch da und übrigens auch eine Reihe von Journalisten. Einige davon schrieben in den Zeitungen über Emile, die Madame Chauchat an ihrem Kiosk verkauft. Ich habe selbst sein Bild in einer davon gesehen.

Ich nehme an, das ist das, was die Menschen unter einem Gefallen verstehen, den man einfordert. Jedenfalls hatten sich alle bei Denis dafür stark gemacht, dass Emile diese Chance bekam, sogar die Chauchat, die jetzt Shwartzmann heißt.

Das bringt mich zu Grisette und Dégas. Die beiden kann man nur in einem Atemzug nennen. Sie leben mittlerweile beim frischgebackenen Ehepaar Shwartzmann in einer vornehmen Etagenwohnung unten beim Kaufhaus Tardi. Ich persönlich hätte nie gedacht, dass aus Dégas mal ein Wohnungskater werden würde. Man muss allerdings berücksichtigen, dass beide Zugang zu den umliegenden Dächern haben. Und über die Dächer, wer weiß, gelangen sie ja vielleicht auf den einen oder anderen Balkon, in ein Fenster, einen Wintergarten, den Hinterhof. Immer Seite an Seite. So stelle ich sie mir jedenfalls vor.

Das Bateau Lavoir und seine Maler haben in Pablo einen neuen Kater gefunden. Ja, er hat Monsieur Moulin und seinen Bruder verlassen und sich tatsächlich der Kunst ergeben. Es gibt eine Serie experimenteller Fotografien von einer finnischen Stipendiatin, die ihn als Modell zeigen. Außerdem soll er seine Pfoten neuerdings in der Aktionskunst haben – im wörtlichen Sinne. Man darf wohl gespannt sein.

Commissaire Bonenfant kommt mittlerweile regelmäßig. Dann sitzen wir hier, Seite an Seite. Was soll ich sagen. Es ist uns recht. Er hat im Übrigen vor, sich zu verändern. Madame Valladon hat ihm die Wohnung im dritten Stock angeboten, und er denkt darüber nach. Für Paris, für den Montmartre ist die Miete wirklich günstig. Und die Aussicht auf die Stadt atemberaubend. Und so viele Gespenster die Zimmer auch bergen mögen, die Geister, die Bonenfant bisher gequält haben, sind nicht darunter. Also wird er mit ihnen fertig werden. Er ist ein Kämpfer, der gute Bonenfant. Ich freue mich schon darauf, ihn zu den Menschen zu zählen, die mich regelmäßig konsultieren. Immerhin war unsere Zusammenarbeit in der Vergangenheit ziemlich erfolgreich.

Hector ist übrigens letzten Monat gestorben. Es war ein schlichtes Begräbnis. Außer mir und dem Herbstwind war niemand da. Nur der Maler.

Ja, er ist wieder aufgetaucht. Wenn man einmal so etwas wie seinen Ausgangspunkt gefunden hat, ist es schwer, nicht dorthin zurückzukehren, schätze ich. Noch immer riecht er metallisch wie die Gleise, die ins Weite führen. Noch immer trägt er schmutzige Kleider. Wie er heißt, weiß ebenfalls bislang kein Mensch, nicht einmal er selbst.

Er hat sich neben mich gesetzt und betrachtet mit mir zusammen den traurigen Rest, der von Hector blieb. Er ist einfach eingeschlafen mit seiner halben Lunge, der Arme. Andererseits, so friedlich werden es die wenigsten von uns haben. Sich einfach hinlegen, zusammenrollen, den Schwanz über die Nase und es gut sein lassen. Wenn ich bedenke, was sie mit Martis alles angestellt haben damals.

Wie er sich bäumte unter den elektrischen Schlägen. Am Ende ist er doch gestorben, voller Schläuche und Nadeln und Elektroden und, ich glaube, auch Scham. Ich blieb nicht bis zum Schluss. Mir genügte der Ausdruck in seinem Gesicht. Er hat Navid verschont und dadurch vielleicht seinen Frieden gefunden. Gerettet, da mögen die kleinen Scheißer von Suzanne noch so spotten. Auch er ist gerettet worden. Was für einen Anteil wir daran hatten, daran will ich gar nicht denken. Was er getan hätte, wenn Matisse nicht an der Tür gekratzt hätte. Wenn wir nicht so viele gewesen wären. Wenn nicht alles so geschehen wäre, wie es geschah.

Aber der Maler ist da. Ich muss aus meinen Erinnerungen erwachen. Bonjour, Monsieur. Nehmen Sie Platz. Fühlen Sie die Sonne auf Ihren Schultern. Sie ist blass geworden, die Wärme dünn. Silber statt Gold lässt das Laub aufleuchten. Aber sie ist immer noch da. Spüren Sie ihr nach. Heben Sie die Hand und lassen Sie sie auf mein Fell sinken.

Ja, so ist es gut. Es ist ganz einfach, entspannen Sie sich. Es ist wie tanzen, und ich führe. Sie brauchen gar nichts zu tun. Hören Sie die Musik?

Offenbar kann er nichts hören. Nicht den Wind in den letzten Blättern, nicht den silbrig schäumenden Lärm der fernen Stadt. Seine Gedanken stolpern über die eigenen Füße. Als ob er nicht wüsste, warum er gerade hierher zurückgekommen ist. Dass es außer der Vergangenheit auch eine Zukunft gibt. Als ob er nicht spüren würde, dass auch Streuner an jemandem hängen können. Er ist ein schwerer Fall, sogar für mich. Menschen sind schon seltsam. Über alles Mögliche machen sie sich Gedanken, nur auf das Naheliegendste kommen sie nicht.

Was das ist, das Naheliegendste? Diese Frage hätte ich nach den letzten Erzählungen nicht von Ihnen erwartet!

Am liebsten würde ich ihn kratzen, diesen Mann. Ihn mit dem Kopf in die Seite stoßen und ihn so lange von der Bank schieben, bis er aufsteht und losgeht. Aber bei einem wie ihm muss man annehmen, dass er nicht weiß, wohin.

Erst, als ich die Schritte höre, bin ich beruhigt. Es dauert eine ganze Weile, bis auch er sie wahrnimmt. Madame Valladon ist schon fast am Grab ihres Vaters. Natürlich kommt sie immer noch hierher. Sie hat zwar jetzt viel zu tun, aber im Herzen ändert sie sich nicht. Was sie glaubt, tun zu müssen, das tut sie.

Ich hoffe, dass er es auch weiß, dass sie kommt. Immerhin steht er auf und dreht sich um.

Sie bleibt stehen.

Glauben Sie mir, wenn ich seufzen könnte, dann würde ich es jetzt tun.

Sie tut einen Schritt.

Er einen.

Sie einen weiteren. Es ist ein mühsames Geschäft. Aber am Ende stehen sie so nahe beieinander, dass sie sich beschnuppern könnten. Und das sollten sie auch tun, wenn Sie mich fragen. Alles, bloß jetzt nicht reden. Reden ist eine der am meisten überschätzten menschlichen Tätigkeiten.

Endlich streckt sie ihre Hand aus.

Er öffnet kurz den Mund, nimmt dann die Hand.

Ich atme aus. Klüger, als ich dachte.

Irgendwann gehen die beiden. Das Weitere ist nicht

mehr mein Problem. Obwohl ich nicht zweifle, dass ich davon hören werde.

Mein Name ist Bonnard. Ich wohne auf dem Friedhof von Montmartre. Es ist kein schlechter Ort, still, grün, mit frischer Erde für die gewissen Bedürfnisse, was in der Stadt keine Selbstverständlichkeit ist. So viel ist sicher. Im Moment liege ich auf einer Bank in der Herbstsonne, die den großen Steinkörper der Stadt wärmt bis hinauf zur weißen Kuppel von Sacré-Cœur, die in den Himmel ragt wie ein Fest. Sie wärmt auch die grünen Gießkannen, die verschämt hinter den Grabsteinen abgestellt wurden, die nagelneu gesetzten Erika auf den Gräbern – und auch Sie. Nehmen Sie Platz. Hier enden die Geschichten nicht nur, es fangen auch welche an.

Der Rest ergibt sich. Tun Sie das Naheliegende. Und horchen Sie in sich hinein.

Es ist alles schon da.

Die Bestatter-Krimis von Tessa Korber

Gemordet wird immer

Ein Bestatter-Krimi, 288 Seiten, Broschur, btb 74171

Nach zehn Jahren kehrt Viktor Anders in das Haus seiner Eltern zurück, um sein Erbe anzutreten: die Teilhaberschaft am Familienbetrieb - einem Beerdigungsinstitut. Auch wenn Onkel Wolfgang wenig begeistert ist, dass er seinen Neffen, ehemaliger Surflehrer und Weltenbummler, in das ernste Bestattungswesen einarbeiten muss. Als Viktor seine erste Leiche für das Begräbnis vorbereitet, macht er eine ungewöhnliche Entdeckung: Eine Patronenkugel steckt im Rücken des Toten. Viktor beginnt, auf eigene Faust zu ermitteln - ohne zu ahnen, dass er mit diesem Fall auch ein bislang verborgenes Familiengeheimnis enthüllt …

Zum Sterben schön

Ein Bestatter-Krimi, 288 Seiten, Broschur, btb 74725

Tante Hedwig reicht es. Jahrelang hat sie sich um ihre Familie und das gemeinsame Bestattungsinstitut gekümmert. Nun will sie endlich Zeit für sich und flüchtet in eine Kur. Dabei bräuchte ihr Neffe Viktor dringend Unterstützung, denn Onkel Wolfgang jagt einem Urnendieb hinterher. Und auch Viktor selbst ist gerade mit einem brisanten Fall beschäftigt: In Nürnberg treibt ein Serienkiller sein Unwesen, der hübsche Floristinnen ermordet und ihre Leichen pietätvoll mit Blumen dekoriert. Zusammen mit seiner Freundin Miriam lässt Viktor es sich selbstverständlich nicht nehmen, auf eigene Faust zu ermitteln. Ahnungslos, dass der Mörder es bereits auf Miriam abgesehen hat …